CEOはスナイパー

サラ・フォークス

杉田七重 訳

ベルベット文庫

ＣＥＯはスナイパー

この本をわたしの最初のファンに捧げます——そう、ママとパパに！

謝辞

わたしの作品を読んでくださる人がいなかったら、今のわたしはあり得ません。ほんとうです！　この本を書く過程で出会い、ストーリー作りに手を貸し、最後まで励ましてくださったみなさん、ありがとうございました。大勢の方々にお力添えをいただき、感謝の念に堪えません――カール・イースト、ヴァージニア・ウェイド、デルタ、そしてわたしのエディターであるローズ・ヒリアード、セント・マーティンズ・プレス社、さらにわたしのエージェントであるスティーヴ・アクセルロッドに。そしてわたしが作家として成長するために、自分の時間と経験を費やしてくれた、そのほか多くの方々に感謝を捧げます。

ここであらためて、わたしの読者のみなさんに、お礼を述べさせてください。あなた方の計りしれない支援があったからこそ、ここまでやってこられました。ありがとう、ほんとうにありがとう。わたしはいつでも〝あなた方〟のファンであることを知っておいてください。

1

このところ平日一番の楽しみは、たまらなくセクシーな男といっしょになる朝の時間だ。

ヒールの高い靴で見苦しくない程度に足を速めて、古い建物の電気系統の改修工事にあたっている作業員やはしごの間をすり抜けてエレベーターに向かう。黒い髪の彼は、歩く時計さながらに、毎朝八時二十分ぴったりにエレベーターの前にやってくる。この日も例外ではなく、わたしは小走りで人々の間を抜けていき、あまり目立たないように、彼のすぐ近くに立つ。そうしておいてエレベーターのドアをじっと見つめ、彼には関心のないふりをする。さあ妄想ゲームの始まりだ。現実世界ではハンサムな男性がわたしに興味を示すはずもなく、もちろん彼もその例に漏れない。

でもわたしだって女。空想の恋人を持ったって罰は当たらない。

ドアが開き、待っていた人々といっしょにエレベーターに乗り込みながら、わたしは自分の降りる階のボタンが押されているか確認する。古い——中には〝歴史ある〟と呼びたがる人もいた——ビルは大改装のまっただ中で、何もかも新しく現代的に変わるらしい。でも今のところエレベーターは古いまま。小さくて、動きも遅い金属の箱ではあるけれど、まだ仕事はちゃんとできて、ガタガタいいながら上階へと上がっていく。

大ぶりのバッグを腕にかけ直し、横目でちらりと彼の方を見たら、目が合った。わたしに見られているって、わかってる？　思わず顔が赤くなって、再び前方に目を戻した。エレベーターのドアが開いて、たくさんの人が降りていく。わたしの降りる階まで、あと十一階――わたしはハミルトン・インダストリーという会社に派遣されてデータ入力をしている。このビルの上層階のほとんどを占める大きな会社だが、わたしの小さなブースはビルの中ほどの階の、みんなから忘れられた場所にひっそりとあった。

清潔感あふれるスーツ姿の男性は昔から大好きで、黒い髪の彼もまた、わたしの給料の一カ月分はしそうな高価なスーツとネクタイでいつも完璧に装っていた。彼の身のまわりからは上流社会の匂いがぷんぷんして、わたしとは住む世界が違うとはっきりわかる。でも想像の世界ではそんなことは関係ない。ハンサムな彼はわたしの妄想のお供で、ベッドに入って目を閉じると、その顔が浮かんでくる。優に一年以上も、両脚の間に電池で動くもの以外を迎えていないために、わたしの妄想はどんどん過激になっている。思い出したら顔がひとりでににやけてきた。複雑なシチュエーションなんていらなくて、彼に壁に押しつけられ、いきなり犯される……それだけでもう……。

人がどんどん降りていっては、エレベーターのドアが閉まる。はっと妄想から抜け出したところで気がついた。彼とふたりきりになったのは初めて。緊張して咳払いをし、あいている方の手で細身のスカートを撫でて皺《しわ》を伸ばす。エレベーターは、わたしの降りる階にみるみる近づいていく。息をして、ルーシー、ほら、吸って吐いて。下腹部で欲望が渦を巻き、エレベーター内でできるありとあらゆるエロティックな場面が次々と頭に浮かんできて、興奮に拍車がかかる。防犯カメラはついているのかしら……。うしろでかすかな衣擦《きぬず》れの音がしたと思ったら、横から太い腕が伸びてきて、階数表示パネルの赤いボタンを押した。急にエレベーターが止まり、こちらが何か言う暇もなく、わたしの頭を挟むように腕が突き出し、耳元で低い声が囁《ささや》いた。「毎朝、このエレベーターで会うね。ひょっとして、狙って乗ってる?」

びっくりして何も言えず、大きく見ひらいた目をぱちくりさせる。頰をつねってみた方がいいだろうか? 現実のわけがない。

背後からがっしりした身体を押しつけられ、ふいに硬く感じやすくなった乳首がエレベーターのひんやりした金属に当たって、思わず喘《あえ》ぎ声が漏れた。「わたしは——」切り出したものの、尻に長く硬いものを押しつけられて、何を言うつもりだったのかさっぱり思い出せない。

「欲望が嗅ぎ取れる」セクシーな低い声に、胃がきゅっと縮まった。「毎朝このエレベーターに乗る度に、きみの欲望に鼻をくすぐられる」相手の手が下に動いたと思ったら、わたしの手をつかみ、彼は首筋に顔を埋めてきた。「きみの名前は？」

一瞬、頭の中が真っ白になって、単純極まりない質問に答えられない。セクシーと形容するしかない魅力的な声に身体がぐらんと揺れ、両手を前の壁について身体を支えた。相手の低い声の中には、どこかはずむような調子があって、それにますます興奮して胸が苦しくなる。「ルーシー」やっと答えたものの、たったそれだけで脳がショートしそうだった。

「ルーシー」相手がくり返した。セクシーすぎる声で自分の名前が呼ばれるのを聞いて、呼吸がふるえた。「匂いと同じぐらい味もいいのか、試さないと」

許可を求める必要などない、当然の要求という口調で言われ、わたしは頭を傾けて首筋を差し出した。耳のうしろの柔らかな肌を彼の唇がすべり、舌をちろちろ出して触れてくる――耳たぶを歯で軽く嚙まれて、思わずうめき声を漏らし、彼に身を押しつけた。相手が腰を押しつけ、それをグラインドさせると、わたしは呼吸が速まって、静寂の中ではあはあと息を切らした。

「すごい、火傷《やけど》しそうだ」彼の手がわたしの背中をすーっと下りていき、ヒップを通って腿をすべり、スカートの裾に届いた。今度はスカートの中に入って、来た道を逆戻りする。なめらかな内腿の肌を指がかすめていき、スカートがめくれ上がって尻が露《あらわ》になった。無意識のうちに両脚を開いて、彼が触れやすいようにする。と、次の瞬間、思わず喘ぎ声が漏れた。彼の指が濡れたパンティのクロッチをすべっていき、うずいているクリトリスを押した。

これはほんとうに現実？　金属のドアと、彼の熱い身体に挟まれて、わたしの全身がつっぱる。これまで夢想していたことが、そっくりそのまま行われ、夢想の中と同じように自分の身体が反応してしまうのをどうすることもできない。

小刻みに動く指がどんどん速さを増してパンティの上からクリトリスをくすぐる。もっともっとというように、わたしの腰が勝手に動き出した。肩を歯で噛まれて悲鳴をあげたとたん、薄いコットンとレースの下に指がもぐり込んだ。濡れた肌を撫でまわし、敏感な割れ目についと分け入ってきたので、エレベーターの中であることもかまわずに、大きな声をあげた。

「ぼくのために、いってくれ」ヴィン・ディーゼルばりの低い声で言い、唇と歯で、わたしの剥き出しになった首筋と肩を刺激する。指がさらに奥へと入り込み、硬くなったクリトリスを親指ではじかれた瞬間、押し殺した喘ぎ声とともに、一気にいった。ドアの固い金属に額を押しつけてふるえ続ける。ふいに骨が溶けてしまったようだった。

右側にある階数表示パネルの下の方で、電話が鳴りだした。

わたしははっとして身体を固くした。興奮の靄《もや》でぼうっとした頭にけたたましい音が切り込んでくる。欲望に恥ずかしさがとってかわり、両手をついてドアから離れた。黒髪の彼もわたしの背中から離れ、少し距離を置いてから、また赤いボタンを押した。わたしが急いで服の乱れを直していると、エレベーターがガタガタいいながら、再び上がりだした――数秒後、電話が鳴りやんだ。

「想像以上に、おいしい」

その声にあらがえずにふり返ると、相手は指を舐めていた。彼に見られて、膝から力が抜けていく。それでも電話の音で正気を取り戻していたので、階数表示のボタンを指でさぐり、届く限りのボタンを押した。これがますます相手を面白がらせたようだった。わたしが降りる階の二つ下でドアがあいて空っぽのフロアが見えたとたん、わたしはよろけながら外へ飛び出した。さっと目を走らせ、この階には誰もいないとわかってほっとした――こんなところを人に見られたら、どうしていいかわからない。

うしろで小さな口笛が聞こえた。振り向くと、男がわたしのバッグを拾い上げて、こちらへ差し出していた。いつの間にか腕から抜け、床に落ちたままになっていた……あいうことをしている間に。咳払いをひとつしてから、つんとすました顔をつくり、バッグを受け取った。

男がにっと笑い、たったそれだけで、顔つきががらりと変わった。そのゴージャスとしか言いようのないマスクに、ただぼうっと見とれていると、相手がウインクをした。

「じゃあ、また後で」言うと同時にエレベーターのドアが閉まり、わたしは目的階の二階下に取り残された。

深く息を吸ってから、着衣の乱れを直し、ふるえる指でブラウスの裾をスカートの中へたくし込む。パンティはもう使いものにならない——このまま穿いていたら、ずっとスカートに濡れたしみをつけたまま過ごさないといけない。自分のしてしまったことにばつの悪さを感じつつも、今はとにかく必要なことだけに意識を向けようと、まわりに目を走らせて一番近いトイレをさがす。出勤前にそこで身支度をととのえるつもりだった。

数分後、きれいにはなったものの、下着なしの無防備な尻で、階段を二階分上がっていった。オフィスの入り口は遅刻寸前に駆け込んできた人々で混雑しており、誰に不審がられることもなく、自分のブースへたどり着いた。一分遅れでウェブ上の出勤簿にログインしたけれど、別に誰にとがめられることもなく、すぐに仕事にかかった。仕事に没頭することで、ついさっきの恥ずかしい場面を忘れたかった。

2

勤務中、ずっと頭が混乱していた。なんとか仕事に意識を向けようとするのだけれど、まったく集中できない。ちゃんとできているかどうか、一度入力したものを再チェック、再々チェックしなければならなかった。派遣スタッフにあてがわれる入力の仕事は面倒なだけで、頭を使う必要はない。それでもミスばかりしているのは、気がつくと、見知らぬハンサムな男とエレベーターに乗っていた場面を思い出しているからだ。人目はなかったとはいえ、いやしくも公共の場であり、そんなところであんなことをしてしまったのは生まれて初めて……なんて考えながら、あっ、いけないと書類に向かうと、あれっ、何行目まで入力したかしらと、もうわからなくなっている。

まったくわたしらしくない。人並みにセックスに関心はあるけれど、経験豊富というわけではさらさらない。男の子からデートに誘われたことはないし、大学時代に男女が集うパーティに呼ばれることもなかった。恋人、と言っていいのかどうかわからない程度の男と、数人ほどつき合いはしたものの、どれも長続きはしなかった。今のところ人生は退屈で、やむを得ず働いているという感じで——大学に行っていた時の奨学金は、放っておけばチャラになるなんてことはないし、都会に住んでいるので、どうしても生活費がかさむ——男性とつき合うにしても、知り合うきっかけがあまりない。なにしろわたしはパーティに出かけるよりも本を読んでる方が好きだし、雑誌を読むなら、『スポーツ・イラストレイテッド』よりも、『ナショナル　ジオグラフィック』だった。もしデートをするようなことになったら——今のところ、そんな機会はないから心配する必要もないのだけれど——きっと話題に困るはずだ。

エレベーターの中で起きたことをすっかり忘れようと努力したにもかかわらず、ランチの時間になると、もうバイブレーターが欲しくてたまらず、それが無理なら、尻を思いっきり蹴飛ばしてでももらわない限り、むらむら気分が治まらなくなってきた。頭の中であれこれ妄想するのはいいけれど、現実世界であんなことをしてしまうのは問題だ。もう一度と、どんなに強く願っても、あんなことは二度と起きるはずはない。いくら退屈であろうと、この仕事はわたしに必要なもので、注意散漫でクビにされたら、たまったものじゃない。とはいえ、頭をほとんど使わない仕事だからこそ、ついつい妄想に頭が向かってしまう。彼の唇がどれだけ柔らかかったか、彼の歯に肩を噛まれた瞬間、どんな快感が背筋を突き抜けたか。あの大きな手が、どれだけの強さと優しさに満ちて、わたしの身体に忘れられない感触を残したか、考えずにはいられなかった。

長い一日だった。

その日のノルマをぎりぎりでこなして提出した後、十四階分の階段を自力で下りようかとも考えたが、結局エレベーターに乗ることにした。もちろん乗る前に彼がいっしょでないことをきちんと確認した。一階で降り、ほかの大勢がタクシーに乗るために正面玄関へ向かう一方で、わたしは地下の駐車場へ下りていく。ビルの地下駐車場に車を停められるのは少数で、たとえわたしが車を持っていたとしても、新入りの派遣スタッフが駐車スペースをもらえるわけもない。それでもこの駐車場を突っ切っていった方が、ふたつ先の通りにある地下鉄の駅には近く、ここを近道に使っちゃいけないなんてことは誰も言っていなかった。

階段をひとつ下り、午後になってめっきり冷えてきた地下駐車場へ出た。多層階にわたる駐車スペースのどこかでタイヤのきしる音がしたが、人の姿はひとつもなく、車が列になって停まっているのが見えるだけだった。やけに冷え込むので腕をさすりながら、守衛の詰め所の方へ身体を向ける。日没とともに、ぐんと気温が下がるに違いない。コートを持ってくれば良かったと後悔する。晩秋で寒さが厳しいのに、わたしの服装は季節に合っていなかった。

誰かに腕をつかまれ、傍《かたわ》らの暗がりに突然ひっぱられた。声をあげる間もなく、手で口をふさがれ、駐車場の引っ込んだ一角へ引きずられた。オートバイ専用の駐車スペースだった。いくらもがいても、わたしを押さえている腕はびくともせず、鉄枠をはめられたようだった。

「また後で、と言ったはずだよ」深みのある低音の声に、すぐ誰だかわかった。今日一日、わたしの頭の中を駆け巡り、どうやっても消えなかった声。

声の主がわかったとたん、安心感がどっと胸に押し寄せてきたが、それからすぐ、わけのわからない怒りが募った。この人のどこが安心できるの？　自分のばかさ加減にかっとなり、相手の足の甲を思いっきり踏みつけてやる。相手はうなり声をあげたが、少しも腕をゆるめようとはせず、わたしの身体をぐるっとうしろ向きにして、冷たいコンクリートの壁に押しつけた。彼の身体が背中にぴったりかぶさってきて、両手首を壁に押さえつけられた。「反抗心旺盛だ」耳のうしろに唇を這わせながら、くぐもった声で言う。「いいよ、そういうのも」

あまりにあっさり言うのでカチンときた。頭を勢いよく振り上げて、顔にぶつけようとしたが、相手はさっとよけて、くすくす笑った。また足を踏んでやろうとしたら、わたしの両脚の間に片脚がするりと入ってきて、足が使えなくなった。手首に巻きついている指は鉄の手かせよりは柔らかいが、それでもしっかり押さえられていて動く余地はなく、肌がかっと熱くなるばかりだった。

「放して、でないと大声を出すわよ」努めて冷静な声で言い、相手と目を合わせようと顔を向けた。ほんとうなら脅えるなり、怒るなりしていいところが、少しもそうならないことに、われながら腹が立つ。この男の出現によって、またわたしの中に誤った感情がわき起こっていた。彼で良かったとほっとするなんて、頭がどうにかなったとしか思えない。名前さえ知らない相手なのに！

相手はさらにうしろから迫ってきて、わたしの髪に顔を押しつけ、深々と息を吸った。喉《のど》をふるわせて満足げにうめき、その振動がわたしの全身に伝わる。「今日一日、気がつけばきみのことばかり考えていた」こちらの脅し文句を無視して、くぐもった声で言う。わたしの両手首を彼の親指が丸くなぞり、ほとんど優しいと言っていいその感触に、全身がきゅっと緊張した。「きみがどんなに感じやすかったか。きみの匂いと、きみの味を思い出していた」

わたしはごくりと唾を呑んで、突然襲ってきた下腹部のうずきを無視しようとする。冗談じゃない、そんな言葉に興奮してどうするの。それでも彼の影がぬっとそびえ——熱くて固い身体が背中に押しつけられていると、頭がくらくらして、こちらから抱きついていきたくなる。もうっ。「放して」嚙みしめた歯の間から言い、勝手な反応をする身体を無視しようと努める。「こんなの間違ってる、嫌《いや》……」

耳のうしろの肌にそっとキスをされて、わたしは言いよどんだ。手首をがっちり押さえている手とはまったく対照的なタッチ。彼の唇と歯が首筋を這っていき、尻を腰でぐいぐい押される。硬いペニスが尻の割れ目をすべっていくのを感じて、息が詰まった。

「嫌がる女性を手込めにする趣味はない」もう一方の耳に唇が移動して、囁いた。「嫌だと言ってごらん、そうすれば、もう二度ときみには近づかない」わたしの答えを待っている間、喉に唇をすべらせ、肩を優しく噛む。

わたしはふるえていたが、それは恐怖や嫌悪感から来るふるえではなかった。彼の片方の手が手首を離れ、腕の内側をかすめても、わたしはじっとして、その感触にぞくぞくしている。彼の手がスカートの中に入って腿の裏側をすべり、爪が肌に当たった。指が一本、尻の割れ目を下から上へとなぞり、彼の口からうめき声が漏れた。左右のむっちりした尻の丸みを両手でつかんで開き、スラックスの中に依然として収まっている硬く勃起したペニスを押しつける。わたしは喘ぎ声を漏らし、壁を押して尻を突き出した。

彼の手がはずれ、急に反転させられた。見慣れたハンサムな顔と緑の瞳が間近に迫ったのも束の間、唇をぶつけるようにキスをしてきた。これまでの人生で味わったことのない、情熱的なキス。こちらもそれに応じて身をそらし、彼の身体にぴったりと全身を押しつける。彼の胸に両手をすべらせ、髪を指で梳《す》いたところ、いきなり腕をつかまれて頭上高く持ち上げられた。両脚の間に挟まっている脚に身体を持ち上げられながら、わたしは腰をまわし、岩のように固い腿に性器をこすりつける。彼の唇が下にすべった。首の敏感な皮膚を吸われ、少しずつ齧《かじ》られて、わたしの喉から、喘ぎ声が漏れる。

「きみの口を感じたい」囁きながら、わたしの首と顎のラインに唇をすべらせていく。

「ぼくの前にひざまずいて、その完璧な口でぼくのものを……」

離れようとすると、今度は止めず、うしろへ下がって、わたしを立たせてくれた。わたしは彼のスラックスのウエストにさっと両手を伸ばし、ファスナーを下ろした。彼が手伝おうと手を伸ばし、ペニスをスラックスから出したので、わたしはしゃがみ、ペニスの先を舌ではじいた。清潔な味。頭上で鋭く息を吸う音がして、わたしのしていることに彼が喜んでいるのがわかった。彼の欲望が、わたしの欲望をあおる――両脚の間で新たな熱が閃《ひらめ》くのを感じながら、ぐっと身を乗り出して、亀頭を吸って口の奥深くまで入れる。

「うっ！」彼の身体がふるえたのを感じて、わたしはふいに大胆になり、太い根もとを片手で握って、さらに奥深くまで招いた。舌で根もとをくるりとなぞり、亀頭をはじく。それから頭を上下させて太いペニスを口でしごきだした。彼の腰がびくんと動き、わたしの口の動きに合わせてペニスを突き出す。片手でわたしの後頭部を支えて、せっかちに動かそうとするが、そうはさせない。あいている方の手で彼の下着のボタンをはずし、中に手を入れて睾丸を包んだ。頭上で彼がふるえ、ペニスが歓んで跳び上がった。彼の両手の指が頭皮に食い込み、ぐいとひっぱられた。もっともっと、いっそう深くと、無言のうちに要求している。この時はわたしも素直に従った。根もとを握っていた手を離し、頭と舌を上下左右に動かして、できる限り深く出し入れした。その一方で、あいた手を自分の股間に持っていって、濡れた襞《ひだ》に指をすべらせ、うずいているクリトリスを刺激する。

「きみは、自分に触れているのか？」頭上で、食いしばった歯の間から彼が言う。こちらが動きをスピードアップさせるにつれ、彼もまた夢中になってペニスを突き出してくる。口いっぱいに硬いペニスを頬ばっているために、わたしの喘ぎ声はくぐもっている。相手はその間ほとんど無言だったが、舌をぐるりと動かしたり、喉の奥で亀頭をマッサージしたりすると、喘ぎ声が漏れてきて、わたしの耳にうれしく響いた。

脳の隅の、とても小さな部分が、いったいあなたは何をしているのと言っているが、わたしは耳を貸さなかった。長い間、人から見向きもされず、職場の同僚さえ、わたしには目もくれない。それが今、これほど美しい男が、形はどうであれ、わたしに歩み寄り、わたしを見つめている。それを思うと頭がのぼせそうになった。なぜ彼がわたしを選んだのか、次にどんなことが待っているのか、それは考えない——今はただ感じていたい。頭皮に彼の指が食い込み、睾丸が収縮し、間もなくクライマックスを迎えようという時、わたしのオーガズムも押し寄せてきた。

彼がわたしを押してコンクリートの壁に突き飛ばし、わたしの口からすぽんとペニスが抜けた。目の前の男は身をかがめて、わたしの胴に両腕を巻きつけている——宙に持ち上げられて壁にドンと押しつけられ、固い身体が両脚の間に収まった。わたしはびっくりして、ハンサムな顔に目を向ける。すぐ目の前に顔があった。それから彼のペニスがわたしの入り口をさがすのがわかった。中に入ってきたとたん、たまらない快感によがり声があがるのを噛み殺す。長らく使っていなかった筋肉が引き伸ばされて愛液を漏らして彼が入りやすいようにする。勢いよく挿入されたために、コンクリートの壁に背中がぶつかった。それと同時に彼の口がかぶさってきて、わたしの口から漏れた悲鳴を呑み込んだ。

自分の指で刺激して、とろとろと燃えていた興奮の火が、彼のペニスにこすられ、広げられ、グラインドされて、一気に爆発して表面に躍り出た。クライマックスがやってきた。喉から飛び出した声は男の口にとらえられたが、快感の波はとどまるところを知らず全身に広がっていく。彼に乱暴にキスをし、唇を齧り、スーツを着た腕を爪で下へひっかいた。それに応えて彼もまた乱暴に、ペニスを何度か突き入れた後で、わたしの口を離れて肩に歯を立てる。オーガズムが終わった後のわたしの弱々しい喘ぎ声が、狭い空間の中でかすかにこだましていた。

彼はわたしの肌に口を当てたまま、はあはあ息をし、それからペニスを抜いて、わたしの立っている足もとの床に射精した。あいている方の手でペニスを絞り上げ、最後の最後までオーガズムを堪能する。彼の熱い身体と固いコンクリートに挟まれて、わたしはようやく石の冷たさに気づき、多層駐車場のどこか奥深くで、出口へ向かう車がタイヤをきしらせる音を聞いた。濡れた腿の冷たさが目覚ましの役割を果たし、自分がここで何をしたかをまざまざと思い出させた――固い肩を弱々しく押す。オーガズムの余韻で身体はまだぐったりしていた。

彼はあとずさったが、まだ大きな手をわたしの尻にまわして身体を持ち上げていた。それからゆっくりと床に下ろした。ハイヒールを履いた足がよろけるので、わたしは彼の腕につかまって立ち、それから離れた。自分がしてしまったこと――二度目だ――の大きさにめまいがした。ぶるっとふるえたのは寒さのせいばかりではなかった。そこでふいに、何か重みのある温かなものに肩を覆われてはっとした。ちらっと見ると、彼が上着を脱いだのがわかったが、感謝の言葉を告げることもできない。わたしが上着の袖にゆっくりと腕を通す間、落ちないように持っていてくれる。防寒用の上着ではなかったけれど、彼の体温が残ってまだ温かく、ふるえも止まったので、とてもありがたかった。

「家まで送っていくよ」

その言葉を耳にした瞬間、わたしは首を振って彼から離れた。恥ずかしさに身体が燃えるように熱くなり、まともに相手の顔を見られなかった。「電車に乗らないと」ぼそぼそと言った。

顎の下に指が一本伸びてきて顔を上げさせられ、彫りの深いハンサムな顔を正面から覗き込む形になった。エレベーターで毎朝見てきた顔だったけれど、こんなに近くで見るのは初めてで、息が止まりそうだった。浅黒い肌は、生まれつきなのか、それとも太陽のキスを受けたのか、暗い色の眉と、黒々としたまつげに覆われた深い緑の瞳をいっそう引き立てている。量の多い髪は黒に近い色で、わたしが乱したせいで額にぱらぱらと落ちてきている。触れた時にチクチクしたのは顎にうっすらひげが生えているせいで、それがまたハンサムな顔に似合って、ドキドキしてしまう。石のように固い表情にそぐわない、不安をたたえた美しい瞳でわたしを見つめ、顎を親指で撫でながら、そっと言う。「いいじゃないか」

彼に触れられたことでわたしの身体にはまだ興奮が残っており、彼の手の荒れた肌に頬を寄せたい衝動に駆られる。ばかみたいに感傷的になって、目に涙が盛り上がってくる――いったいわたしはどうしたの――またあとずさって彼の手から離れた。愚かな女になりさがっちゃいけない。咳払いをして、気持ちを引き締めてから、彼と目を合わせた。「電車に乗らないといけないんです」頭を高く持ち上げていながらも、恥ずかしさがどっと胸に押し寄せてきて、今すぐ逃げて隠れたいと強く思う。さらにあとずさり、それからはっと思い出して足を止める。「上着をお返ししないと」ぼそぼそ言って、脱ぎかけた。

彼が片手を上げて、それを止める。「持っていってくれ」愉快そうな笑みが口元に広がった。一瞬、わたしを食い入るように見つめ……満足したような表情を見せた。「ぼく以上に、きみの方が必要だ」

確かに空気は冷たく、自分の外見が見られたものじゃないのはわかっていた——上着は大きすぎたが、それでも今の自分には身を隠すものが必要だった。感謝の言葉をもごもご述べてから、狭い空間をさっと抜け出て出口の方へ向かった。ふるえる手を持ち上げて頭をさわると確かに髪は乱れていたが、目も当てられないほどではなさそうだった。とにかく鏡のある場所へ行かないと。きっとすごい顔をしているに違いない。

うしろの方で車が停まった。見ない方がいいとわかっていながら、ちらっとふり返る。車体の長い黒いリムジンから運転手が降りてきた。後部座席のドアをあけたところへ、あのハンサムな男が乗り込む。運転手がドアを閉めて、車が出口の方へ方向転換するのを、わたしは突っ立ったまま、ばかみたいにぼうっと見ている。車の窓には色がついているので、わたしの前を過ぎる時にも、中の様子は見えなかったけれど、ついさっきセックスをした相手が守衛所の前を過ぎて、騒々しい外の往来へ出ていくのを最後まで見守っていた。あの男はいったい何者？　一瞬首をかしげたが、その後はもう一切、彼のことは考えないようにして、空っぽの駐車場から外へ出ていった。

近くのカフェに飛び込んですぐ、トイレに鍵をかけて閉じこもり、身なりをととのえにかかる。スカートとブラウスは皺を伸ばしてひっぱったら、なんとか見られる状態になった。甘美な手で揉まれた髪は、いくら撫でつけてもいうことをきかないとわかり、バッグに手を突っ込んでシュシュをひっぱり出し、ゆるいポニーテールにした。ファンデーションを一から塗り直すことはせず、青い目のまわりの、撚《よ》れた部分だけを直すと、なんとか見られる顔になった。十五分後、剝き出しの腕にバッグのストラップをかけ、借りた上着をバッグにひっかけた——寒いけれど、これを着るのは妙な感じがする。いつもより遅い電車に乗った後は、ずっと頭の中に靄がかかった状態で、脳はひとつのことをくり返し考えていた。

いったいわたしは、何をしていたの？

3

翌朝は、いつもより三十分早く出勤し、あの男がいないことを確認してからエレベーターに乗った。前日のことを誰かに指摘されるかと思ったけれど、いつものように、周囲の人間はわたしに無関心。この時間帯は人の姿もちらほらで、緑の瞳と再度はち合わせしないうちに、自分のブースへと急いだ。

昨日の夕方から夜にかけて、翌朝は出勤するかするまいか、ひたすら考えていた。自分のしでかした向こう見ずでばかげた行いが、一晩中、頭から離れず、しまいには自分の精神状態を疑った。ここまで分別に欠ける行動を取ったことはこれまでになく、たまりにたまった性欲のせいにするわけにもいかなかった。

今の職場がこの先どうなるともわからないので、ずいぶん前から職さがしはしていたが、状況は相変わらず厳しかった。この仕事は辞めるべきだと、わたしのプライドはそう言っているものの、現実的になれば、お金に困るのが目に見えていた。請求書の支払日が近づいているし、新たな仕事が見つかるまで無収入でやっていける貯金もない。

ああ、ルーシー、よくもここまで落ちぶれたものね。

デスクに向かうと、ＰＣにログインしなくてもできる仕事から取りかかった。早い時間に出勤していることを上司に知られたくなかった。やがて同僚たちがお喋りをしながら目の前を通り過ぎていったが、わたしはほぼ一日中、自分の狭いブースの中にいて、誰にも目を向けられないのにほっとしていた。そんな感じで、とりたてて変わったことも起きなかったが、午後四時になると、わたしのブースの壁から上司が顔を突き出した。

「ちょっとついてきてくれるかしら？　ミズ・デラコート」

驚いた。彼女の姿は毎日のように見ているけれど、採用面接で顔を合わせて以来、オフィスでは完全に無視されていた。それがよりにもよって、このタイミングで呼び出しがかかった。世界がぐるぐるまわりだし、胃がねじ切れそうになる。有無を言わさぬ口調だったので、わたしはあわてて「はい、参ります」と答え、気を引き締めてから立ち上がり、よろける足で彼女の後についていった。

上司は自分の部屋には向かわず、オフィスを出て廊下をずかずか歩いていく。これはひょっとして、前日の破廉恥な行いがオフィス中に広まっているということですか……とは、恐ろしくてとても訊けず、黙って後をついていった。ほかに呼び出されるような理由は何も思い浮かばないし、上司自ら外に連れ出して解雇通告をするとも思えなかった。

ふたりとも黙っているうちに、エレベーターは上がってビルの最上階へと近づいていき、わたしの胸で不安がぐんぐん膨らんでいく。これまで彼女から話しかけられたことはなく、その表情から心の内を読み取ることもできない——いや、読み取れてしまっても恐ろしいから、熱心に見ることもしない。エレベーターのドアが開くと、目の前に別世界が広がっていた。無味乾燥な狭い廊下は消えて、暗色の鏡板が張られた広々とした通路が延びている。壁に堂々と浮き出したハミルトンの社名。広い通路を進んでいくと、大きな部屋の入り口に受付デスクがあった。奥に目をやると、壁沿いにオフィスのドアがずらりと並んでいて、広々としたエリアの両端にガラス張りの会議室があった。重厚な木材のところどころに金の装飾が配され、モダンな照明や洗練された工芸品も含め、どこを見ても贅沢《ぜいたく》で趣味の良い極上の空間だった。

「ハミルトン氏に呼ばれているの」わたしの上司が受付の女性に言うと、相手はうなずいて電話を取り、わたしたちを通した。

上司の言葉に驚いて、ふいにわたしの足がいうことをきかなくなった。どうして会社の中枢部に？　わたしはこの会社のことを勉強したことはなく、何も知らないに等しい——派遣スタッフはあくまで臨時雇用で、契約も短期で終わるのが常だった——それでもここが、ほかの階とは別格であることぐらいは、すぐに見当がつく。不動産王ドナルド・トランプの雰囲気を漂わせるこの階は、仕事をする場というよりも会社の顔だ。わたしのしでかしたことが知れ渡っているとしたら、こんなところに連れてこられるはずはなかった。

　胸に混乱と恐怖が募る中、慎重に距離を置いて上司の後についていく。上司はオフィスのドアのひとつをノックしてから、中へ顔を突っ込んだ。「ハミルトン氏がお会いになるそうよ」ふり返って、わたしに中へ入るよう手で示す。

　立ったまま、一瞬上司の顔を黙って見つめ、それからドアの方へ歩いていった。最後に一度、わけがわからないという目を上司に向けてから、部屋に入ったとたん、新たな恐怖に襲われて、その場に棒立ちになった。そんな、ばかな、嘘でしょ……。

「ありがとう、アガサ、あとはぼくの方で」

　上司がこくりとうなずいて外からドアを閉めた後、わたしは大きなオフィスの中で、ぎょっとして立ち尽くした。口をぱくぱく動かしながら、見慣れた姿が机を前にして座っているのをまじまじと見る。それから机のネームプレートに目を移した。「ジェレマイア・ハミルトン」口に出して呟いたものの、身体はショックで麻痺《まひ》していた。

　机の向こうに座った黒い髪の男が、こちらを値踏みするように冷ややかな目を向けた。

「ミズ・デラコート」わたしの呟きに応えてそう言い、目の前の椅子を勧めた。「どうぞ、かけて」

　その声を聞いたとたん、最悪の推測が的中したとわかり、心臓の鼓動が早まった。喋ることができないまま、ふらつく足で歩いていって、勧められた椅子におずおずと腰を下ろした。彼はわたしを無視して、手にしたタブレット端末の画面をスクロールしながら何か熱心に見ている。張り詰めた静寂が広がる中、わたしは広いオフィスの中を見まわした。ＣＥＯの机は天井から床まである大きな窓を背にしており、眼下の通りがパノラマのように臨めた。机は暗色の木材で作られた、がっしりしたもので、ノートパソコンが一台とネームプレート、それに鋼鉄の球が静止した状態のニュートンのゆりかごが置かれているだけ。あとはがらんとしていた。わたしが座っている椅子はキャスター付きの贅沢なもので分厚いクッションが張ってある。

「ミズ・ルシール・デラコート」妄想の恋人に名前を呼ばれてぎょっとする。いや、違う、この人はジェレマイア・ハミルトンだ。まだ現在の状況に脳が追いついていない。

「データ入力の事務作業のために、二カ月前、エグゼクティブ・マネージメント・ソリユーションという派遣業者から、アガサ・クラブツリーが雇用した。ここまで、間違いはないかな？」わたしが反射的にうなずくと、相手が続けた。「身分証明書は、パスポート」そう言ってわたしの顔をちらっと見る。「パスポートだったね？」

ふいに口がからからになり、喋るのも困難だったが、黙っているわけにはいかない。

「いつもパスポートは全部携帯しているので」

相手が片方の眉を上げた。「全部？」ＣＥＯが訊いた。さらに詳しいことを知りたいという表情だったが、わたしは肩をすくめただけで何も言わなかった。

一呼吸おいて、相手がまた口を開いた。「ニューヨーク州の北部で育ち、コーネル大学を三年目で中退。以来、雑用的な仕事を転々として、三カ月前に、この街へ引っ越してきた。中退はどうして？」

たったそれだけで事足りてしまう、なんとも味気ない人生の概略。相手の言葉のひとつひとつが、身に突き刺さるようだった。最後の質問はわたしの中を素通りしていき、相手がしばらく黙っていたので、何か聞き逃したと気がついた。「すみません、今なんと？」ちゃんと聞いていなかった自分を心の中で呪う。

「なぜ、大学を中退したのかな、ミズ・デラコート？」

有無を言わせず答えを要求する口調だったが、この問題は複雑で、わたしのプライベートに関わることだった。三年近く経った今でも、当時のことを思い出すとつらくなる。この質問はプライバシーの侵害にあたり、法的には答える必要はない。それなのに気がつくと唇が動いていた。「両親が亡くなったので」

今度は長い間《ま》があり、その間、わたしは自分の両手に目を落とし、泣かないようにこらえた――自分が今どんな状況にはまり込んでいるか、それを考えると、これは相当に難しかった。両親が生きていたら、こんなわたしを恥だと思うだろうか？　思わずこみ上げてきた涙をぐっと呑み込んだ。わたしを育てるために、多くを犠牲にした両親だった。そういった事情のほとんどを、わたしは両親が死んで初めて知り、挙げ句の果てには自分の生まれた家も失った。一家が二代にわたって住み続けてきた家は、わたしの教育費を捻出するために抵当に入っていて、多額の借金が残っていたとわかり、頭を殴られたような気分になった。なんとか借金を返して銀行の手に渡らないよう頑張ったけれど……。喉にこみ上げてきたものを呑み込んで、わたしは必死に落ち着きを取り戻そうとする。

「それは残念だった」ややあってジェレマイアが言った。それから咳払いをし、革張りの椅子に背を押しつけるのが音でわかった。「どうしてニューヨーク・シティへ？」

相手の声に心配の響きを聞き取ったものの、まだ顔をまともに見ることができない。そういった質問はプライベートなもので、彼にはなんの関係もないとわかっていながら、それでも答えた。「実家を失って、引っ越さなければならなくなったんです。大学の時の友人がジャージー・シティにいて、いっしょに暮らさないかと言ってくれて」

「なるほど」ジェレマイアはしばし顎をかいている。「なぜきみをここに呼んでもらったか、知っているのかな、ミズ・デラコート？」

一番恐れていた質問で、答えられるわけがなかった。ごくりと唾を呑み込んでから顔を上げ、緑の瞳と目を合わせたが、そのとたん勇気がしぼんだ。「知っている、というのは？」答えるはずが、質問になってしまった。

相手は何か言おうとしたが、思い直してやめ、それからまた口を開いた。「ここでこうして会わなかったら、きみの一日がどのように進んでいったか、ぼくから説明しよう」机の上で腕組みをしてから先を続ける。「朝からずっと仕事をし、退社時間の三十分前になったところで上司の部屋に呼ばれる。そこで彼女はきみの契約期間が本日をもって終了することを伝える。きみは最後の給料をもらったのち、ビルの外へと送り出される」

足もとの床が消えたような気分を味わうのは、朝からこれで二度目だった。「わたしを解雇なさるおつもりですか？」弱々しい声で言いながら、自分の言葉が信じられなかった。あまりにフェアでない人生に対して怒りがわき上がってきた。「その理由はつまり……」

ジェレマイアが片手を上げて、わたしの言葉を制し、首を横に振った。「解雇の決定は一カ月前にもうなされていた。きみの働いている部門では、臨時の仕事のほとんどが不要になった」それから目を細めて、わたしにというよりは、自分に向かって言う。「今週のはじめに、ぼくが解雇通知にサインをした。きみが誰だか知らないうちに」

「まだどこからも採用通知をもらえていないのに」うっかり小声で漏らしてしまった。すでに職さがしを始めていたことは秘密だった。でもこうなったからには、もう隠す必要なんかない。短い間に、またもや痛烈な打撃を喰らった。そう思ったら、怒りを抑えるのが難しくなった。

「きみのファイルを見せてもらったよ、いい仕事をしている」ジェレマイアが先を続ける中、わたしはショックでぼうぜんとし、机の上をじっと見ている。「この先どんな仕事の面接を受ける際にも、優秀な人材だと推薦状を出せる」

口がきけず、言うべき言葉を考えることもできず、わたしは顔を上げて目の前のCEOの顔をまじまじと見た。「どうしてそんなことをわたしに言うんです？」呟くように言った。「わざわざここまで呼んだのはなぜですか？」

「きみに新たな仕事のオファーをしようと思った。興味があればいいんだが。ぼくの個人秘書が必要なんだ」

わたしは数度まばたきをした。信じられないオファーだった。相手の顔を窺《うかが》うものの、表情は御影石のように動かず、何を考えているのか、さっぱりわからない。下腹で疑念が渦を巻きだすのを感じながらも、わたしは訊いた。「個人秘書の仕事内容は？」

「ぼくの望むことすべて」

わたしは深く息を吸い込み、その言葉が示す、ありとあらゆる内容を頭の中で想像した。まさか……その中に、あんなことまで含まれるはずはない。が、相手はビジネスの話を気軽にしているようでありながら、その目を見ると、わたしの考えが当たっているとしか思えなかった。そのとおりだよ、ありとあらゆる悪いことをしようじゃないかと、眼差しがそう言っている――いやそれは、妄想を現実にしたいと願う、自分の心がそう思わせているだけかもしれない。ここははっきりさせないと。「あの……昨日のことですが、あれも……」

ジェレマイアが前に身を乗り出して、組んだ指の上に逞しい顎を乗せた。「そう」あっさりと言い、その一言がわたしの訊きたいことすべてに答えてくれた。

冗談じゃないと言い返し、なけなしの威厳を保持しようと思うものの、今のわたしは現実的になりすぎていた。どうしても仕事が欲しいという時に、オファーがあった。次の仕事のあてもないというのに、これを逃す手はない。ここ三年にわたる窮乏生活を思ってわたしの心臓がぎゅっと縮まった。実家を人手に渡すまいと、それだけを思って必死に働いて倹約してきたのに、結局全部失った。快く助けてくれる親戚縁者もいなかったから、もし大学時代のクラスメートがいっしょに住もうと言ってくれなかったら、路上暮らしを余儀なくされていた。ひとまず世話になって、早いうちに自分の部屋を借りようと思っていたのが、お互いの予想を超えて、ふたり暮らしは長引いていった――借金を取り立てる電話がしょっちゅうかかってくるし、都会暮らしで生活費がかさむしで、わたしのものと呼べるお金は全然なかったからだ。

だからといって、素直にイエスと言うべき話じゃないだろう。「待遇は？」顎を持ち上げて言ったものの、全身がかっと熱くなったことを気づかれないよう祈った。こんな仕事を受けようと考えるなんて、信じられない！

相手の片方の口角《こうかく》が持ち上がり、そこを中心にゆっくりと笑みが広がった。「保険や給付金をはじめとするあらゆる手当、それに給料の値上げ、交通費もすべて支給される」小さな付箋紙《ふせんし》に何か書きつけて、こちらに渡してきた。「初任給はこのぐらいでどうだろう？」

書かれている数字を見て、気を失いそうになった――これならわずか数カ月で奨学金を完済し、一年もしないうちに大学へ戻るのに十分すぎるほどのお金が貯まる。何か言おうと思うのに顎が動かず、言うべき言葉も見つからない。チャンスを逃すなと、わたしの一部がせっつく一方で、いつも両親のような口をきく部分が、今すぐ逃げなさいと大きな声で叫んでいる。わたしは座ったまま自分に残された選択肢を黙って考え、それからふるえる息を吸った。「書面にしてください」

相手が求めていた答えはそれではないと、なんとなくわかった――彼は首をかしげた。目元に皺が寄っているのを見ると、面白がっているらしい。そこ以外にはまったく表情が読み取れないハンサムな顔がうなずいた。「了解した。しかしその前に、この仕事に必要な資質を備えているかどうか、ここであらためて面接試験を行いたい」身を乗り出して、両手の指先を合わせて作った山に顎を乗せて言う。「立ち上がって腰を曲げ、この机に両肘を置いてごらん」

4

わたしは凍りついた。「ぼくの望むことすべて」――先ほど彼が言った言葉が頭の中でこだましている。やはりやめようか、と迷ったのも束の間、立ち上がって机に向かった。腰を曲げ、暗色の木の机のへりに両肘をつき、立ち上がったジェレマイアが机をまわり込んでうしろにくるのを緊張して見守る。「ぼくが動いていいと言うまで、ずっとその姿勢で。さて、きみは一分間に何ワード打てる？」

ごくふつうの質問に驚いたが、最近の就職活動で鍛えられていたから、すぐに答えられた。「八十ワードです」

「この仕事に向いていると思われる、きみの強みは？」

相手がわたしの背後に消え、急に不安になる。首をねじって様子を窺うこともできたが、そうはせず、机に視線を注いだまま、面接ではおなじみの質問に答えていく。「細部まで目が行き届く注意力と、何があろうと全力で仕事を片づける、その集中力です」

明らかに練習を重ねたとわかる回答に、背後からくすくす笑いが聞こえた。「五年後の展望は？」

答えようと口を開いたところで、腿の上を手が這い上がるのがわかり、びっくりして黙り込む。手はスカートの中にもぐって尻を撫でた後で、さっと逃げた。ごくりと唾を呑み、息を乱しながらなんとか答える。「願わくは、ロースクールを卒業しているか、好きな仕事に就いていたいと思います」

相手は「ふーむ」と低い声を漏らしただけで、何も言わない。わたしは脈拍が速くなってきたのがわかり、目を閉じて心を鎮める。エレベーターの中と同じだった——一度触れられただけで、われを失い、もっと触れて欲しいと身体が切望する。

「どんな仕事に就きたい？」

指が腿の間にすべり込んできて、パンティの薄いコットン地を撫でた。わたしの口から喘ぎ声が漏れる。その手に押しつけるように尻を落としたものの、またもや手は逃げていき、喘ぎ声を噛み殺す。小休止のうちに考えをまとめようとしたが、難しかった。

「自分の力を認めてもらえる場所で、人の役に立つ仕事がしたいです」

「素晴らしい答えだ」くぐもった声で言ったと思ったら、また手が戻ってきて、両脚の間の柔らかな肌を押したので、じっとしていられずに身悶《みもだ》えした。両手を机に押しつけ、ひんやりした木材に爪を食い込ませながら、下腹部に熱がわき上がるのを感じている。別の手がわたしの背中を撫で下ろし、片側の尻を撫でる間、もう片方の手は相変わらず、わたしの敏感な部分を指でずっといじくりまわして、いじめていた。ふるえる腕を机で支えていると、硬いものが尻に押しつけられた。とうとう指がパンティの下にもぐり込み、わたしの中に入ってきた。濡れた襞を指がつるつるとすべっていく。また漏れ出してくる喘ぎ声を嚙み殺し、音を立てるまいとするものの、無理だった。

「ぼくの部屋は防音になっているし、ドアに鍵もかかっている」相手は呟くように言って、わたしが訊こうとも思っていなかったことに答えてくれた。指は奥深くまで入ってきて、わたしの全身をふるわす。「次のステップに進む前に、これを脱いでしまおう」

相手はそう言って、わたしの穿いている薄いコットンのパンティを引き下げる。床に落ちると、わたしは何も考えずに脚を抜いた。その脚の内側に彼の脚が入ってきてぐいと押される。両脚の幅を広げたとたん、彼の腰が尻に押しつけられた。そうしている間も襞をまさぐる指は片時も休めない。息を荒くしていると、ジェレマイアがスカートをウエストまでめくって押さえ、勃起したペニスを尻に当てた。

脚の間の硬いつぼみをマッサージしていた親指が、ついとうしろにずれてアナルに移動した。びっくりして机に身を乗り出すと、机と彼の腰に挟まれた格好で、きゅっとすぼまったアナルのまわりを親指でじりじりと刺激された。男性が女のその部分に興味を示すなど、これまで思いもよらなかった――いやまったく知らないほど初心《うぶ》ではないが、自分の妄想にそういう場面は一度も出てこない……なんて考えていられたのはそこまでで、あとはもう彼のタッチに、欲望が燃え上がり、全身がふるえた。

首に唇が押しつけられ、「また後で」と、深みのある声が約束するように響いた。もう一度アナルを撫でた指が、またクリトリスに戻ってきた。すでにわたしの呼吸は喘ぎと区別がつかなくなっており、入れて欲しくてたまらず、自分で尻を突き上げた。彼の指がじらすように動いて、ますます悶えるものの、決してオーガズムに行き着かせてはくれない。

うしろで何かが動いた――ジェレマイアがしゃがんで、わたしの剝き出しの尻と向き合っていたかと思うと、両手で尻を開き、片方の丸みをいきなり歯でこすった。何が起こるのかわからないうちに、生まれて初めて、自分の一番恥ずかしい場所に舌が触れるのを感じた。舌は割れ目をぴちゃぴちゃ舐めた後、汁の沁《し》み出した膣口へ押し入ってきた。わたしは机に身をぎゅっと押しつけて、また大きな声をあげた。彼の舌と指に、わたしの身体の反応は完全に支配されていて、次から次へ口から飛び出す喘ぎ声をどうすることもできなかった。これまでの乏しい経験の中ではついぞ味わったことのない、めくるめく快感にわれを忘れてしまいそうになる。大きな声をあげてクライマックスに達し、机の固い表面を爪でひっかきながら、ガクガクと全身をのけぞらせた。

両手の上に額を乗せていると、コンドームの包みが破れる音がして、一瞬ののち、彼の硬いペニスが、尻の間をすべった。指が抜かれたのも束の間、入れ替わりに太いものをあてがわれ、きつい入り口からぐいぐい奥へと侵入してくる。再び喘ぎ声をあげると、太い腕が一本伸びてきてウエストに巻きつき、彼のボディに引き寄せられる。わたしを机に押しつけながら、ペニスを出しては入れ、出しては入れして、こちらの柔らかな粘膜はぐいぐい引き伸ばされ、電気が走るような感覚に襲われる。オーガズムの波に乗りながら、彼の繰り出す激しいピストン運動に、息が切れ、なりふりかまわずペニスに向かって腰を落としていく。

「くそっ、なんて熱いんだ」耳元で囁きながら、ペニスで勢いよく突き、わたしにまたもや声をあげさせる。突かれて突かれて突かれまくりながら、わたしは机のへりにつかまって踏んばり、全身をふるわせる。片手が首に上がってきて、彼の肩に頭が乗るよう、のけぞらされた。呼吸が少し苦しくなったものの、新たにやってきたオーガズムの波に乗って喘ぎ声は止まらず、またしても全身がわなないた。一度目から何分も経っていないのに。

頭が横に傾いたと思ったら、歯が首をかすめて肩をすべっていき、彼の手がブラウスの生地をひっぱった。肌が感じる柔らかな唇の感触は、彼の腰が行う激しいピストン運動とまったく対照的だったが、その快感に溺れて、彼にすべてを任せた。二度のオーガズムを経て、わたしの身体はぐったりして、抜け殻のようになっていたが、ジェレマイアの逞しい腕が楽々と支えてくれている。すでに限界を超えて、それ以上に感じることは不可能でありながら、わたしの身体は彼の突きに応えて大きくのけぞった。想像を超える快感だった。

前と同じように、彼はわたしの肩を噛んでふるえ、あまりに激しいピストン運動に、わたしの足が床から浮き上がりそうだった。彼は荒々しいうめき声をあげて最後のひと突きをした後、わたしの背中に身体を押しつけ、ふるえながら射精した。わたしの首にまわしていた手がゆるみ、再び血が勢いよく頭を巡っていき、目の前がくらくらしてきた。彼はわたしの上体を机の上に慎重に横たえ、固い身体をうしろからかぶせてきた。ふたりそろって息をはあはあはずませる。

しばらくすると彼が起き上がって、わたしから離れた。ひんやりした木の机に、わたしひとりがのっかっている。それからようやく、あられもない格好でいる自分に気づいたが、もう少しそのままでいて、息がととのったのを見計らうと、めくれ上がっていたスカートを下ろした。したたかに濡れていて、このまま椅子に座ったらスカートにしみがつくのは確実だったので、机を支えに、ハイヒールを履いた足でよろよろと立った。

「これで面接試験は終了。きみは採用と決まった」

まだ荒い息をしながら、わたしは首をねじった。オフィスの片側に設置してある小さなコーヒー・コーナーの前にジェレマイア・ハミルトンが立っていた。スーツのどこにも乱れはなく、何事もなかったかのように完璧な装いだった。顔には何かさぐろうというような、好奇心に満ちた表情が浮かんでいるが、何をさぐりたいのか、わたしにはわからない。なんて淫らなことをしてしまったのだろう。弱い立場につけこまれ、いいように利用された。しかし、自分の心のどこを覗いても、そこに恥辱や怒りや、不当なことをされたという感情は見つからず、ただ芯から疲れた感じと、安心感のようなものがあるだけだった。

わたしは完全にイカれてしまった。

肘をそっとつかまれて向きを変えさせられ、水が入ったグラスを手に押しつけられた。「きれいにしておいで」ジェレマイアが言う。わたしは冷たい水を一口呑んだ。これまでに聞いたこともない優しい声だった。「きみが戻ってきたら、すぐ出発できるように、こちらで準備をしておく」

まだ頭がぼんやりしているから、きっと何か聞き逃したのかもしれない。「準備というのは？」

「パスポートを持ち歩いているって、言わなかったかい？」

わけがわからず、わたしは目をぱちくりさせた。妙なことを訊く。「ええ、そうですけど」

それですべて了解したというように、彼がうなずいた。「完璧だ。このままぼくといっしょに同伴者として来てもらえる」

わたしはもう一口水を呑み、まだ会話がどっちの方向へ向かっているのかわからずにいる。「同伴って、どこで?」

「パリ。一時間後に出発する」

5

リムジンの中は、記憶にあるより広々としていた。といっても、そんなものに乗ったのは、高校の卒業ダンスパーティ以来で、あの時は友人たちがパートナーといっしょに乗り込んで、車内はぎゅうぎゅう詰めだった。

後部座席の向かい側に座るハンサムな男をこっそり盗み見ると、膝の上に乗せたタブレット端末に集中していた。目下のところ、わたしは何をしていてもいいのだが、膝の上に置いた革のバッグを胸に抱きしめて、今日起きたことの衝撃からまだ抜け出せずにいる。今パリへ向かっているというのは、ほんとうなの？

この二日間は完全に常軌を逸していた。多国籍複合企業、ハミルトン・インダストリーのＣＥＯ、ジェレマイア・ハミルトン。ドナルド・トランプに匹敵する金儲けの天才と向かい合って、わたしは今黒いリムジンに乗っている。彼といっしょにパリへ飛ぶために空港に向かっているという事実が、いまだに信じられなかった。それも彼の個人秘書として。間もなく渡される契約書には「ぼくの望むことすべて」というあいまいな表現が記載されているはずで、その仕事の範疇はいかようにも解釈可能だ。

今日は間違いなく、人生最悪の日、トップ5に入るだろう。衝撃的な日のランキングなら堂々の一位。

マンハッタンはちょうどラッシュアワーで、例によって歩行者と車でごった返していたが、わたしは窓の外にはあまり注意を向けず、考えごとに没頭していた。それでもマンハッタンを出ると、交通量が減ってきたのに気づき、ニュージャージーへ向かっているのだとわかった。高いフェンスの向こうにずらりと並ぶ飛行機の前をリムジンが通っていく。窓から外を覗いたら、テターボロ空港という看板が見えてちょっと驚いた。ニュージャージーの空港はニューヨーク・シティの空港ほど大きくない。実際に使ったことはないけれど、この空港から個人所有の飛行機やジェット機が多数発着するのは知っていた。わたしはJFK国際空港しか使ったことがなかったから、小さな空港はどこか物珍しい。アスファルトの上にずらりと並んだ小ぶりのチャーター機は、プライベートな旅行に出る人やお金持ちが使うのだろう。

そこに今日はわたしが仲間入りするという。そう思ったら背筋に冷たいものが走って寒くなり、両腕をさすった。この先にどんなことが待っているのだろう?

「ほんとうに、着る物を持っていかなくていいんですか?」空港のターミナルに入った時、これで三度目になる質問をくり返した。オフィスに置いてある身のまわり品以外は何も持っていかないように言われ、バッグに入っているものと、今着ている仕事用の服が、わたしの所持品のすべてだった。スカートとブラウスは汚れていないが、海外旅行をするのに着の身着のままはまずいだろう。

「こちらで用意するからだいじょうぶ」ジェレマイアが請け合う。「それも契約の中に含まれる」

　まただ。突然の旅行について、わたしが何か訊くと、いつも同じ答えが返ってきた。この調子でいくと、契約書はトルストイの『戦争と平和』以上に長いものになりそうだ。そういうばかなことを考えたところで、少しも気は楽にならない。でもまだ何にもサインはしていない。歩み去って、別の仕事をさがすこともできる。

　生きていくために、やりたくもない単純作業を黙々とくり返している自分の姿がふと浮かんできてぞっとし、悲しみに押し流されそうになる。わたしの行き着く先はそこ？これがほんとうに最後のチャンスなの？　顔を上げるとジェレマイアがわたしをじっと観察していた。無表情な顔は、何を考えているのかさっぱりわからないが、あの刺し貫くような眼差しを見ると、わたしの心がすっかり読まれている気がしてならない。優柔不断だと思われるのは嫌だった。奥歯をぐっと嚙みしめ、自分からはぜったい目を逸らすまいとする。

　ドアがあいて、にらみ合いが中断された。バッグをつかんで、彼の前を過ぎようとする時、相手が愉快そうな顔を見せた気がした。なるほど、反抗的なのは嫌じゃないらしい。空港の建物の中にそそくさと入っていきながら、わたしは考える。それは良かった。こちらには、ご機嫌取りをするつもりなど、毛頭ないのだから。

そこでふいに、彼の前にひざまずいてゴージャスな顔を見上げている自分の映像が頭に浮かび上がり、下腹部がうずいた。もうっ、冗談じゃない。

セキュリティ・チェックをこんなに早く通過したのも初めての体験だった。嫌な思いをしたのはただひとつ、係員がわたしのバッグの中を突っつきまわして、昨日入れたまま忘れていたパンティをひっぱり出したことだった。全身がかっと熱くなったけれど、係員はあくまで事務的な姿勢をくずさなかった。無事そこを通過すると、小さな待合ロビーに移動し、待機している飛行機まで、アスファルトの上を車で運ばれていく。

優美な流線型を描く飛行機だったが、わたしがふだん乗るものより遥かに小さく、商業用のものではないとひと目でわかる。こんなことでもないと、自家用機に乗って旅をするなどあり得ないことで、ふつうの若い女は、客室乗務員かパイロットでもない限り、こういう飛行機の内部を見ることさえほとんどないだろう。外見から予想したとおり、内装は豪華で、革のシートはふつうの飛行機についている座席の二倍の大きさがあった。パイロットはわたしたちをシートに着かせている間に、ドアを閉め、コックピットに入っていった。わたしは自分を取り巻く環境に圧倒されながら、シートに付いている様々な小道具や装置を試してみる。太いアームレストの片方を持ち上げると、その下に専用の電話機があって、これがなかなか愉快だった。

折りたたみ式のテーブルを開いたら、その上に薄いタブレット端末がすべってきた。さっきジェレマイアが見ていた端末だった。驚いて、近くのシートに座っているジェレマイアの顔をちらっと見る。「これはなんですか?」やっとのことで訊き、愉快な気分に陰りが出る。

「リムジンの中で、契約書を作成しておいた。離陸前に、これにサインをしてもらわないといけない」わたしがためらっていると、相手が身を乗り出して、こちらの目をじっと覗き込んだ。「当然の手続きだと思うがね」

「冗談でしょ?」皮肉っぽい答えを返したことで、緊張しているのがばればれだった。自分の人生を手放す契約にサインをしろと?

「帰りたいなら、車で家まで送らせる」そう言って、ジェレマイアは上着のポケットから、タブレットの入力に使う、銀色のスタイラスペンをひっぱり出し、わたしに差し出した。「選ぶのはきみだ」

わたしは彼の指からペンをもぎ取った。それをぎゅっと握って、ふるえないようにしながら、契約書の内容をざっと見ていく。大学時代に勉強したので、法律文書を読むのは得意だったが、これはかなり率直に書かれていた。「ぼくの望むことすべて」は、いかにも法律文書っぽいフレーズに変わっているが、結局言っていることは同じ。そこには秘密保持の規定も含まれていた。しかし終わりに近い部分を読んだところで、これまで話に出てこなかった契約条項に目がとまった。「五万ドル？」声をひっくり返らせて、彼の顔を見上げる。

ジェレマイアはうなずいた。「雇用期間が六カ月を経過したところで、きみはボーナスを得る資格を獲得する」契約書の文言どおり、ほぼ正確に口にした。「万が一、その後で契約を解消することがあっても、週ごとに支払われる給料と同じく、このボーナスも返済の必要はない」

ということは、途中で辞めても、わたしには得るものがあるということだ。こうして書面にされると、ばかげた選択と折り合いをつけるのが少し楽になる。具体的な仕事についてはあいまいにしか書かれていないが、契約書と名が付くものが出てくると、いかにもビジネスという感じがして、自分が軽薄なことをしている女だという感じがあまりしない。いやそれはどうだろう？　……こういう契約を交わすのは、リッチなセレブの間では当たり前のことなのかもしれない。そうでなかったら、いったいこれは何なの。

それでもまだ、踏み切れなかった。今ならまだ間に合うと、手にしたスタイラスペンをじっとにらんでいる。ばかげた茶番は終わりにして、タクシーを拾って、自分の部屋へ戻ろう……。

……それから、どうする？

故郷を出て大学のクラスメートといっしょに暮らし始めて以来、一番の悩みは、ニューヨーク・シティに近いところで生活するのは、非常にお金がかかるということだった。実家が抵当流れになった後、ほぼ一文無しになり、友人の家に世話になるしかなかった。そうしながら貯金をしようと思ったが、努めて倹約しているにもかかわらず、お金はさっぱり貯まらない。現在の自分の暮らしは一時的なものだと思っていたし、友人が最近見せる態度から、好意のおすそ分けも、もう残り少ないとわかっていた。とにかく、奨学金のローンを少しでも減らして、部屋を借りられるようにならないと。それまでは避難所に身を寄せているのと変わらないわけで、それを思うと体内を流れる血が冷たくなった。

ジェレマイアは辛抱強く待っていて、冷静な眼差しに、今ではいたわるような色まで浮かべている。両親が死んでから大変だったのは、請求書の支払いばかりではなく、こういう状況に陥った自分を見る、他人の目と戦うこともだった。「身寄りのない、かわいそうな女の子」のレッテルを貼られるのには、もううんざりだ。この契約が何を意味するのか、CEOはわたしへの〝面接〟によって、これ以上はないほどに明白にした。自分の机の前でわたしに脚を広げさせ、わたしの身体に好き放題のことをして、喘ぎ声をあげさせ、荒い息をつかせた。その場面を思い出すと、縮み上がって隠れたくなる――自分は決して、そういうことをする女ではなかったはずが、見知らぬ男に誘惑され、三十時間ほどで三回も応じて、心を奪われている。目の前にある契約書は、わたしに経済的な自由を与えてくれるが、それにサインをすれば、わたしは人間として、もっと大切な自由を手放すことになる。

ほかに選択肢はない。

契約内容を二度読み通した。大変な決断をしようとしている、その重みを痛切に感じながら、ふるえる指で契約書の末尾に自分の名をデジタル署名し、タブレットを返した。ジェレマイアは手を上に伸ばして、客室乗務員の呼び出しボタンを押した。すぐにエンジンが動き出し、飛行機が離陸の準備を開始した。わたしはシートベルトが締まっているか確認した後、シートのへりをぎゅっとつかみ、空を飛ぶ不安と、向かい側に座っている男への不安を無視しようとする。

「飛行機は苦手かな？」

わたしは目を閉じたまま、眠っているふりをした。飛行機がエンジンの回転速度を上げて、滑走路を進んでいく。こんな小さい機体でありながら、走行はスムーズで、想像していたようなやかましい音も立てない。それでも空に飛び立つまでは、緊張して息が苦しかった。

まだ飛行機が上昇中なのに、ジェレマイアはシートベルトをはずして立ち上がり、わたしのうしろに広がるメインエリアへ向かっていく。彼の存在に気を取られまいと、目を前方に据えたままでいたが、間もなく目の前に透明な液体の入ったグラスが差し出された。「わたしは呑みません」

「水も？」

相手の愉快そうな声を無視してグラスを受け取り、口の中でもごもご礼を言う。

「何か食べたかったら、バーの方に用意ができているから」

「ありがとうございます。でもお腹はすいていないので」

まるでその瞬間を選んだかのように、わたしのお腹がグーと鳴りだし、真っ赤な嘘だとばれてしまった。「ちょっとすいているみたい」

相手の唇がぎゅっと結ばれ、笑いを噛み殺しているのがわかる。「ぼくが誰だか、ほんとうにわからなかった？」

ふいに会話をするのが気詰まりになり、息を吐いて肩をすくめた。「ご本人が思っていらっしゃるほど、人気はないようですね」

相手はわたしの皮肉を温かいユーモアととらえたようだ。「実際、人気度はどのぐらいだろう？」

シートの中で縮み上がって顔を上げると、相手は目元に皺を寄せて楽しそうだった。その目を除けば、あとはまったくの無表情。これほど美しい緑の瞳を持つ男性は初めてだった。オリーブ色の肌と黒い髪が、瞳の美しさをいっそう引き立てている。いつの間にか見とれていたことに気づき、咳払いをして、質問の答えを考える。うまい切り返しなど思い浮かぶはずもなく、肩をすくめて水を一口呑んだ。

くすくす笑う相手を、わたしは無視する。「少し休んだ方がいい、長い旅になるから」彼が言った。

ジェレマイアが機内後方へ移ったので、わたしは大ぶりのシートの中でゆったりくつろぐつもりだった。しかし食べ物が近くにあると知ってしまったお腹が、そうはさせてくれない。手近にある様々な装置をいじくって三十分ほどは気を紛らわせていたものの、しまいには立ち上がり、バーに何があるのか見に行く。

上司の前を通りかかると、彼は広々とした椅子のひとつに腰を下ろし、暗い色の飲み物の入ったグラスを手にしていた。わたしは引っ込んだところにあるキッチンに入っていきながら、ずっと彼の視線を感じている。オレンジジュースをグラスについでから、食べ物をさがす。ずいぶん贅沢な材料を使っていそうな調理済みのチキンサンドをつまんで、小さな部屋の中で食べる。

あの人のそばにいると落ち着かない——というより、あの人のそばにいる自分が信用ならなかった。彼が近くにいると、いつも決まってエロティックな場面が浮かんでくる。ロマンス小説や妄想の中にしか出てこない場面が。一日に一度エレベーターの中で会うだけの見知らぬ男だったら、それでもいい。しかし今となっては、そんな場面は頭から締め出さないといけない――言うのは簡単だが、やるとなると難しい。わたしの妄想の世界で、彼の存在は欠かせないものになっていて、忘れてしまえと言っても、身体がそうはさせてくれない。ここまで堕ちた原因もそこにあるというのに、まだ懲りないのか。

水の入ったボトルをつかんで狭いキッチンを出ようとふり返ったとたん、足が止まった。入り口に彼が立っている。こちらへ近づいてくるとわかって、一歩あとずさり、その拍子にカウンターに尻がぶつかった。「あ、あの、わたしは自分の席に戻ります……」しどろもどろに言う。

彼は指でシャツのボタンをいじくっていた。「これ、ちょっと頼めないかな？」そう言って、シャツを指差し、わたしの言葉は無視する。「つっかえてるみたいなんだ」

わたしはあきれてため息をつく。そんな嘘が通ると、本気で思っているのだろうか？今の状況を考えれば、ほとんどばかげている。しかしそこで、今日の午後に耳にした言葉がぱっと頭に浮かんだ。〝ぼくの望むことすべて〟

やれやれ、今度は身支度を手伝えと？　そんなことまで契約に含まれるとは、サインをした時には考えもつかなかったが、小さなため息をついて、ボタンに手を伸ばした。彼の指に自分の指が触れたが、下腹がきゅっと締まる感覚といっしょに無視する。

驚いたことにボタンはほんとうにつっかえていたが、数秒もかからずにはずれた。さあこれで終わりだと、ボタンのはずれたシャツから手を離したが、あとずさろうとしたところで、いきなり両手をつかまれた。「ほかのボタンも見てくれないか？」

わたしは顔を上げ、彼の目を見てすぐ、またあわてて顔を伏せる。こんなばかげた話があるかと思いつつ、怒りを抑えてまたシャツに手を伸ばす。弱者の権利を擁護する弁護士になるために、多額の借金をして大学に通った――そのなれの果てが、こんな仕事とは……。

ジェレマイアに見下ろされながら、わたしは彼の眼差しを無視しようとする――言うは易く、行うは難し。できる限り強がって、束の間彼をにらみつけてから、シャツのボタンをはずしていく。生地は薄いけれど丈夫で、絹ではないが、絹と同じぐらい高級な素材らしい。第三ボタンに手がかかると、指がふるえだした。怖いというより、彼の肌がすぐ近くにあることにぞくぞくしていた。シャツの下に何も着ていないとわかるまでに、さほど時間はかからなかった。ボタンをひとつはずすたびに、彼の胴体が少しずつ露になり、褐色の肌と白いシャツのコントラストが目にまぶしい。シャツ自身、その肌から離れたくなくて、まとわりついているかのようだった。彼が一歩近づき、すぐ目の前にそびえ立つと、わたしの全身が細かくふるえだした。ああ、どうしよう。

この時点まで、わたしが関わった男といえば、家族と、学生時代の仲間数人ぐらいで、男性経験はじつにお粗末と言っていい。高校も大学も、わたしにとっては純粋に勉学の場であり、たとえわたしに興味を持った異性がいたとしても、関係を築こうという気は起こらなかっただろう。もっぱら興味は本や勉強に集中していた。両親が亡くなってからは、様々な仕事を転々としながら、自分の将来を憂うだけで精いっぱい。毎日が矢のように過ぎていった。そういう時に、目の前にいい男がいたとしても、ぜったい気づかなかっただろう。ところが今、目の前にいるこの人は、わたしの注意を強力に引きつけた。

指の下になめらかな肌を感じたい、その欲望にあらがう戦いは、最初から負け戦だった。彼がわずかに横に動くと、わたしも無意識のうちにいっしょに動き、相手に合わせてゆっくり身体の向きを変えた。ジェレマイアがシャツを脱いで、傍らにある椅子へ放った。わたしは息を詰めて、さっきまでシャツに覆われていた彼の身体に視線を泳がせる。すると、両腕を指でさっと撫で下ろされ、下腹でかすかにうずいていたものが爆発して火花を散らした。彼がすぐ間近にいるという事実と、指で触れられた感触にただもう圧倒された。知らぬ間に自分たちは場所を移動していて、気がつくと固いものに背中を押しつけられていた――壁だ。わたしの両手は彼の引き締まった腹筋に触れて緊張している。顔を上げると、ジェレマイアが熱い眼差しでわたしを見ているのがわかり、一気に膝から力が抜けた。もう抵抗しようなどという気はまったく起こらない。彼が身体を押しつけてきて、頭を下げて唇にキスをする。

さっと唇をかすめるだけのソフトなキスが、突然情熱的なものに変わった。わたしはどうすることもできず、彼に口をふさがれながらうめき、引き締まった身体に爪をすべらせた。彼のキスに反応して思わず出たエロティックな仕草だったが、自分がそんなことをするとは思ってもみなかった。その刺激が彼の興奮に火をつけたようで、さらに強く身体を押しつけながら、舌を少し出して、わたしの唇を焦《じ》らすようにはじき、口をあけさせようとする。大きな手がわたしの身体をまさぐり、ウエストに落ち着いた。尻の丸みと背中に指が食い込んだと思ったら、彼の大きな身体にぎゅっと押しつけられた。わたしは彼の首まわりに両手を持っていき、豊かな黒い髪をまさぐり、相手と同じように欲望を剝き出しにする。両脚の間に彼の片脚がくさびのように打ち込まれ、身体の敏感な部分を押し上げられて、思わず息を呑む。わたしのその部分が膨れ上がり、もっともっとと刺激を求める。尻をつかんでいる手に急に力がこもり、宙へ持ち上げられ、彼の身体と手だけで壁に釘付けにされた。相手の腰に自分の腰をぴったりくっつけると、口から彼の唇が離れていき、わたしの喉の柔らかな肌を歯がすべっていく。いきなり腰を突き出され、喉から小さな悲鳴が漏れた。ここでもまた、彼はブラウスの生地の上からわたしの肩をそっと噛み、腰をグラインドさせた。

わたしは両手で彼の顔をさぐってまたキスをし、息も絶え絶えの喘ぎ声を彼の口の中に漏らす。そうしている間にも、相手はわたしの腰に自分の腰をこすりつけることをやめない。スカートがウエスト近くまでめくれ上がり、彼の指がじりじり動いて腿のつなぎ目へと向かった。薄いパンティ越しに、わたしのうずいている中心を圧迫する。彼の口の中でうめき、彼の唇を齧りながら背を弓なりにして、もっと強くと、彼の手に腰を押しつける。

「おや、ぼくのスラックスのボタンも点検してくれるのかな？」

欲望の靄の中に切り込んできた低い声。一拍置いて、その意味するところを理解したとたん、わたしは彼から唇を離した。ガードをゆるめて――またもや――同じ結末に至るところだったと気づいた。彼の目を覗くと熱い欲望がたぎっており、それは依然としてわたしを内側から蕩《とろ》けさせる力を持っていたが、こちらが弱々しく肩を押すと、彼はあとずさり、わたしの身体を床にそっと下ろした。スカートが腰のあたりで丸まっているのを急いで伸ばしながら、彼の手が届かない脇へ、さっとずれた。

「少し休んだ方がいい。パリまでは長い旅になる」

わたしは彼をふり返った。なんとも見事な立ち姿で、食べてしまいたいぐらいだ。ボタンをきちんと留めた高価なスーツで身を固めている時と同じように、半裸でありながら何を恥じらうこともなく、くつろいでいる。これほどの男から、なぜわたしはまた歩み去ろうというのか？

道徳心。倫理。そんなもの、どうでもいい。

ぎこちなくうなずいてから、無理やり背を向け、自分のシートに戻っていく。近くの物入れから枕をひとつつかみ、シートの背を倒して眠れるようにする。眠れるわけがないと思っていたのに、ついには眠気が襲ってきた。眠りと覚醒をくり返すうちに、太陽が地平線に沈んで、オレンジの光が消えた。

ふと目が覚めた時には、窓の外は真っ暗で、身体に毛布がかかっていた。毛布のへりが、身体のまわりにきちんとたくし込んである。わたしは眉をひそめた。自分でかけた覚えはない。うしろをふり返ると、ジェレマイアが近くのシートでぐっすり眠っていた。シャツのボタンがきちんと留められ、スーツの上着はきれいに畳んで、そばの椅子の上に置いてあった。身体が大きいので、わたしのように毛布をたくし込むスペースはないけれど、シートの背を倒して心地良さそうだった。眠っているせいで厳しい顔つきが和らぎ、ふだんより若々しく、肩の力が抜けているように見える。

この人を憎めたら、どんなにいいだろう。しかし自分のどこをさがしても、そういう感情は見つからなかった。わたしを好き勝手にしたいがために、ほぼ脅迫に近い形で契約書にサインをさせた。しかしその一方で優しさをにじませる瞬間もあった——彼は、こちらの望まないことは何もしなかった。毛布をいじくりながら、わたしは考える。女を机にかがませて面接をした乱暴なＣＥＯと、毛布をかけてくれた優しい男。いったいどちらがこの人のほんとうの顔なのか。

疲労を感じ、まぶたが重たくなってきたので、ひとまずその問題は棚上げにする。音を出さないようにあくびをし、毛布を顎までひっぱり上げると、気持ちのいいシートの中で、再び深い眠りへ引き込まれていった。

6

「申告するものはありますか？」

これといって何も荷物は持ってきていなかった。「いいえ」

男はわたしのパスポートをもう一度見てから返し、はい次の人、という仕草をしたので、わたしはそこを離れた。目立つよう頭上に数カ国語で書かれた国名表示の下で立ち止まり、しばらく目をみはった。ほんとうにフランスまでやってきたんだ。

すぐ先にいるジェレマイアと並ぶと、彼はわたしの腰に手を添えて、小さな人だかりの中を進んでいった。中央ターミナルに出ていくと、到着客を待つ人々が一列に並んでいた。壁のつきあたりに、坊主頭にブロンドのヤギひげを生やした男がいて、わたしたちを認めると、出入り口の方へずかずか歩いてきた。「ルーシー」ジェレマイアが言う。「こちらはイーサン。わが社のセキュリティ部門のトップだ。彼がきみをホテルまで連れていってくれる」

紹介されて握手をするものの、相手はわたしの存在など眼中にないようで、依然としてジェレマイアの顔から目を離さない。「セレステがまだこっちに」イーサンの声には、かすかだけれど、それとはっきりわかる南部訛《なま》りがあった。「出発までに三時間ほど時間が」

　ジェレマイアはうなずいた。「それは良かった。じゃあミズ・デラコートをホテルまで、よろしく頼む」

「あなたはどうなさるんですか？」わたしは歩み去ろうとする彼に訊く。

「ぼくは、ハゲタカどもを相手にしないといけない」それからイーサンに向かって言い足す。「人目を避けてくれ」

　ジェレマイアは外に通じるガラスのドアへと歩いていく。なんなの？　お抱え運転手に預けて、空港からこっそり外に運び出そうってわけ？　離れられてほっとするはずが、知らない国で、いきなり知らない人間とふたりきりにされたせいか、感情を表に出さない彼が急に恋しくなった。

「行こう」

　イーサンに言われて、黙って後についていきながら、ちらちらふり返って、自分の上司の様子を窺う。ジェレマイアがガラスのドアから出るやいなや外が騒然となって、中の数人が一目散に彼の方へ走っていった。カメラのフラッシュが焚かれ、ざわざわと不明瞭な話し声が流れてくる。別の出口へ向かうわたしたちに、群衆は見向きもしなかった。「いったい、なんの騒ぎですか？」イーサンの広い歩幅に必死についていきながら、わたしは訊いた。

「パパラッツィ」イーサンがドアをあけてくれ、わたしたちは群衆から遠ざかっていった。「今週、彼の参加する催し物があって、マスコミが取材に躍起になっている」

催し物？　わたしは縁石で待っていた大型のSUVの後部座席に乗り込んだ。運転席からまた別の男が降りると、イーサンが運転を代わり、車を出した。「だいじょうぶかしら？」わたしは後部座席の窓から記者の群れに目を走らせた。

イーサンが鼻を鳴らした。「なんでもない。ああやって自分に注意を引きつけておくのは、こっちに迷惑がかからないようにする意味もある。間もなく合流できる」

なるほど、彼が群衆の中を進んでいくと、ちょうど迎えのリムジンがそちらへ近づいていった。わたしはほっとして小さなため息をついた。遅まきながら、助かったと思う。わたしならあんな場面は切り抜けられない。たくさんのカメラが自分の顔に向けられ、どこへ行ってもついてくる……考えただけでぞっとした。

頭の中を百万もの疑問が駆け巡っていたが、運転席の男はお喋り好きではないようなので、あえて話題をふらず、生まれて初めて見るパリの風景を楽しむことにする。ヨーロッパの街は、いつか訪れてみたいとずっと憧れていた場所だった。歴史好きの両親のDNAをわたしも受け継いでいる。パリは遥か遠くにあるエキゾティックな街であり、今自分が住んでいる場所とはまったく別世界で、行けばきっと夢中になると思っていた。

高校時代には両親から約束も取り付けていた。大学を卒業して学士号を取得したら、フランス旅行の旅費を出してくれる、と。その望みは結局叶わなかった――大学三年の時に両親が亡くなったことで、わたしの人生は軌道をはずれ、自分が思い描いていた道とはまるっきり異なる道を歩まざるを得なくなった。それでもいつかフランスへ来たいという夢は依然として胸の中にあり、今こうしてエッフェル塔がビルの谷間からちらっと顔を出す度に、顔がほころび、ここ数日の緊張がほぐれていく。

あの時はまだほんの子供で、両親がどれだけ経済的に逼迫《ひっぱく》しているか、わかっていなかった。もらい物にけちをつけるのも嫌だったので、名門私立大学へ通わせる学費を両親がどうやって工面しているのか、訊こうとも思わなかった。ふいに両親が亡くなり、遺品の整理を始めたところでようやく、家が危うい状態になっていることを知ったのだった。生命保険はおりたものの、葬儀と弁護士の費用をまかなうのがやっとだった。それからは家を抵当流れにしないために、稼いだお金のほとんどを返済に注ぎ込んだけれど、結局失ってしまった。当時のことを思い出すと胸にぽっかりあいた傷が痛んだが、ようやく目にすることができたパリの風景が、その傷を癒やしてくれるようだった。両親もいっしょにこの景色を見られたら、どんなに良かったことか。

どこへ向かっているのか見当もつかないうちに、間もなく車が停まった。ホテルの駐車係がわたしのためにドアをあけてくれ、そのとたん、口があんぐりあいた。すっかり驚愕して目の前のホテルをまじまじと見上げる。「ここに泊まるの？」

答えは返ってこなかった。実際訊く必要もないことだった。オテル・リッツ・パリの堂々たる建物をあっけにとられて見上げながら、そこで自分が眠るということが、どうにも腑に落ちない。パリの建物においては、インターネットや雑誌や写真で見るのと、実物はずいぶん違うというのはよくあることで、これもまたその一例だった。思っていたほど大きくはないが、夢に描いたとおりに、堂々として風格があり、中を覗いてみたくてうずうずしてきた。

タイトな薄荷《はっか》色のドレススーツを着た赤毛の女性が、石畳にヒールの音を響かせてこちらへやってくる。イーサンを認めてうれしそうだったが、わたしを見て、ぴたりと足が止まった。身体の大きな運転手が彼女の手にキスをする。ロマンティックな仕草が、いかつい外見にそぐわない。「セレステ、こちらはルーシー・デラコート。ハミルトン氏の新しい個人秘書だ」

女性の顔から困惑した表情はすぐに消えたが、なおも驚いているようだった。「初めまして」相手はにこやかに言って、握手の手を差し出した。「わたしはセレステ・テイラー。ハミルトン・インダストリーの最高執行責任者《COO》です」力強く、いかにも慣れた手つきの握手だった。感情を表に出さない男といっしょにいた後で、こういう温かな笑みを向けられると、心からほっとする。「レミが個人秘書を雇うのはずいぶん久しぶりよ」

レミ？「え、はい、雇われたばかりです」どこまで話していいのか、よくわからないので、実務的な内容に限ることにした。「昨日の午後に」

セレステの両眉が髪の生え際近くまで吊り上がった。「まあ、じゃあ今回は急に決断したのね」眼差しが優しくなった。「あなたの方は、相当びっくりされたでしょう」

思わず泣きそうになった。自分の気持ちを心底わかってくれる言葉を耳にしたのは、これが初めてだった。お礼を言いたかったが、いきなり抱きついていきたい気持ちを抑えるのがやっとで、感謝の気持ちもぐっと呑みくだした。「昨日まで、かつかつの暮らしをしていたのに、それがこんな……」――目の前のホテルを手で指す――「ただもう圧倒されてしまって」

「そうでしょうね」相手は車に目をやる。「お荷物は？」

「あの……」あの件をどう話していいのかわからない。着替えや荷物を持たないで、大西洋を渡る人間がどこにいるだろう？　わたしだ。けれども恥ずかしい事実を持ち出さないで、どうやったら相手に事情をわかってもらえるのかわからない。

わたしが気まずい感じで黙っているのを見て、セレステは首をかしげ、何かさぐろうとするように目を細めた。一歩下がり、頭の先から爪先までじっと観察した後で、なるほどとうなずいた。「そういうことね」セレステが訳知り顔でにやっと笑う。

わたしは相手の言葉の意味がわからず、自分の格好を見下ろした。旅で移動したのと、シートで眠ったために、少し皺にはなっているものの、汚れてはいなかった。「わたしの格好、どこかおかしいですか?」

セレステが声をあげて笑った。「わたしの意見なんて、訊く必要はないわ」言って頭を横に振り、にやにやする。「レミは何か意に染まないことがあったら、自分の使える力をすべて使って、気に入るように変えるはずだから。彼はスチームローラーと同じよ。どんな問題においても、あらゆる反対を押しつぶして、自分のやりたいようにやる。だから何も言わなくていいの。あなたの身に何が起きたか、わたしにはもう見えているの」それからセレステはホテルの玄関の方を手で指した。「中に入って。外は冷えるから」

わたしは彼女の後について玄関に向かう歩道を歩いていく。イーサンは縁石に立って、携帯電話で何か用事を済ませている。「ハミルトン氏とは、いつ出会われたのですか?」

わたしは訊いた。

堅苦しい名前で呼んだので、セレステが面白がるような目を寄越した。「数年前、学校でいっしょだったんだけど、わたしは卒業後すぐ西へ引っ越したの。それから離婚して、また一から出直そうと戻ってきたんだけど、することが見つからなかった。ほとんどあきらめかけた頃に、レミがわたしを見つけてくれたの」そう言って肩をすくめる。

「彼が父親から会社を受け継いだ当初はマネージャーを任されたんだけど、しばらくすると、レミが会社の組織を大改造してね。それからわたしに選択を迫ったの。ＣＯＯになるか、それとも解雇されるか。ね、言ったとおりでしょ？」つけ足して、あきれた顔を見せる。「スチームローラー」

「なんとなくわかります」ホテルのスタッフがわたしたちのためにドアをあけてくれ、わたしは圧倒されて通路内を見まわす。「想像以上に素晴らしいわ」

「その言葉は、部屋を見るまで取っておいて」セレステが言って、ちらっと腕時計に目をやる。「飛行機が出るまでに、三時間近くあるわ。ご案内しましょうか？」わたしがにこっと笑うと、相手が腕を組んできた。「まずはプールを見るべきね。わたしなんか、見るたびに息を呑むのよ」

「それで、イーサンとは……？」詮索していると思われたくなくて、語尾を濁したが、セレステはすぐうなずいた。

「未熟なセキュリティ部門の運営を軌道に乗せるために、ジェレマイアがイーサンを起用した時、わたしの方はもうＣＯＯになっていたの。それまではけっこう気ままにやっていたのが、会社の中に入るだけでも、様々なセキュリティをくぐり抜けないといけなくなっちゃって。何もそこまでやる必要はないんじゃないかと思えてね。わたしははっきり口に出して言ってやったわ、やりすぎだって」セレステはにやっと笑った。「とにかくイーサンときたら、うるさいの。やれ手を貸そうだの、エスコートしようだのって。

車の乗り降りにも、エスコートする人間が必要だって言い張って、バッグを取りに行くだけでもついてくる。いいかげんにしてと言ったけど、あっさりはねつけられたわ」

「まるで好きな相手を追いかけるストーカーのようですね」わたしはさりげなく言った。

「いいえ、そうじゃないの。イーサンの場合、そんな色っぽい考えは全然なくて、単に最高レベルの仕事をしたいだけ。わたしの方だって、彼は仕事でそうしているんだってわかっているから、余計な勘ぐりはしなかった。今の仕事は二十四時間まったく気が抜けないから、男性とつき合っている暇なんてないと思ってた。それがまさかね……」あきれたように目をぐるぐるさせた。「正直言って、あの事件がなかったら、彼にそれ以上の感情は持たなかったわね。煩《わずら》わしいとばかり思っていた彼のセキュリティ・システムに、わたしが命を救われることになるまでは」

わたしの目がとたんに大きくなった。「そんなことがあったんですか?」

セレステはうなずいた。「ちょっとした反抗心から、運転手はつけないで、社の車を自分で運転するようにしていたの。ある晩、オフィスを出たところで、男たちの一団が飛びかかってきて、わたしをヴァンに押し込もうとしたの。遅い時間だったから、誰も助けに来てはくれないってわかっていた。ところが、そこへあの坊主頭の男が現れて、わたしを襲ってきた男たちを、こてんぱんにやっつけた――その時初めて、彼の真価に気づいたってわけ」セレステは肩をすくめ、口をへの字に曲げて苦笑いした。「それからは、彼自ら、わたしの永久ドライバーを名乗り、その後はご存じのとおり」

「すごい」わたしは思わず声を漏らした。「なんてロマンティック！」

「からかわないで」セレステは言い、わたしの方をちらっと横目で見る。「で、あなたの方は、国中の女性がよだれを垂らして欲しがる仕事をどうやって獲得したの？　ハミルトン・インダストリーがインターンの募集をかけると、応募者からの電話が引きも切らないのよ」

　話しているうちに、屋内プールにたどり着いた。柱とくぼんだ天井に囲まれた贅沢な空間だった。「ゴージャスとしか言いようがないわ」ため息まじりに言って、束の間、相手の質問を逸らす。セレステがにやっと笑い、わたしも笑った。「ほかの場所もみんなこんなにすごいのかしら？」

「そうよ」にこにこしながらセレステが言う。「部屋はもっとすごいわよ。部屋ごとに内装がすべて異なるの。食事だって、もうびっくりよ！」

　いったいわたしは何をして、これだけの恩恵に与《あずか》れることになったのだろう？　不思議に思いながら、どこを見ても贅《ぜい》の限りが尽くされたホテルの内装に目を丸くする。こういうきらびやかな環境に置かれると、自分が陸に揚げられた魚のように思えてならない。なぜこんな幸運が舞い込んだのか。今見ている光景は夢としか思えなかった。豪華な内装と精緻な設備に取り囲まれていると、嫌でも自分の不安定な境遇が思い出される。

数年前までは、今とまったく違う生活をしていて、それが突然、いつでもそばにいるのが当たり前だと思っていた、愛する人たちが消えた。自分を取り巻く豪華な環境に目をみはりながら、その時の恐怖に似たものが、わたしの胸に忍び寄ってくる。この幸運も、あっという間に消えてなくなるのでは？

セレステが腕時計に目をやった。「そろそろ行かなくちゃ」声に残念そうな響きがあった。「自家用機でも、守らなくちゃいけないスケジュールがあるのよね」

わたしは肩をがくんと落とした。まだほとんど何も知らない女性でありながら、ここで別れてしまうのは惜しかった。ストレスの多いめまぐるしい二日間を過ごした後で、わずかとはいえ、セレステといっしょに過ごした時間は、疲れた神経を癒やす特効薬だった。わたしは手を差し出して言う。「どうぞ気をつけてお帰りください」

セレステはわたしの手をしっかり握り、顔を近づけてきた。「ジェレマイアに、良くしてあげてね。時々嫌な男になることもあるけれど、自分が好意を持ち、守ろうと決めた相手はほんとうに大切にするの」

セレステの言葉に驚いた。良くしてあげる？「彼はわたしの上司ですよ」こわばった口調になった。生意気と思われずに気持ちを伝えるには、どうしたらいいの？「良くするというより、敬うべきだと」

セレステは首を振り、ちょっと考えた後で悲しげにうなずいた。「確かにそうね」それから顔を近づけ、声を落として付け加えた。「彼が個人秘書を持たなくなって、ほぼ二年になるの。最後の秘書は、彼とこじれた末に辞めてしまって。秘書として、あなたはこれからいろんな行事に彼に同伴して参加することになるわ。記者のほとんどは、それが当たり前だと思っているけれど、依然としてあなたにも注意が向くことを忘れないでね。それればかりは避けられない」

ほかの秘書もみんな、わたしのような扱いを受けたのだろうか？　以前の秘書の話を聞いて、苛ついている自分に驚く。それからセレステの警告が胸にしみてきて、空港の外にいたパパラッツィのことを思い出した。自分もああいうカメラマンたちに囲まれると考えたら、それだけでぞっとした。なんだかとんでもない道にはまり込んでしまったような気がする。何もかも不思議な運命のいたずらだなんて、軽い言葉で片づけていたのは、いつのことだろう？

「ほら、噂をすれば」

セレステに言われてふり返ると、ホテルに入ってくるジェレマイアのすらりとした姿が見えた。ラッピングをした小さな包みを脇に抱え、エントランス近くでイーサンと何か親密に話をしている。ふたりにはどこか似た雰囲気があった。面白いと思ったので、それをセレステに言ってみた。

「そうね、ふたりは軍隊でいっしょだったの……たぶん、そのせいじゃないかしら」

「軍隊？」兵士とジェレマイアはまったく結びつかない。わたしがこれからその下で働こうという人には、まだまだ知らないことがたくさんありそうだった。

セレステはうなずいた。「ふたりとも陸軍の特殊部隊にいたんだけど、レミの父親が亡くなったため、退役して、危機に瀕していた家の事業を継ぐことになったの。その後すぐ、わたしに声がかかって、事業の立て直しに手を貸した」

もっと訊きたかったけれど、ふたりの男がこちらに向かって近づいてくるので、もう時間がなかった。セレステはにっこり笑って前へ進み出ると、ジェレマイアの差し出した手を握った。「今夜のささやかな夜会には、もうわたしの出る幕はなさそうね」

ジェレマイアはセレステの手を目の前に掲げて、さっとキスをしてから離した。その仕草を見て、隣のイーサンがひるむのがわかった。セレステは一歩下がってから、イーサンの顔を見上げた。「じゃあ、行きましょうか？」

イーサンの固い表情が、一気に和らいで笑顔になったので、わたしは目をぱちくりさせた。セレステがわたしに手を振って、ふたりで歩み去っていく。イーサンの手はセレステの腰に添えられ、その時初めて、彼の左手に金のリングがはまっているのに気がついた。

「結婚してそろそろ一年かな」わたしがびっくりした目を向けると、ジェレマイアは片眉を吊り上げた。「それが知りたかったって、きみの顔中に書いてある」

あざける口調に、わたしは顔を伏せて咳払いをした。去っていくふたりをもう一度だけちらっと見てから、ジェレマイアに言う。「わたしは何をしたらいいんでしょう？」

相手が何を望んでいるかさっぱりわからないと気づいて、またストレスが戻ってきた。

「セレステにホテルを案内してもらった？」

「ええ、少し」どうしても顔がにやけてしまう。「想像以上に素晴らしいところです。やっぱり写真だけではわかりませんね」

ジェレマイアは面白がるように、くっくと笑った。「部屋に入れば、もっと驚くよ」

7

湯に浸かりながら、すべり落ちないように、大きな陶製のバスタブのへりをつかんでいる。連なる丘のような泡に鼻をくすぐられながら、心地良い姿勢に落ち着いて、にっこり笑う。ぷうっと息を吹きかけると、泡が小さな綿のようになって宙に飛び散った。身体を沈めてみると、大きなバスタブは驚くほど快適だった。ほっとしてため息をつき、足の指で湯の調節つまみをいじくる。

片づけないといけない用事があるから先に上階の部屋へ行くよう、ジェレマイアに言われた。ホテルのスタッフの案内で部屋に通され、彼がドアをあけたとたん、わたしは言葉を失った。度を超えた贅沢な内装を施されたスイートルーム。ここまで華麗な部屋を見たのは生まれて初めてだった。金色に塗られた鏡や額縁。金色の縁どりをした白いパネルに、クリスタルのシャンデリアとランプ。さらにロココ様式のモールディング（天井と壁の境い目に用いる細長い帯状の縁どり）と金線細工が部屋の四隅や広々とした壁を飾り、タペストリーがずらりと吊り下がっている。どこに目をやっても、「見て見て、わたし、高いのよ」と叫んでいるようだ。過剰な豪華さは、一歩間違えばけばけばしさにすり替わるけれど、危ういところでとどまってエレガンスの極みを見せつけている。

ひと目で気に入ってしまった。

ホテルのスタッフが部屋の説明をしている声もほとんど耳に入らず、自分で勝手にあちこちに目を走らせる。このスイートはリビングが数室つながっていて、どの部屋にも見るからに高価でありながら、まったく安らげそうには見えない家具が置かれている。考えつく限りのアメニティがそろっており、こんなものまであるのかと驚かされた。バスルームに足を踏み入れた瞬間、ひょっとして自分はもう死んで天国にいるんじゃないかと錯覚する。高い天井と美しい鏡。大理石のカウンターと床。真ん中にあるバスタブは、温泉施設にある共同浴槽並みの大きさがあった。リネンやローブがどのクローゼットに入っているか、長々と説明しているスタッフをできるだけ丁重に追い払ってから、バスタブに湯を張った。母が昔、古い香水瓶を集めていたが、それと同じものがバスオイル入れとして使われているのを見て、うれしくなった。ラベンダーの香りのオイルを選んでから、仕事着を脱ぎ、ローブをつかんでドアに鍵をかけた。

しばらくの間、柔らかな湯の温かさと香りを楽しんでから、身体を洗い始める。足の指先で湯の出るつまみをいじって、温度が下がらないようにしながら、身体の隅々まで洗っていく。長々と入っているとしまいに指の皮膚がしわしわになって、さすがにもう出た方がいいと思う。泡も湯の表面をうっすら覆う程度に消えていた。ローブをさっと着て、髪をタオルで包んでから、ほかにどんな宝物がこのバスルームに隠されているのか、カウンターの上や引き出しをあちこち見てみる。

――ドン、ドン、ドンと、鍵の閉まったドアを強く叩く音が聞こえ、びっくりして飛び上がった。「そこにいるきみを見たい」ジェレマイアの深みのある声が分厚い木のドアを突き抜けて聞こえてきた。命令口調で、当然こちらが応じるものといった響きがある。

わたしは凍りついた。ようやく洗い流したと思ったものが、一気に戻ってきた。バスルームの精緻な内装にぐるっと目をやったとたん、胸にわき上がる恐怖とともに気がついた。ローブとタオル以外に、身に着ける物がない――着ていた服は、今上司に占領されている寝室に置いてあった。

ごくりと唾を呑み込んで、自分の姿を鏡に映す。メイクを落として顔は清潔でつるつるしていたが、ふだん人に見せる顔とは違う。その場しのぎで巻いたタオルの下で髪はぐしゃぐしゃになり、まだ濡れているからブラッシングもできない。

こんな姿、見せられない。ホテルから放り出される！

あわてて頭に巻いていたタオルをはずし、大声で言った。「ちょっと待ってください」そう断っておけば、彼を無視したことにはならないだろう――あの人がどう思うかなんて、なぜ気にするの？　頭の冷静な部分がそう言う中、わたしは濡れた髪と格闘し、眉を撫でつける。ペンシルで描き足さなきゃいけないのに、どうしよう――うとまれて遠ざけられれば、それが本望じゃなかった？

だって歩み去る時だって、まともな格好でいたいもの。

長めの髪を指でとかして、なんとか見られるようにし、ローブの皺を伸ばして帯がしっかり締まっているのを確認してから、ドアに向かって歩いていく。一瞬立ち止まり、最後にもう一度鏡に目をやる――これ以上どうしろって言うの！――それからドアの鍵をあけて、外に堂々と歩いていった。

ジェレマイアは寝室の向こう側に立っていて、そばに小さな銀のカートが置いてあった。カートにはドーム形の覆いをかぶせた皿が乗っている。料理のかすかな匂いが鼻をくすぐり、口の中に唾がわいてきた。近づいていくわたしを彼が見て、その目がわたしのローブと濡れた髪をとらえた。「風呂はどうだった？」

急にその素晴らしさをまくしたてたくなったが、それにあらがい、片方の肩をすくめてみせた。「ふだんとはまるで勝手が違って」

じっと見つめられていると、嘘を見つかったような気持ちになって、居ても立ってもいられない。その場にじっと立っているだけでも、山ほどの自制心が必要だった。彼がこちらから目を逸らし、カートをテーブルの方へ寄せると、ようやく息がふつうにできるようになった。見つめられたぐらいで、そこまで動揺するのはおかしいとわかっている。でもその射すくめるような視線を浴びると、なぜだか獣に狙われた獲物のような気分になってしまう。

「きみにあげたいものがあってね」

はっと興味をひかれた。「朝食ですか?」言いながら彼の隣に並んだ皿に目がいく。期待にお腹が鳴りだした。

「それはもうしばらくお預けだ」ジェレマイアは背筋を伸ばして、わたしの目をまっすぐ見てきた。「ローブを脱いで、こっちへおいで」

身体の中が一瞬で冷たくなった。ローブを着た身体を自分で抱きしめ、避けられない事態をなんとかはねのけようとする。「なぜ?」

ジェレマイアは何も言わず、わたしを見ている。その顔を見ようとわたしは顔を上げた。感情をまったく見せない眼差し――その眼差しの下で、結局わたしはローブを脱ぎ、彼のもとへと向かうのだろう――彼がそうしろと言った、ただそれだけの理由で。なぜなら、彼の望むことはなんでもすると契約書にサインしたから。あの時には、選択権をもらった気分だった。しかし今は、綿密に練り上げられた策略に落ちたのだと、そんな気がした。わたしを取り巻くきらびやかな装飾は、獲物の逃げる気を奪い、彼の意のままにするケージだ。

とうとう我慢が限界にきた。「どうしてわたしなんですか?」部屋の中をさっと手で指す。「なぜこんなことまで?」

ジェレマイアは首をかしげた。「どうしてきみじゃいけない？」

質問を投げ返され、わたしはむっとする。「わたしなんて、あなたの人生では取るに足りない人間です。データを入力する人手であって、用がなくなればぽいと捨てられておしまいのはず。それがどうして、ここにいるんですか？」

ジェレマイアは口をぎゅっと結んで、何も言わない。部屋を横切って大きな大理石のテーブルの前に行き、クリスタルのカラフェに入った琥珀色の液をグラスに注いだ。「可能性を見いだすというのも、ぼくの仕事のひとつでね」手に持ったグラスをまわしながら、冷静な目でわたしを見る。「可能性を見つけたら、買い取るなり、支援するなり、改造するなりして、それに付加価値をつけて売り出す」

「それじゃあ、わたしはなんですか？　一種のプロジェクトだとでも？」

彼は軽く首を傾けて、わたしの推測が正しいと教える。「大学時代、きみには夢があり、頭も良く、前途有望だった。ところがそこへ過酷な運命が襲いかかり、まさかと思う境遇に陥った」そこで哀悼の意を示すようにグラスを掲げ、それから一口呑んだ。「きみなら、挽回のチャンスが訪れたら、どんな犠牲を払おうとも、ふいにはしないはずだ」

「ならば、仕事をください」わたしは皮肉たっぷりに言った。「そのために、わたしの自尊心をはぎ取る必要はありません……あんなふうにエレベーターや、駐車場で……」

グラスがガチャンとお盆の上に置かれ、わたしは怒りから覚めた。「きみはあのエレベーターに毎日乗ってきた」ジェレマイアがクリスタルのカラフェをにらみながら、低い声で言った。「ちらちらとぼくに視線を向け、そばに来るものの、近寄りすぎることはない」そこで目が合った。彼の燃えるような目にはっとして、思わず息を吸った。「きみの匂いと、きみの体内で渦巻く欲望。それがぼくにははっきり感じ取れたよ。顔に謎めいた笑みをかすかに浮かべながら、きみの頭の中では……」

彼はその先を言いよどみ、わたしは息が詰まりそうになった。見ればグラスのへりにかけたジェレマイアの指が白くなっていて、そこに力が込められているのがわかる――そんなことを言ってもわたしは信じない。「わたしなんて、取るに足りない女です」言いながら、自分の言葉がぐさりと胸に刺さった。

彼はあいている手でこぶしを固め、固い腿に押しつけて、奥歯をぎゅっと噛みしめている。それからふいに身体の力を抜いたかと思うと、わたしの方へずかずかと歩いてきた。こちらはなけなしの怒りを盾に対抗しようとするものの、土台無理な話だった。すぐそばまで来ると恐ろしくて心臓が胸の中で暴れだし、顔をそむけた。もう強がってなどいられなかった。

顎の下に指を添えて顔を持ち上げられ、彼の顔を見上げる格好になった。相変わらず表情は冷たかったが、先ほどのリクエスト、いや命令をくり返す声は柔らかだった。

「ローブを脱いで」

　言葉が全身に響き渡る。彼がそばにいると、わたしの精神はおかしな具合に機能し、気がつくとふるえる手をローブの帯にかけていた。柔らかな生地が腕をすべって床に落ち、かかとのあたりに丸まった。彼の前で一糸まとわぬ姿になるのは、まったくこれが初めてだった。じろじろ見られるのに耐えかねて目をつぶると、まつげの間から涙が一粒こぼれ落ちた。

　両腕を肩にまわされたとたん、身体が緊張した。肩に両手が置かれたまま、くるりとうしろを向かされる。「ほら見てごらん」彼が言い、わたしがすぐに目をあけないでいると、さらにせっついた。「さあ」

　大きな楕円形の鏡が目の前にあり、そこに映った自分の姿に縮み上がった。「何が見える？」彼が言う。

　しまりのない腹部と腿、大きなヒップ、ブラの力を借りなければきれいに見えないバスト。「自分です」わたしは常に、自分自身に対しては辛口の評価を下していた――ブロンドの髪は海を越える長旅のせいでハリが失われ、彼の褐色の肌と並ぶと、わたしの肌はいっそう血色が悪く見える。裸になった自分を前にして、いい気分になったことなど一度もなく、今この時も例外ではなかった。彼のダークな男性美と並んでますます露になる、わたしの凡庸さ。鏡を直視するのがつらい。

鏡の中で彼が眉をひそめた。「ぼくの目に何が映っているか、わかるかい？」そう言うと、首を曲げて鏡をじっと見つめた。「美しい顔だ」わたしの頬から首の脇へ指を走らせる。「柔らかな肌、見事な曲線」わたしの側頭部に顔を寄せて、息を深く吸い込んだ。「おまけに食べてしまいたくなる、いい匂い」うめくように言う。

その言葉に息が詰まり、わたしの下腹がきゅっと締まった。大きな手が乳房の片方を覆い、乳首を指でつまむと、喘ぎ声が漏れた。肩に置かれている手に力がこもったと思ったら、もう一方の手が乳房を丸く撫で下ろして、下腹をさっとかすめた。彼の手が通った部分に熱い軌跡が残る。「たまらなく美しい」彼が囁き、わたしは頭をのけぞらせて彼の肩にもたれた。大きな手が尻を包み、指先が肌に食い込んだ。鏡の中の彼を見ながら、自分の心臓の鼓動が耳に大きく聞こえる。手は尻の丸みを確かめるように撫でていて、すべり下りることはしない。

突然彼がうしろへ下がり、わたしひとり、ぽつんと置き去りにされた。どうしていいのかわからず、うろたえる。「動かないで」彼の言葉が鞭《むち》のように飛んできて、凍りついた。自然に命令に従ってしまう自分をうとましく思いながらも、立ったまま動かないでいる。ロビーで見かけた時、脇に挟んでいた箱をジェレマイアがこちらに渡してきた。「後まで取っておこうと思ったが、今の方がいいだろう」

いぶかりながら箱を受け取って蓋をあけ、薄紙を脇に寄せた。ナイロンのストッキングと、その下に収まった、ごく薄いサテン地でできた白いビスチェのストラップに指を走らせて、わたしは大きく目を見ひらく。言葉もなく相手の顔を見上げてから、また箱の中身に目を落とす。いったいどうしろというのだろう。

数秒経っても、わたしが何もしないので、ジェレマイアがそっと箱を取り上げた。

「向こうを向いて」

言われたとおりにすると、彼は箱の中から華奢《きゃしゃ》な品物を取り出して、驚いたことに、わたしに着せていく。まずは白のビスチェを着せ、背中で紐を結んでいく――胸とお腹を覆われると、ストラップが腿に向かって垂れ下がった。紐のようなパンティの中に脚を入れ、腿までのストッキングを穿かせてもらう。ストッキングの穿き口は、ビスチェから垂れるストラップで固定された。至極落ち着いた手つきでありながら、下着を男性に着けてもらうというのは、たまらなく官能をそそられる。こういった下着を着けたことは一度もなく、ましてや男性のために着けることなどなく、これはなんとも面白い経験だった。純真なあなたには、さぞかし白がお似合いでしょうと、わたしの中の皮肉屋が囁くが、そういう意見は自分の中だけにとどめておくことにする。

すべて着け終わると、彼が両肩に手を置いてぐるっとまわし、またわたしは鏡と向き合うことになった。「さあ、今度はどうかな？」わたしの耳に顔を寄せて訊く。

わたしは目をしばたたいた。驚いた。高級な下着を着けるだけで、こんなに変わるなんて。いつもうとましく思っている部分が白い布に包まれることで、思ってもみなかったほどに美しく引き立って見える。わたしはウエストに手をすべらせ――背中の紐でほどよく締めつけられてくびれができている――そこから尻に手をやって、脚に下りていき、ストッキングを留めているストラップに指を一本すーっと走らせてみる。過剰な締めつけ感はまったくないのに、引っ込むべきところは引っ込んで、出るべきところは押し上げて、より強調されている――冴えないとばかり思っていた胸が見違えるようになっている。ぱんと張った胸の上部に指をすべらせながら、わたしってイケてると、本気で思った。

そこでふいに彼の質問に答えていないことを思い出し、咳払いをしたものの、どう答えていいかわからない。鏡の中で目を合わせると、それだけで答えがわかったというように、彼がうなずいた。「意見が一致してうれしいよ」小声で囁き、わたしの腕を両手で撫で上げ、そのまま肩へすべらせる。「さて、これで準備はととのった……」

髪をねじられて、いきなり頭がのけぞり、驚いて小さな悲鳴をあげた。彼の手をつかんでふり返ると、御影石のように冷たい顔の中、緑の瞳だけが燃えたっていた。彼が絹のようになめらかな声で言う。「ぼくは反対されるのを好まない。こうしろと言ったら、ただちにそうするんだ。でなければ、まずい結果が待っている」髪をつかむ手に力がこもった。「ひざまずけ」

8

手で頭を押されて、わたしは素早く床に膝をついた。腿の裏と尻がガーター・ストラップでひっぱられ、ぞくぞくする快感が走ったが、それも髪をねじられる不快感で相殺されてしまう。頭をのけぞらされ、上から見下ろすジェレマイアの顔をじっと見る。

「楽しいだろ？」彼が囁いた。

すごい！　わたしの中の悪い子がまた興奮しだし、無理やり服従させられるプレイに溺れようとする。これから何をされるかわからないというのに。彼の手が髪を放し、わたしの頬をゆっくり撫で下ろす。「ぼくの前にひざまずくきみは、とてもきれいだ。その口でペニスをしゃぶられたい、そう切望するぼくの気持ちがきみには見えるはずだ」

あからさまな言葉にぞくぞくしながら、ほんの数センチ先で、彼の指が股間の膨らみをかすめるのを見ている。頭を横にずらし、大きな楕円形の鏡に映った自分たちの姿を見つめる。まだ何もしていない――けれども、彼が顎を持ち上げ、背筋をまっすぐにしてそびえ立ち、その足もとに自分がひざまずいている、その光景を目にしたとたん、わたしの内側が蕩けて両脚の間にたまり、すぐにでも彼を受け入れる態勢がととのった。

彼に触れて欲しくてたまらず、ネコのように手に顔を押しつけると、ご褒美に、親指で額を撫でてくれた。

「きみがひざまずいて、その魅力的な口でフェラチオをしてくれるのを夢見ていた」そう言って、もう一度額を指でそっと撫で、濡れた髪をうしろに撫でつけてくれる。「ぼくがいくのを手伝ってくれるかい、子ネコちゃん？」

「はい」小声で言うと、また髪をつかまれてショックに息を呑む。

「はい、の後は？」

「はい……」その後に何を言えばいいのか、必死になって考える。「ご主人様？」

それでいいと彼がうなずき、わたしの髪から手を離して、スラックスのファスナーを下ろし、ペニスを外に出す。「優しくすると、約束はしない」歯ぎしりをするように言い、欲望で声がかすれていた。「長く待ちすぎたからね。だが、始めたことはおしまいまでやると、それは約束しよう」

わたしは両手で彼の硬いペニスを握り、根もとまで手をすべらせてから、試しに、また引き戻した。彼の腰がびくんと動いたので、もう一度やって同じ結果を得ると、今度は前に身を乗り出して、彼の亀頭を舌ではじいた。えらのような出っ張り部分を舌でなぞってから、口で吸って中に導き入れ、亀頭をぐるりと舐めまわした。口から出して、また手でしごきだし、ぷっくり膨れた亀頭の先を舌でさっとかすめてから、すっぽりくわえ、片方の手をはずして根もとまで口をすべらせた。

彼の両手が頭に置かれたが、何かを強制するわけではなく、自分はここにいると教えているのだろう。わたしは手でペニスをしごきながら、口でピストン運動を続け、もっと深く、もっと深くと彼を貪《むさぼ》る。頭上で聞こえる低いうめき声と、はあはあ息を切らす音が、なんともうれしく耳に響く。わたしが彼をここまで興奮させていると思うと、いっそう懸命に励んでしまう。今、主導権を握っているのはわたしだと思い、根もとをつかんでいた手を離して、彼の全長をできる限り口の中に入れる。

喉を詰まらせるような音が頭上から聞こえ、頭皮に指が食い込んだ。太い亀頭に喉をくすぐられ、今すぐ引き抜かないと嘔吐しそうだ。ペニスの根もとを手で包んで、再びピストン運動をしようとすると、彼が両手でわたしの頭を挟んで、ペニスで熱い口を貫いた。

「両手をうしろに」荒っぽい命令が飛んできた。一瞬間を置いて、すぐに従った。腕をねじってうしろに持っていき、手首と手首を合わせる。どうか優しくしてくれますように。

わたしは甘かった。

最初の突きから、わたしの喉に亀頭がぶつかり、みるみる目に涙が盛り上がってきた。

「手はうしろだ」無意識のうちに両手を前に戻してしまったわたしに、彼が怒鳴る。「でないと、無条件で両手を縛るぞ」

持てる力の限りを尽くして両手をうしろに戻し、指をからめて離れないようにする。もう必死だった。彼はピストン運動を続けるが、今度はさほど奥まで挿入はせず、息ができるように加減してくれる。そうやってわたしの口の中に出し入れするうちに、だんだんとこちらも慣れてきて、相手の動くリズムに合わせて、舌を使えるようになった。抜ける瞬間に根もとを唇でぎゅっと押さえる——すると、彼の抜き差しがだんだんに浅くなり、もっとわたしに動きを任せるようになった。うめき声を噛み殺すような音や、鋭く息を吸う音が上から聞こえるのが、たまらなくセクシーで、わたしのやり方は間違っていないと教えてくれる。亀頭を舌で軽くはじいてから、その部分を密封するようにきつく吸い、そのまま顔を前へ押し出すと、頭上から喘ぎ声が聞こえて、思わず笑顔になって口角が上がる。

わたしの頭に指を食い込ませて位置を調整してから、口に向かって腰を打ちつける。嘔吐しそうになったり、呼吸が苦しくなったりすると、必ずペースをゆるめてくれる。それに応えて、わたしは精いっぱい奉仕した。目をさっと脇に逸らし、鏡に映る自分たちを見ると、彼の顔に生々しい興奮の色が見え——わたしがそうさせている——それが強力な催淫剤の役目を果たす。両脚のつなぎ目がますますうずきだし、ちっぽけなパンティではとても太刀打ちできない量の愛液が内腿にあふれ出した。彼のものをわたしの中に入れたい、これ以上はもう無理だ。

彼もわたしと同じ考えだったようで、ペニスを口から引き抜いて、あとずさった。目の前で怒張するペニスは、わたしの唾液で光っている。「立ちなさい」

もう両手を動かしていいのかわからず、うしろで腕を組んだまま、膝立ちの姿勢から苦労して立ち上がった。それでよしという表情が相手の顔に浮かぶと思っていたのに、いきなり首のうしろをつかまれた。痛くはないが、有無を言わせぬ強さだった。そのまま丸い大理石のテーブルまで歩いていかされた。「テーブルにかぶさって両手でへりをつかみなさい。ぼくが許可を出すまで、ずっとその姿勢で」

わたしは大きなテーブルを不安な目で見た。土台は頑丈な木でできていて、安定感は心配なかったが、大理石は見るからに冷たく、それに比してわたしの身体を包む布はあまりにも乏しい。わたしの魂の奥深くで小さな声が叫んでいる――今ならまだノーと言える、手遅れじゃない。しかし身体の方は欲望ではちきれそうになっており、ノーの選択肢は消えた。かがんでテーブルの向こう端をしっかりつかみ、びくともしないことに安心する。ジェレマイアの手がわたしの首を離れ、背中から腰へと撫で下ろし、ヒップを横切って片方の丸みをぎゅっとつかんだ。「脚を開いて」

言われたとおりにすると、彼は尻の割れ目にはまったGストリングの紐を指でたどった。薄いパンティの上から、わたしを愛撫する彼の手つきにぞくぞくし、指が布の下にもぐり込むと、さわりやすいようにヒップを斜めに持ち上げた。

「避妊はしているかい？」

予期せぬ質問に、束の間興奮の靄から引きずりだされ、うなずいた。じつはピルを呑んでいるのは避妊のためではなく、生理不順の治療のためだった——それ以外の理由でそんなものを常用しようと思ったことは一度もない。

その答えに対するご褒美のように、小さなパンティの下に彼の指がすべり込んできた。濡れた肌を圧迫されて、わたしは思わず声をあげる。器用な指は膣の入り口部分に円を描いた後、上にすべっていき、心臓の鼓動に合わせてうずいている硬い芽の方へ向かう。わたしの呼吸は喘ぎ声に変わったが、彼の指はそこには触れず、一歩手前をいじくっている。「ぼくにいかせてもらいたいかい、子ネコちゃん？」

わたしは勢いよくうなずき、彼の指の動きに息が止まりそうになる。うしろからくすくす笑う声が聞こえ、腰に唇が押しつけられた。ビスチェの裾のすぐ下だ。「そのためには、頑張ってもらわないと……喜んで励んでくれるかい？」

何か答える前に、彼の親指が襞を分けながら、また後退していき、アナルを強く圧迫した。びっくりして身体が前へ飛び出したが、テーブルがあるので逃げられず、まったく未知の刺激を受け入れざるを得ない。両方の入り口を彼の手で愛撫される、その理解不能の快感にわたしの身体はふるえ、どうしていいのかわからない。

「アナルセックスを好む女性は多い」うしろで、くぐもった声で言いながら、指は相変わらず前後の入り口の、表面部分をいじくりまわしている。「中には、禁じられた行為をする、そのこと自体に興奮を覚える者もいる」そう言うとぐっと身を乗り出して、わたしの身体にすき間なく押しつけた。「男の中にも、こちらの入り口を好む者がいる。セックスそのものと同じぐらい、きつい締めつけ感とタブーを破ることに興奮するんだ」それからわたしの耳に唇を近づけて付け加えた。「さて、ぼくはどうだろう？」

冷たい大理石のテーブルと熱い身体に挟まれて身動きできず、心細くて声をあげる。彼の指は襞の間にある硬い芽を刺激し続け、わたしは腰をビクン、ビクンと動かし、喘ぐだけ。親指でふたつの入り口をこすられながら、わたしはもっともっとと貪欲になる。一度にふたつの部分に刺激を受けると、自分がどちらに感じているのかわからなくなる。しかし、めくるめく興奮に圧倒されそうになると、そんなことはもうどうでもよくなった。ジェレマイアの親指がアナルの中に入り、固い筋肉が引き伸ばされると、これまで少しもセクシーだとは思わなかった行為に、わたしは喘ぎ声を漏らして、彼の手に尻を押しつけていった。

ジェレマイアの笑い声は深みがあってセクシーで、それを浴びると肌がじんじんした。アナルの奥をさぐる指が速さを増し、わたしの中に居場所を見つけた。わたしはふるえて腰をはね上げ、あられもない大声をあげた。「たまらなくセクシーだよ」耳元で囁き、わたしの尻に腰を当ててグラインドする。ウエストから下は依然として裸同然のわたしの股間に、先に入っている手に添わせるように硬くなったペニスをすべり込ませ、それからまた同じ動きをくり返した。わたしの脚の内側は自身のジュースで濡れている。尻に押しつけられた腰がグラインドする、その動きがたまらなくセクシーだった。テーブルのへりをつかむわたしの指には力がこもり、指の付け根の関節が白くなっている。高まる興奮に、長い悲鳴が口から飛び出し、早くもいきそうな予感がして全身が固くつっぱる。

「ぼくがいいと言うまで、いってはいけない」

わたしは嫌だというように哀れっぽい声を漏らした。すると彼の手がさっと離れ、冷たい水の入ったバケツをひっくり返されたように興奮がしぼんだ——中断したのは、わたしへの罰に違いない。それでもうれしいことに、すぐ腰のグラインドが始まった。腿の間に彼の硬いペニスがすべり込み、うなじを手でしっかり押さえられた。だが中には入らず、濡れた襞の間をすべらせるだけだった。「お願い」わたしは喘ぎ、中に入りやすいよう腰を動かす。

「お願い、の後に？」

顔は見えないけれど、面白がっているのが声でわかる。今度はもう答えはわかっていた。「お願いです、ご主人様」

「どうして欲しいんだい、子ネコちゃん？　ぼくが欲しいのかい？　きみのゴージャスな尻の奥深くまで貫いて欲しい？　荒っぽく、突いて突いて突きまくって、きみを無理やりいかせてやろうか？」

欲望がしたたり落ちるような深みのあるセクシーな声。すぐ耳元でそんな声がしたら、石でも溶けてしまうだろう。脚の間の硬い芽の上をペニスが往復する度に、凄まじい興奮が押し寄せて、もう我慢できなくなる……。

うずきにうずいているわたしの膣の入り口をペニスの膨らんだ先端で突くと同時に、両手で尻を開き、きゅっとすぼまったアナルの入り口に指を這わせる。両方の入り口を同時に突かれて、わたしは泣き出しそうになる。ぐいと押し込まれる力に筋肉が伸張して、するりと指を受け入れたのにほっとするのも束の間、彼は指でアナルを刺激しながら、すぐさま膣へのピストン運動を始めた。一分もしないうちに、わたしは貫かれるリズムに合わせて声をあげ、そのあられもない声が、大理石のテーブルと精緻な装飾が施された鏡にぶつかって、室内に反響する。

ピストン運動が激しさを増してくると、わたしの腿の上部が大理石のテーブルのへりにくり返しぶつかった。顔を上げると、目の前にマホガニーのドレッサーがあり、その上の壁に、大きな鏡がかかっていた。そこにわたしのうしろにいる男がはっきり映っていて、声はほとんど聞こえないものの、その顔に生々しい欲望が見て取れる。口をあけて、声を出さないように喘ぎ、白いシャツの袖をぴんと張らせて、長い腕でわたしのうなじを押さえている。ビスチェの背面の編み上げ部分についた紐とレースがセクシーで、鏡に映っているのが自分だということが信じられなかった。

ところがそれからすぐ、様々な興奮が一気に押し寄せ、早くもクライマックスに達するかと思われた。ゆるやかなピストン運動は終わり、今や彼は文字どおり、腰を打ちつけていて、その度にわたしはテーブルに叩きつけられるが、乱暴そうに見えて、相変わらずリズムに乱れはない。オーガズムが一気に押し寄せてきて、わたしは泣き叫んだ。

「お願いです、いかせてください、ご主人様！」

ジェレマイアはふたりの身体の間にあった手をはずして、激しいピストン運動に集中し、わたしの内部を勢いよく貫く。うなじに置かれた指に力がこもり、興奮した荒々しい声と、喉から絞り出される喘ぎ声が、頭のすぐうしろで聞こえる。脇から指がするりと前へすべり込み、腿のつなぎ目で脈動するクリトリスをさっと撫でる。「さあ、いってごらん、ぼくの身体に密着したまま」

もう抑えようがなかった。光の波のようにオーガズムがどっと押し寄せてきた——声をあげながら、テーブルを万力のようにつかみ、全身を細かくふるわせる。ジェレマイアのペニスはわたしの内部の一番敏感な部分を見事に貫き、オーガズムの波はうねりにうねった。そこでふいに、頭上からしわがれた叫びが降ってきて、ピストン運動が乱れたと思ったら、彼がいきなりわたしの背中にかぶさってきた。わたしはその下で、しばらくはあはあと息を切らし、熱を発散する身体に大理石のひんやりした感触をありがたく感じている。ジェレマイアはわたしの肩胛骨《けんこうこつ》の間に額を乗せ、そのままふたりして、荒い息をしている。

やがて彼がわたしの背中を押して上体を起こし、背筋を片手で撫で下ろしながら、あとずさる。「もうテーブルを離れてもかまわない」

言うは易く、行うは難し。わたしの手はこわばって思うように動かない。上体を起こしてから、指先に血が通うよう、何度か指を曲げ伸ばしをする。それからテーブルに両手をついて、少しの間、息をととのえた。ジェレマイアは服の乱れをととのえてから、近くの椅子へと歩いていった。それから小さな紙袋を持ってこちらへやってくる。袋には華やかな飾り文字で何かの名前が大きく書かれているが、わたしには読めない。それをわたしの傍らにあるテーブルにそっと置いた。身を乗り出してきて、驚くほど優しいキスをおでこにしてから、背を軽く押して、バスルームへと送り出す。「きれいにして、これを着ておいで。ランジェリーはそのままで。服の下にそれを着けていると知っておきたい」

両脚がゼリーのようだったが、紙袋をつかんでよろよろとバスルームへ向かった。途中、バッグを持っていかなきゃと思い出し、それもつかんでから中に入って鍵をかけた。

荷物を床に置いてからシンクの前に立ち、背の高い鏡に映る自分の姿をしげしげと見つめる。ブロンドの髪はぐしゃぐしゃで、洗ったばかりだからまだ濡れている。その乱れ加減が、この格好にお似合いという気がしないでもない。固い芯の入った白い布を両手で撫で下ろし、くるっと回転する。背中で交差するビスチェの紐。こういう上等の下着を着けるのは生まれて初めてだった――いや、そもそも下着をきちんと身に着ける習慣がなかった――白いレースのビスチェの裾から張り出した尻と、申し訳程度に肌を隠すGストリングの紐をしげしげと見つめ……。

セクシーの一言だった。まったく新しい自分を発見し、鏡をうっとりと見つめる。すると、わたしはわれに返った。もう茶番劇は終わらせるつもりじゃなかった？　鏡に映った自分に向かって声をかける。どんなゲームを楽しんでいるのか知らないけれど、ジェレマイア・ハミルトンはいくらなんでもやりすぎだ――彼に好き勝手をさせてしまい、わたしはもう初心《うぶ》な娘を気どることはできなくなった。それじゃあ、今のわたしは何？

高い報酬で雇われた個人秘書？　愛人もどき？

それを思ったら、とたんに嫌な気分になり、頭から締め出すことにする。数分で身体をきれいさっぱり洗い、小さなパンティをゴミ箱に捨ててから、もらった紙袋の中に何が入っているか確かめる。流行のパンツと、シンプルでなめらかな肌ざわりのブラウスと、着こなしを仕上げる赤いフラットシューズ。ブラシをはじめとする様々な洗面用具も底の方に並んでいた。見たところ服のサイズはわたしにぴったり合いそうだ。しかし、わたしの豊満なボディはヨーロッパの標準体形であるはずもなく、これは旅に出る前に用意してあったのだと見当がつく。それを思って苛々するのはどうしてなのか。考え出したら、今の自分に投げかけたくない質問がさらにたくさん出てきてしまうので、ひとまず頭の隅へと追いやり、忙しく身支度をする。

二十分後、着替えと身支度を完全に済ませてバスルームから出ていくと、ついさっき目にしたドーム形の覆いをかけた皿がテーブルに並んでいて、彼がその横に立っていた。フルーツの盛り合わせとクレープという簡単な食事だったが、生クリームをホイップしたものが、冷えた金属の皿に添えられている。時計を見ると、まだ午前中だった。飛行機の中で眠っておいたおかげで、今日も一日元気に過ごせそうだ。「今日の予定は？」催し物があるとイーサンが言っていたのを思い出し、彼に訊いた。

ジェレマイアはわたしの手を取って軽くキスをしてから、ブドウをひとつつかみ自分の口の中に放り込んだ。「食べられる時に食べておいた方がいい」そう言って、わたしが薄いクレープの上にフルーツを山盛りにするのを見ている。「今日から、きみの仕事が本格的に始まる」

9

パリの夜は昼間のようにまぶしかったが、わたしは緊張のあまり、それさえ気づかない。

高価なドレスを両手で撫でて皺を伸ばし、リムジンの窓からうしろへ流れていく街の風景を眺めている。胸がドキドキしているのは、これから飛び込んでいく世界への恐怖のせいであって、隣に座って所有者然とした趣で、わたしの腿の上にずっと片手を乗せている男とは、あまり関係ない。

わずか四十八時間前は、次の給料が入ってこなかったら、路上生活になるかもしれないという恐怖に脅えていた。それが今は、給料三カ月分はする高価なドレスと靴を身に着け、世界屈指の大富豪に付き添って、慈善の資金集めをする催事場へと向かっている。隣に座っていながら、彼との間には何光年もの距離があるように思えてならない。

夢じゃないかと、今日一日、何度も肌をつねってみた後で、ようやくこれが現実であるとわかった。

「緊張しているようだが」

柔らかに響いた声に、ごくりと唾を呑む。腿に置かれた彼の手がドレスの生地を親指で撫でている。それを見守るのが精いっぱいで顔を上げられなかった。「怖いです」と認めたが、頭の中では様々な考えがせめぎ合っていて、それ以上は何も言えなかった。

ジェレマイアは低い声でなるほどと言い、それを最後にふたりともまた沈黙した。エッフェル塔が黒い地平線の上できらびやかに光り、この街がまだ賑わっていることを示していたが、それを見ても、わたしのふさいだ気分はいっこうに晴れなかった。

「フランスで、一番訪れたい場所は？」

いきなりの質問に驚いて顔を上げると、彼が緑の瞳で、考え込むようにわたしを見つめていた。「えっ、なんですか？」

ジェレマイアは流れていく街の風景を指差す。「ふつうは、エッフェル塔や、ワイナリーを訪れたりする。ほかにも色々することはあるがね。きみはどうしたい？」

今この瞬間にそぐわない質問だと思ったものの、すでに答えは出ていた。子供の頃からずっと行きたいと思っていた場所がある。「ノルマンディ海岸を見たいです」

彼がゆっくりまばたきをした。今度ばかりは、さすがに驚いたようだった。「ほんとうに？」

興味津々の目で訊いてきたので、わたしはにっこり笑った。「祖父が英国空軍に入っていて、戦闘機のパイロットだったんです。それで父は第二次世界大戦を大いに自慢にしていて、わたしはその時代の映画やドキュメンタリー番組を山ほど見て育ったんです。どうやらわたしもその影響を受けたみたいで」

「英国空軍？」ジェレマイアの美しい目に関心の火花が散った。「きみのおじいさんは、イギリス人？」

わたしは首を横に振った。「カナダ人です。わたしが生まれる前に亡くなったんですが、素晴らしい話をたくさんしてくれたって、父がいつも言っていました」父のことを話題にするのはつらかったが、いざ話してみると、不思議と胸のつかえが下りる感じがした。この三年近く、両親については考えることさえ避けてきたのに、今こうしてふたりの思い出が蘇ってくると、顔がほころんで気持ちが和んでくる。「戦争関連の記念日になるとヒストリーチャンネルでドキュメンタリー番組を延々と放送しますよね。父はあれを見るのが大好きで、そういうのが放映される週末なんかはもうテレビに齧りついて。そんな父を母はよく、役立たずの怠け者なんて言ってたんですが、それでも好きなように見せていました。わたしが生まれる前のずっと昔に、ユタ・ビーチで撮った自分の写真を父はわが家のマントルピースの上に飾っていました。砂の上に依然として残っていた古い瓦礫《がれき》の横でポーズを取っているんです」

ふと見ると、ジェレマイアの顔に、何かをうらやましがるような、不思議な表情が浮かんでいた。が、それもすぐに消えて、いつもの無表情に戻ってしまったので、今見たのはなんだったのだろうと不思議に思った。億万長者が、どうしてわたしなんかのつまらない人生をうらやましく思うのだろう？「あなたのご両親は？」訊きながら、どうか詮索がましく聞こえませんようにと祈る。「ご家族に戦争で戦った方はいらっしゃいませんか？」

ジェレマイアは首を横に振った。「ぼくの父は若すぎた、そうでなくても志願して戦争に行くタイプじゃない。それでもうちの一家は、戦争景気で最初の百万ドルを稼いだんだ」

その口調に少し苦々しい感じがあるのに、わたしは首をかしげた。「船や武器を製造していたんですか？」

「いいや、その製造に必要な原材料を政府に売って、多額の利益を生み出した。戦争が終わった時には、わが家は戦前より裕福になっていた」

なぜ怒った調子で言うのだろう。自分の家族がしたことを恥ずかしく思っているのだろうか？「みんながみんな戦争で戦うわけじゃありません」わたしは言った。「父方の祖父は戦闘機のパイロットでしたが、母方の祖父は身体的な理由で兵役を免除されて、あとに残されました。それで船や魚雷艇を組み立てたんです」

そこで彼の目の中で何かがまたたいた。「ぼくが言いたいのは……」

わたしは彼の腿に手を置いて言う。「つまり、動機はなんであれ、あなたのご家族も戦争に力を尽くした。何もやましいことはないと思います」

どうやらそれは、ジェレマイアにとってまったく新しい見方のようだった。自分の家族のことをやましく思うのは、さぞかしつらいことだろう。彼のさっきの口調がそれをよく物語っていた。顔を上げると、彼は黙ったまま、わたしの顔をさぐるように見つめていた。なんだか自分が偉そうなことを言ってしまった気がして恥ずかしくなり、咳払いをして膝の上のバッグをいじくった。膝にあった彼の手はそろそろと腿の方へ移動し、ウエストへまわった。するとふいに彼に腰から持ち上げられ、向かい合わせに座らされた。突き刺すような視線にさらされて、わたしは息を呑む。彼の指が美しくカールしたブロンドの髪を首筋から払った。「今夜のきみはきれいだ」

深みのある声がわたしの全身を突き抜けていき、身体に火がついたように熱くなった。顔を真っ赤にして視線を横に逸らすものの、顎をつかまれて、また真正面から向き合わされた。彼はわたしの顔をさぐるように見ながら、額から顎にかけて指をそっと走らせる。「きっとぼくは、会場の全男性の羨望の的になる」

彼の情熱的な眼差しに息が詰まり、ごくりと唾を呑んだ。背中にあった手が下りていって、緑の生地の上から尻の丸みをすっぽり覆う。わたしの身体を舐めるようにして見る視線が、ドレスの深くあいた襟ぐりで止まった。わたしは息を吐き、彼の無言の要求に屈して、その視線に溺れていく。

　ここに至るまで、今日一日は、あり得ない夢のように過ぎていった。わたしの上司はドレスをさがしに、街でもトレンドの最先端をいく（そして最も高い！）店にわたしを連れていき、三軒目の店でようやくパーフェクトなドレスが見つかった。試着室から出たとたん、ジェレマイアが即座にそれを買うと言ったので、彼もまたパーフェクトだと思ったに違いない。袖のないダークグリーンのドレスは裾が床まであって、着ただけでセクシーな気分になり、自分にあるとは思っていなかった曲線美がきわだった。その後は、あるサロンに連れていかれ、そこでヘアメイクをしてもらった。エアブラシを使ったメイクなど生まれて初めての経験で、どうなっていくのか、プロセスを見たかったのだけれど、あえて壁の鏡が目に入らない向きに座らされていた。それでも完成するとくるっと向きを変えてくれた。日頃メイクにはあまり関心のないわたしでも、鏡に映った自分に、ただもううっとりするばかりだった。長い髪は、ふだんより数段明るめの色にしてあって、メイクのおかげで肌は陶器のようにすべすべだった。

　背中にあった手がゆっくりとうなじに移動し、強くつかまれた。引き寄せられるので、キスをされるのかと思ったら、その一歩手前で止まった。「教えてくれ」別の手をドレスの脇に入った深いスリットの下にもぐり込ませながら言う。「きみはもうぼくを思って濡れているかい？」

　いつでも。彼の指が腿の内側を這っていく。わたしは息を呑み、鼓動が激しくなる。

彼の指は、腿までのストッキングの穿き口を指でいじくった後、再び上がってきて、わたしの脚の付け根に向かう。

ダークグリーンのドレスの下には、午前中にジェレマイアがプレゼントしてくれた白いランジェリーは着けられない。それで彼が別の物を選んでくれたのだが、すべて終わってホテルに戻ってくると、自分が着せてやるからと彼が言い張ってきかない。わたしは着ていた下着を脱いで、新しい下着を彼に着せてもらったが、そのプロセスが、信じられないほどにエロティックだった。この時にはジェレマイアは何の要求もしてこなかった。それでもスラックスの股間が盛り上がっていて、勃起しているのがわかった。彼の口から漏れた「きれいだ」の一言は、わたしの身体ばかりか、心まで温めた――美しいと思われるのは、やっぱり気分がいい。

彼に着替えをさせてもらった時の記憶が蘇り、身体はますます熱くなる。小さく息を切らしながら、相手を誘い込むように両脚を開いた。彼の指がパンティの上をすべり、生地の上から圧迫してくるのに、ぞくぞくする。深みのある声で小さく笑いながら、もう一度同じことをしてから、彼は顋を持ち上げて、わたしの額にキスをして囁く。「ここから先は、後のお楽しみだ」がっかりして不満の声を小さくあげるわたしを、ジェレマイアはきっぱりと拒絶し、自分の隣にわたしを移動させた。「だが、今夜のきみはぼくのものだ」その声にエロティックな響きがあって、わたしは期待に胸をふるわせた。

通りへ出て、まばゆい灯りのともった建物の方へ向かう。エントランスに人が固まってうろうろしているのを見て、またわたしは緊張する。ジェレマイアに脚をぎゅっとつかまれ、これじゃいけないと無理やり肩の力を抜き、足もとに落ちてしまっていたバッグを慌てて拾った。車が建物のエントランス前へ向かい、ゆっくりと停まった。運転手が出てくる音がする。

さあ、ショータイムの始まりだと思い、バッグを握りしめる。恐れていたほど大勢の人が集まっているわけではなかったが――すでに建物内に入っている人もいた――それだけでも、わたしの心臓をドキドキさせるには十分だった。

車のドアが開くとジェレマイアが最初に降りて、こちらに片手を差し出した。わたしはさっとドアの方へ向かった。降りたとたん、まぶしい光に目がくらみそうになり、身体に貼り付くドレスと、高いヒールに意識が向く。ジェレマイアはわたしをしっかりした腕で支えながら、一列に並んだ人々の前を楽々と進んでいく。わたしは安定器がわりに彼にしがみついて歩く。高いヒールを履いた時の歩き方は心得ているはずが、大勢の注目を浴びているせいで、今にも転びそうにおっかなびっくり歩いている。転ばないようにに意識を集中していないと、ぜったいにへまをやって、醜態をさらしてしまいそうだった。エントランスにたどり着いて、ざわついている報道陣がうしろに消えていくと、ほっとしてため息をついた。

今夜の催しについて、ジェレマイアはほとんどと言っていいほど、わたしに何も知らせていなかった――おそらく故意にそうしたのだろう。ポルト・ド・ヴェルサイユ駅の近くで開催される、慈善事業を支援する会だと、聞いているのはそれだけだ。もう大勢が集まっていて、その人たちの動きを見ていると、まだわたしたちは中心部には至っていないのがわかる。手にしたイベントのスケジュールにちらっと目をやると、今目の前で繰り広げられているイベントのほかにも、たくさんのイベントが同時進行しているのがわかった。その中に、彼の名前があった。「今夜の主賓だなんて、知りませんでした」ジェレマイアは片方の肩を軽く上げてみせただけで、その話題には触れず、わたしを連れて中央のエリアに進んでいく。クラシックの楽団が、つきあたりのステージの隣で音楽を演奏していて、ダンスフロアで数人が踊っていたが、ほとんどの人は部屋のあちこちで固まっていた。

「やあ、ジェレマイア。われわれのささやかな夜会にお迎えできて光栄だ」背の低い禿《はげ》頭の男がわたしたちの方へやってきて、ジェレマイアの手を力いっぱい握った。タキシードに蝶ネクタイという正装で、喋り方に強いフランス語訛りがある。「今来たばかりかね？」

「やあ、ガスパール」ジェレマイアがあいさつし、口元に小さな笑みを浮かべた。心からうれしそうで、このフランス人男性を気に入っているらしいのがはっきりわかる。

「ご招待いただいて、光栄です」

ガスパールが声をあげて笑った。「何をおっしゃいますやら。このささやかな試みに、度々寛大な支援をしてくれる、きみを呼ばなくては事は始まらない」

わたしは目をぱちくりさせて、彼の方を横目でちらっと見る。褒められたというのにまったく冷静だ。慈善活動を行う人だなんて、知らなかった。いやそんなのはまだ序の口で、この人にはわたしの知らないことがまだたくさんあると気づいて、無知な自分に苛立ちが募ってくる。

「今夜のお美しいパートナーは？」ガスパールが訊いて、わたしの注意は現実に引き戻された。

「ご紹介します。ミズ・ルシール・デラコート、わたしの新しい個人秘書です。こちらはミスター・ガスパール・モンローズ。この会の総責任者でいらっしゃる」

「アンシャンテ（初めまして）、マドモワゼル」ガスパールがわたしの差し出した手を取って、指の関節に軽いキスをする。そのとたん、わたしの腰に置かれていたジェレマイアの手に力がこもり、ドレスの生地に指を食い込ませた。

「アンシャンテ、ムッシュー」わたしはあいさつを返してから、大きな部屋の方を指差した。「セット・サ・レ・メルヴェイユーズ（じつに見事ですね）」

ガスパールの顔がぱっと明るくなった。「アー、メ・ヴ・パルレ・アン・フランセーズ！（なんと、あなたはフランス語をお話しになるのですね！）」

「アン・プ、ジュ・スィ・ネ・オ・ケベック・アヴァン・ド・デメナジェ・ア・ニューヨーク（ほんの少しです。ケベックで生まれて、ニューヨークに引っ越したんです）」

「ああ、フランス系カナダ人でいらっしゃいますか」ガスパールはうれしそうにこちらへ笑顔を向け、わたしも笑みを返した。「パリへようこそ、マドモワゼル」

話している間、ジェレマイアの視線が強く感じられたが、無視をして、スケジュールに目を走らせる。ブックレットを見ると、日中の間に様々なイベントがあったようだが、夜に向かうにつれて次第に終息していき、残るはディナーと締めのセレモニーだけだった。

「ジェレマイア、行く前にひとつ、耳に入れておきたいことが」ガスパールは自分より背の高いジェレマイアに身を寄せて、声を落として言った。「今夜は、ルーカスが来ている」

ジェレマイアが身をこわばらせたのがわかった。見上げると、顔が石のように固まっていた。ガスパールの方は、こんなことを知らせて申し訳ないという顔だ。「どこをどう間違って招待状が舞い込んだのか知らないが、ちゃんと持っていたものだから、入れないわけにはいかなくて」

わたしは服の乱れを直すのに忙しいふりをした。ほんとうはふたりの話している人物が誰なのか、知りたくてうずうずしていたが、詮索好きだと思われるのも嫌だった。ジェレマイアは奥歯をぎゅっと嚙みしめ、片方の頰をぴくりと引きつらせたが、すぐにいつもの顔に戻った。「知らせてくれて助かりました、ガスパール」

フランス人の男はうなずいて、ほかの到着客の方を向いたので、わたしたちはまた先へと進んでいく。もう目の前に報道陣はいないので、ぐっと気が楽になり、歩き方もふつうになったが、歩幅の広いジェレマイアについていくのに相変わらず苦労をする。彼といっしょにホールに入っていくと、ふいに人々の目が自分たちに集まるのがわかった。わたしは歯を食いしばって、こちらに向けられる、さぐるような視線を無視しようとする。

「フランス語が喋れるなんて、聞いていない」

きっと後でそう言われるだろうと、ガスパールと話しながら思っていた。緊張で下腹部がそわそわする中、わたしは勝ち誇った笑みを浮かべて言った。「お訊きにならなかったから」

生意気な答えだったが、顔を上げると、彼はわたしをじっと見ていて、面白がるような表情が浮かんでいた。「それで面接の時に、パスポートは全部携帯していると……」

わたしはうなずいた。「ふたつあるんです――カナダと、アメリカのものが。わたしの母はアメリカ人なんですが、父と結婚してからカナダに移り住んだんです。わたしはケベックで成長し、母方の祖母が亡くなった十四歳の時に、ニューヨークにやってきました」

「面白い人生を送ってきたね、ミズ・デラコート」相手の顔に、感心する表情を見て取って、爪先までぽっと温かくなった。彼を驚かせるのは難しいし、危険でもある。けれども今回は、無傷で切り抜けられた。

部屋の中を進んでいく間、誰かにずっと見られている気がした。それでもこちらに近づいてくる人はいない。妙だった。ジェレマイアには向かう先がはっきりわかっているようで、わたしは遅れないようについていくのが精いっぱいだった。こんなに急いで歩いていたら、近づいてきたくたって誰も近づけないだろう。いったいどんな大事な用事があるのか。

残念なことにその答えを見つけるチャンスはなかった。ジェレマイアがダンスフロアの近くで足を止めた。まわりには、それぞれ仲間内で固まって喋っている人たちが大勢いる。ジェレマイアはわたしの手を取って、先ほどガスパールがしたように指の関節にそっとキスをした。さっきはなんでもなかったのに、ジェレマイアにされると全身がぞくぞくした。彼の目はわたしの目をとらえており、こちらのそんな反応に気づいているのがわかる。

「ちょっと内密に話をしてこなきゃいけない相手がいる」ざわめきの中、かろうじて聞こえる声でジェレマイアが言った。「すぐ戻ってくる。それまでここでじっとしていてくれ」

それだけ言うと、こちらに背を向けて歩み去り、群衆の中へ姿を消した。

10

小学校五年生の時の学校劇で、人生最初で最後の大事な役をもらった。台詞《せりふ》を家で何度も練習し、自分のシーンの前後に登場する友だちとも練習した。大きな体育館で行われたドレス・リハーサルも、がらんとした空間に見ている人は誰もいなかったから、何事もなく無事に終わった。小さいながらも重要な役をもらったことを誇りに思っていたのだが、それも本番初日の晩までのことだった。体育館をぎっしり埋めつくす観客を見たとたん、頭の中が真っ白になって動くこともできず、台詞が一言も口をついて出てこない。観客がそろって自分を責めているように思えたのだった。

よその国の大きな催事場で、知った顔がひとつもない中に取り残された今、あの時と同じ恐怖に襲われて、わたしはその場に凍りついて石になった。

美しい広間には、立派な装いの支援者が大勢集まっており、その中にぽつんと立って、あとは勝手にしろと言われたかのようなわたしには、あたりに満ちた高級そのものの雰囲気が、ひどく意地悪く思えてくる。手の中でしわくちゃになったブックレットを覗き込み、さてどこへ行こうかと考える。ここでじっとしていろとジェレマイアには言われたが、その選択肢はもうない。群衆に今にも押しつぶされそうに思えてきて、ずっと昔、舞台から逃げ出したくなった時と同じ気持ちだった。

「ルーシー・デラコート？」

自分の名前が呼ばれるのを聞いて、パニック状態になりそうなところを危うく抜け出した。誰が呼んだのかと、ぐるっと見まわすと、裾の長い黄色いドレスを着た黒い髪の女性がこちらへ近づいてくるのが見えた。どこかで見た顔だと思ったら、誰だかわかってびっくり。口角を上げてにっこり微笑んだ。「シャリース？」

「わっ、やっぱりそうだった！」小柄な女性はうれしそうに両手を打ち合わせて、にっこり笑った。「ドアを抜けてくるのが見えたんだけど、近くで見るまで、ほんとうにあなたかどうかわからなかったの」

実際に知っている人間に会えた驚きに、慎みなど捨てて、わたしはシャリースを素早く抱きしめた。彼女とはコーネル大学の寮で二年間同じ部屋に暮らしていた。シャリースは医学部進学課程、わたしはロースクール進学課程なので、授業ではあまり顔も合わせなかったが、週末になるとほかの学生たちと連れだってよく遊んだ。なぜ彼女がここにいるのか、そんなことはどうでもよくて、ここでこうして、わたしを見つけてくれただけでありがたかった。

「ここで何を？」彼女から離れ、びっくりして訊いた。

「デイヴィッドといっしょよ」シャリースは誇らしげな笑みを浮かべた。「わたしたち、ボルネオにあるクリニックに力を貸していて、今日はここで寄付を募っているの」

「あなたたち、とうとう結婚したのね？」彼女がうなずくと、わたしは笑った。シャリースとデイヴィッドは高校時代からの恋人同士で、わたしはふたりと大学で知り合った。ふたりとも世界を救う夢を持っていて、実際着々とその道を進んでいるようだった。

「それじゃあ、今はふたりともお医者さん？」

「ううん、そうじゃないの。デイヴィッドが医学部に進学して、わたしは経営の方へ鞍替えしたの。それがなかなか都合が良くてね、彼が医師の仕事に集中できるよう、わたしが経営の面で力を貸しているの。どうせ彼といっしょに現場に出るわけだから、わたしにとっても、好都合！」

昔から、シャリースがそばにいると、彼女の陽気さが伝染して、みな明るく元気になったものだった。今も、わたしに会えたことをこれだけ喜んでくれているのを見て、さっきまでの鬱々とした気分がいつの間にか消えて、リラックスしている。黒髪を伸ばしたシャリースの目がいたずらっぽく光った。「さて、それじゃあ教えてもらいましょうか――さっきドアのところでいっしょに立っていた男性は、本物のジェレマイア・ハミルトン？」

わたしの顔が赤くなった。何も恥ずかしがる必要なんてないと、自分をたしなめる。

「彼はわたしの上司」そう言って、なんてことはないというように肩をすくめてみせる。

「それじゃあ、あなたたちは……？」

「違う、違う」わたしは激しくかぶりを振った。「わたしは彼の新しい個人秘書。こういう催しに付き添うことも仕事のひとつだって、つい最近知ったばかりなの。まだぜんぜん慣れないわ」嘘はついていない。しかしそれ以外のことはまったく伏せているわけで、やはり気がとがめた。シャリースのがっかりした顔を見たら、なおさらだ。

「あなたは、弁護士を目指していたんじゃなかった？」シャリースが戸惑い顔で訊く。

痛いところを突かれたが、相手は何も事情を知らないのだから仕方ない。両親が死んだ時、わたしたちは大学三年になっていて、もうめったに顔を合わせなくなっていた。自分の生活を立て直そうと奮闘する間は、はからずも大学時代の友人とは交流を絶っており、その奮闘は依然として続いている。「うまくいかなかったの」わたしは言って、話題を変えようと彼女のうしろを覗き込む。「デイヴィッドは？」

「人ごみの中へ出ていったわ。リッチな人たちとお近づきになって、もっと資金を集めようとね。わたしたちのプレゼンテーションでは思ったほど集まらなかったんで、もう少し支援者を募らないといけないの」それから、お手上げという感じで目をぐるりと動かした。「そういうの、わたしは彼みたいにうまくないの。知らない人に近づいていって、お金をくださいと頼むのは」

「おかしいわね」訛りの強い声がすぐそばで響いた。「じゃあ、今あなたがしていることは、なんなのかしら」

ふり返ると、背の高いすらりとしたブロンドの女がすぐそばに立っていて、見くだすような目でシャリースを見ていた。いつからそこにいたのか、さっぱりわからないが、シャリースの表情が曇ったのを見て、わたしは両手でこぶしを固めた。「ちょっと」乱暴に声をかける。友人を不当に扱った相手に怒りを覚えていた。「あなた、誰?」

相手はわたしに冷ややかな目を向け、青い瞳でこちらを値踏みする。「わたしはアーニャ・ペトロフスキ。あなたはハミルトン氏の新しい個人秘書でしょ」そう言って自分の爪をじっと見る。「そのポジションは、わたしにもなじみがあるの」

相手は手を差し出そうとはしない。差し出されてもこっちは握るつもりはない。「ポジション」という言葉を妙に強調して口にしたのも、事情はすべてわかっているというような薄ら笑いも、気に入らなかった。上司との「仕事上の関係」をこの女にばかにされたような気がしてかっとなり、その怒りを盾にして相手に言う。「ミズ・ペトロフスキ、失礼ですけど、わたしは今この人と話している最中で——」

「裕福な男の下で働いていると、コネを作りたいがために近寄ってくる人が大勢いる。覚えておいた方がいいわよ」そう言って、相手はシャリースに蔑むような視線を送る。「こういうお粗末なアプローチにも、ガードをくずしちゃだめ」

明らかに侮辱だとわかる言葉に、わたしの隣でシャリースが身体を固くする。「これは慈善事業を支援する会だってことを、ご存じないのかしら？」わたしは言い返し、シャリースの弁護にまわった。「彼女がわたしに資金集めに協力して欲しいというなら、それに応じるも応じないも、わたしの勝手です」

アーニャは片方の肩を持ち上げた。「こういう会は、お金をせびる行為を合法化する、ただそれだけのために開かれるのよ」

怒りに全身がわななき、偉そうなブロンドの女を今にも怒鳴りつけそうになった時、シャリースがわたしたちからすっと離れた。「ごめんなさい、わたしは夫のところに戻らないと」こわばった口調で言った。

シャリースは立ち去ろうとして背を向け、わたしは彼女の腕をつかんだ。「シャリース……」

「いいのよ、ルーシー。会えてうれしかった……」小柄なシャリースは、高飛車なロシア人の美女を、彼女らしくない、きつい目でにらみつけた。「この人との用が済んだら、わたしたちを見つけてちょうだい」そう言うと、頭を高く持ち上げて歩み去った。

「あなた、いったいどういうつもり？」わたしは美しいブロンドの女に食ってかかる。

「彼女は友だちなのよ」

アーニャは肩をすくめたが、その冷ややかな目には、わたしが怒っているのを面白がるような色があった。「別に彼女のことはどうでもいいの。わたしはあなたを連れてくるよう、送り出されただけよ」

わたしはまた両手をこぶしに固めた。知らない場所においていかれ、あたりには見知った顔ひとつない。そんなところで不要な注意を自分に集めたくない。かといって我慢は限界に来ていた。板挟み状態で苦しんでいるわたしを見て、ロシア人の女は明らかに面白がっている。そうなると、ますます冷静ではいられない。「誰に?」

相手の顔に、にやにや笑いが広がった。「わたしの雇用主から」

頬の内側を噛んで、真っ先に口をついて飛び出しそうになる言葉を呑み込んだ。「その方にどうぞお伝えください。今夜は身体がまったくあきませんと」

「わたしの言うとおりにするのが一番よ」アーニャは言って、わたしの腕に自分の腕を通し、ひっぱっていこうとする。「ミスター・ハミルトンは、遅刻が嫌いなの」

「なんですって?」彼女の言葉に驚いて数歩前へ出たところで、かかとに重心を移して止まった。「ジェレマイアがあなたを送り出したの?」

相手は顎をぐいと動かして、わたしのうしろを指した。首をねじって見まわすと、客たちに挟まれて、ジェレマイアの横顔が目に入った。彼がこの嫌な女を送り出した?

苛立ちに唇をすぼめて、彼女に導かれるままに、しぶしぶ群衆の中を進んでいく。大騒ぎをするのは嫌だったけれど、本心は、横柄なブロンドの女から逃れたくてたまらなかった。

彼は軍人に取り囲まれていた。みな同じダークグリーンの軍服姿だが、異なる装飾が階級の違いを表していた。近づくにつれて、自分がとんでもないミスをしたことがわかってきた——あれはジェレマイアじゃない。けれどもう逃げようがなかった。見慣れているようで微妙に違う、黒い髪の男が、こちらに顔を向けた。わたしたちが近づいてくるのがわかって、冷ややかな青緑の瞳がぱっと輝いた。うしろに撫でつけた髪は長めでつやつやしており、それに縁どられた顔はオリーブ色。確かに似ているが、ジェレマイアにはない白い小さな傷が鼻と片側の頬を横切っていた。全身黒の装いで、ワイングラスの脚を指で軽くつまんでいる。それと似た、わたしの知っている顔には、冷ややかで固い表情がつきものだったが、今目の前にある顔にはそれがない。

いったいどうなってるんだろう？

「みなさん、ちょっと失礼してよろしいでしょうか。この件については明日また、詳しい話を詰めていきましょう」

声も似ていたが、この人の場合、どこか調子のいい感じがあって、皮肉屋の雰囲気も漂わせている。生真面目な感じのジェレマイアとは正反対だ。こちらを値踏みする時の、その屈託のない表情も、無表情に慣れているわたしとしては戸惑うばかりだった。

「さて、いらっしゃったのはどちら様かな？」わたしの手を取り、口元に持っていってキスをする。ガスパールのキスとはずいぶん違う。年配のフランス人は慇懃《いんぎん》そのものだったが、この男はあまりにも馴れ馴れしい感じで嫌だった。こちらの目をじっと見据えながら、わたしの指の関節に唇を触れさせている時間がちょっと長すぎる気がする。動じてはいけないと思いつつ、胸がドキドキした。自分の反応にわれながら苛立って手を乱暴に抜き取ると、彼の目に面白がるような光がはじけた。

「こちらがルーシー・デラコート。ジェレマイアの新しい個人秘書」アーニャの声には先ほどと同じように、人を見くだす感じがあったが、雇用者を前にしているせいか、物腰はかなり丁重に見える。すっと男の隣に収まり、まるで自分のものだというように彼に腕をからめて言う。「こちらはルーカス・ハミルトン。ハミルトンの事業を受け継ぐ真の後継者」彼女の声に、当然といった響きがあるのをわたしは聞き逃さなかった。ルーカスもそう言われて何も否定しなかった。

それじゃあ、ガスパールがジェレマイアに警告していたルーカスとは、この男？　きらびやかなふたりに向かって、わたしは眉をひそめる。獲物を狙うようなふたりの目に、半ば逃げ出したくなったが、胸の前で腕組みをして、なんとかそこにとどまった。助けてくれる人もいない中、わけのわからない状況に追い込まれたことで、わたしの下腹で怒りの火種がくすぶりだした。

ルーカスは腕にぶらさがっている美しい女を無視して、首をかしげながら、わたしの顔をしげしげと見ている。「気が高ぶっているようだね」なめらかな声でわたしに話しかけてきた。「きみみたいな美しい人に、ぼくの連れが嫌な思いをさせたとしたら申し訳ない」

彼の横でアーニャがはっと緊張するのがわかった。顔に浮かんだ怒りの表情が、彼女の嫉妬心をはっきり物語っている。アーニャがやり込められるのを見るのは気分が良かったが、こういう会話を続ける気はなかった。太刀打ちできるわけがないと、虫が知らせていた。どっちへ会話が転がっていこうと嫌な目を見るだろう。「知り合いと見間違えたみたいです」固い口調で言い、彼に会わせるために、ここまで引きずられてきたことを言外に臭わす。「用がお済みでしたら……」

立ち去ろうとあとずさりかけたところ、うしろで楽団が陽気な曲を奏で始めた。生き生きとした曲調に、数組の男女が歩いてダンスフロアに向かった。ルーカスがアーニャの腕をふりほどいて前へ出てきた。「ダンスは好き？」彼が言って、わたしの方へ片手を差し出した。

何か言いたげに前に出てこようとするアーニャに、ルーカスが鋭い視線を投げ、アーニャはその場に射すくめられた。ふつふつと怒りを煮え立たせながら、アーニャはわたしをにらみつけている。なんだってこんなふうにこっちが悪役にならなきゃいけないの？　わたしは首をかしげ、このゲーム全体を不快に思った。「いいえ、申し訳ないけれど――」わたしはこわばった口調で言い、平静を保とうと頑張った。「人をさがさないと――」

「ぼくの言うとおりにするのが、一番だよ」気づかないうちに、彼の手が腰にまわされていて、ダンスフロアの方へひっぱられていく。わたしはたじろいで急に止まり、かかとに重心を移動させた。なんだって今夜は、誰も彼もが自分の言うとおりにした方がいいと、わたしに言うのか？　不満が今にも爆発しそうだった。

「多くの人目がある場所だよ」彼が顔を寄せて、囁く。「注目を浴びたくはないだろう？」

ふいにまわりにいる大勢の人の目を意識して、わたしは一瞬ひるんだ。その一瞬があれば、彼には十分だった。わたしをダンスフロアへさっと連れ出して、こちらがまた嫌だと言う前に、わたしを腕の中に入れ、絹のようになめらかなステップでダンスフロアをすべっていった。わたしは彼の腕から逃れようとしたが、万力のような力で押さえつけられていて、とても逃げられない。「放して」声に怒りをにじませて言った。

「そうして、美しい女性と踊る、まったく素晴らしいチャンスをふいにしろと？　冗談じゃない」わたしが抵抗するのを面白がっているようだ――彼の腕の中でぎくしゃくと踊る、こちらの無様な様子に少しもひるまない。固く締まった身体に引き寄せられ、鉄のような腕で持ち上げられる。床に足がかろうじてついているものの、体重のほとんどは彼の腕に支えられていた。

「出だしでつまずいたようだ。どうしてだろう。ぼくってください？」

　ばかげた発言に不意打ちを喰らったが、笑ってはいけないと必死になる。無意識のうちに彼の匂いを吸い込むと、シナモンのように甘くスパイシーな香りがして、コロンなのか、体臭なのか区別がつかない。うっとりしてしまいそうな自分の反応に苛立って、相手に言い返す。「わたしの前で友人が軽んじられ、知り合いになりすました男のもとへ引きずっていかれた。それでいい印象を持つはずがありません」

　ルーカスは首をかしげ、わたしのあけすけな意見をなるほどと認める。「アーニャは時に激しいことをするからね——まあかつては、それも彼女の魅力だったんだが。じゃあ、最初からやり直そう。ぼくはルーカス・ハミルトン。きみは……？」

　反抗心から、相手の顔を見ずに襟に向かって眉をひそめた。「すでにわたしのことはご存じのはずです」

　顎を指一本で持ち上げられ、顔を向き合わせられた。「でも、きみの口からそれを聞きたいんだよ」柔らかな口調で言ったかと思うと、さっと身体を抱き上げられ、大きな弧を描いてフロアの中央に出された。

　胃の中で不安がはじけ、顎が緊張した。もうっ、わたしの身体はどうしておかしな反応しかできないの。肌に触れる彼の手が焼けた石炭のように熱く感じられ、その目が磁石のようにわたしを吸い寄せる。ジェレマイアといっしょだ。

しかし、ジェレマイアはわたしにある程度の自由を許してくれた――それなのに、また別の男の前で膝から力が抜け、自分の意志をすっかりなくしてしまうなんて。冗談じゃない、そんな相手はひとりで十分だ。「何が望みなの？」毅然《きぜん》とした口調でわたしは訊いた。

誘惑を無視されてがっかりしているかと思えばそうではなく、いっそう目を輝かせて、ますます面白がる顔になった。「美しい女性とダンスをすること以外に？」そう言って片方の肩をすくめてみせる。「頭の固い弟の嫉妬心をあおるためかな」

胃がきゅっと縮まるのを感じながら、唇をすぼめて考える。少なくとも、最後には正直な答えを返してきた。「ミスター・ハミルトン、わたしはそういうゲームには興味がないんです」彼の腕から逃れようと動いたら、そばにいたカップルにぶつかった。「できればみっともない真似はしたくありません、でもあなたが放してくれないなら――」

「弟について、知りたいことを教えてやると言ったら？」わたしがはっとしたのを見て、ルーカスは皮肉な笑みを浮かべた。「弟は秘密主義なんだよ」ルーカスは言って、わたしの身体をさっと引き寄せて、いきなり耳元に口を近づけてきた。「きみの上司について、知りたくてたまらないことがあるんじゃないかな？」

相手のウィングチップの爪先を、ヒールで思いっきり踏みつけてやる。ルーカスは顔をしかめて身を引いたが、わたしを放しはせず、木の床の上でくるくるまわす。わたしがにらみつけると、彼は口角を上げてにっこり微笑み、それがまたしゃくに障る。もうわたしは自分の手中にあると思っているのだろう。

確かに知りたかった。

自分の新しい雇用者について、知らないことが多すぎて、そのせいで彼のそばにいるといつも不安だった。あの突き刺すような眼差しで見つめられると、自分の考えまで読まれている気がしてならない。どんなことでもいい、彼についてもう少し知ることができれば、その不安定な秤《はかり》が、わずかでも自分に有利に傾くような気がする。喉がたまらなく渇いている人間が水を目にした時と同じぐらい、その提案にはあらがえなかった。とはいえ、ルーカスの顔に浮かんだにやにや笑いは我慢がならない。「アーニャはかつてミスター・ハミルトンの下で働いていたの？　あ、いえ、あなたじゃなく、わたしの上司の方」

ルーカスの顔がいっそうにやけてきた。「彼女は、きみの前任。彼の個人秘書だった」まだるっこい口調で言いながら、わたしの顔から視線を逸らさない。

反応を顔に出すまいとしたけれど、無理だった。あの嫌な女が？　彼女のどこが気に入ったんだろう？

ルーカスが頭をのけぞらせて笑っているのを見てはっとする。頭の中で考えたことをそのまま口にしていたと気づいて赤面した。周囲の数人がこちらに注意を向けたが、フロアでは相変わらずダンスが続いていた。「いつもああだというわけじゃない」笑いを含んだ声でルーカスが言う。「実際、とても魅力的な女性だったんだよ。きみみたいにね」

「何があって変わったの?」訊きながら、これ以上相手の餌に食いつくまいと決意する。

ルーカスは一方の肩を持ち上げた。「ぼくが彼女を誘惑して、こちらのスパイにした。それにあいつが気づいて解雇したんで、ぼくの下で働かせてやっている」

その偉そうな口調に胸がむかむかして、わたしはまた相手から逃れようともがいた。驚いたことに、彼の腕がゆるみ、そのまま行かせてくれるのかと思ったが、腕の下でくるりと身体をまわされた。にらみつけても、相手は平然としていて、しゃくに障るにやにや笑いを依然として顔に貼り付けている。わたしはもう彼から目を逸らさなかった。

「次の質問は?」

まったく油断のならない相手だが、今のところ、逃げる術《すべ》はない。室内にさっと目を走らせても、助けに来てくれるような人はいなかった。ならば先へ進むしかない。「アーニャが、ハミルトンの事業を受け継ぐ真の後継者と言っていたけれど、あれはどういうこと? あなたとジェレマイアは兄弟、そうよね?」

「おっと、いきなり核心に迫ってきた」そう言って、またわたしを回転させ、青緑色の瞳が物思いに沈む。「きみはどこまで知っている？」

前にセレステが話してくれたことぐらいで、あとはほとんど知らない。「ウィキペディア程度ね。軍に入っていた、けれど辞めて会社を継いで……最初はなかなか大変だった」

ルーカスは頭を下げた。「うまくまとまっている。ただし関連項目が抜けている」

わたしはそこでちょっと考え込んだ。「ハミルトン・インダストリーの事業はなんなの？　何をしてお金を稼いでいるの？」

ルーカスは片方の眉をぴくりとさせたが、わたしの質問に答えてくれた。「他企業への投資が主で、先方が上げた利益のかなりの部分をこちらでいただく。現時点では、今ある金を維持することと増やすことが事業の柱だ。ほら、聞いたことがあるだろう。太陽が照っている時に自分の傘を差し出して、雨が降り始めるやいなや、それを返せと言う。いわばそんな仕事で、うちの社の傘の下には多数の企業と人間がいるというわけだ。うちはいつでも……」そこでちょっとためらい、言葉が尻すぼみになった。「きみとお父さんの関係はどうだった？」

思いがけず妙な質問が飛んできたので、面食らった。何か秘めた動機がないか、口をすぼめて相手の顔をさぐる。私生活に踏み込まれる感じでちょっと嫌な気がしたが、相手はただ純粋にそれを知りたいだけのようだった。「良好よ」慎重に答えた。「なぜ？」

「うちは違った」ルーカスの顔から陽気な表情が消えて、陰りが出た。「ルーファス・ハミルトンという男は何をしてやろうと満足しない。とりわけ、血のつながりがある相手には。もちろん、それに気づいたのはずっと大人になってからで、その時にはもう、父の厳しい要求で、息子たちの感情はぼろぼろになっていた。簡単に話そう。ぼくは期待どおりに、家業を受け継ぐ道へと進んだが、レミは自分が唯一知っている方法で父の期待を裏切った。勝手に軍に入ったんだ。初めて息子に裏をかかれた、その経験が父をじわじわとむしばんでいった」

そこでルーカスは口をつぐみ、ふたりの間に沈黙が広がった。「その後、きっと何か起きたのよね」もっと知りたくて、わたしは彼をせっついた。

ルーカスは鼻を鳴らし、遠くを見るような目になる。また皮肉な表情が戻ってきた。「ああ。父親が死んだ」わたしの顔を見下ろしたかと思うと、口をぎゅっと結んで、またくるりと回転させる。どうやら考える時間が欲しいと、これをやるらしい。「実際あれ以上にいいタイミングは、意図したとしても無理だったろう。重役会議のまっただ中で心臓発作に襲われ、その数日後にジェレマイアが帰ってきた。父親と折り合いの悪かったやつが、遺書を開封する日に現れたんで驚いたよ。もっと驚いたのは、愛しい父親が遺産の大部分を、下の息子、ジェレマイアに遺《のこ》したことだった」

ルーカスの目に、抑えた怒りが仄見《ほのみ》え、冷笑したいところを我慢しているのが、ゆがめられた唇からわかった。また遠くを見る目になり、思い出したくない場面を見ているようだった。「会社の過半数の株式をはじめ、何もかもがジェレマイアの手に渡り、もしやつが社のトップに収まるのを拒否すれば、会社は保有資産を含めて丸ごと清算され、空中分解するのが目に見えていた。つまり、何千人分もの職が失われ、何十年にもわたって苦労して築いてきた基盤が崩壊する。それもこれも自分を裏切った息子への意趣返しのために」

なんとも酷薄な話に、わたしはぼうぜんとした。「じゃあ、ジェレマイアに会社を丸ごと遺したのは、ある種の罰だと？」

その言葉でルーカスがはっとして記憶の淵から戻ってきたので、わたしは一瞬ぞくっとした。暗い表情が消えて、にやにや笑いが浮かんでいる。今ではもう、それが彼の仮面なのだとわかってきた。「われらが愛するレミは、いつでも人々の味方」ルーカスは言って、わたしを回転させながら自分もまわって、ダンスフロアを進んでいく。「だから、軍に志願した。みんなの力になろうとね。遺言執行者が遺書を読み上げると、弁護士や重役たちは、こぞって事の重要性をレミに強調した。もし彼が会社を継がないとなれば、どれだけの人間が路頭に迷うかしれない、とかなんとか。ヒーローに憧れる弟がどんな決断をしたか、頭を使わなくてもわかる話だ」

「で、あなたは？」純粋な興味から訊いた。ルーカスの言ってることがすべてほんとうだとしたら、彼の父親がしたことはひどい。長男は何も悪いことをしていないのに、彼の取り分を奪ったのだから。だからといってルーカスへの嫌悪感がすっかり消えるわけではないが、大局的に見れば、彼に同情せざるを得ない。

「なんとかやってる」彼の視線がわたしの肩を飛びこえたかと思ったら、口を曲げていやらしい笑みを浮かべた。ちょうど曲が終わったところだった。「会社がうまくいっていれば、こっちだって面白くないはずがない」

いきなり上体を倒されて、わたしは金切り声をあげた。相手はわたしの背中に片腕をまわし、床と平行になるまでかがんだ。わたしは相手の両肩をつかみ、目を大きく見ひらいて、自分の顔と数センチしか離れていないところにある、彼の美しい顔を見上げた。

「ちょっと見せびらかしてやろうじゃないか?」そう囁くと、唇にキスをしてきた。

わたしは身をこわばらせ、彼のダーク・スーツに指を食い込ませた。こちらがショックで固まっているのをいいことに、彼は舌と歯でわたしの下唇を弄《もてあそ》ぶ。短いキスだったが胸がドキドキして、気を引き締めているのが大変だった。彼がわたしの身体を起こした時には、こちらの腕はもう動き出していた。彼の頬で、わたしの手がぴしゃりと鳴った。勢いがついて、思った以上に強い平手打ちになった。打った方も打たれた方も、ともに言葉も出ない——わたしは自分のしたことが信じられず、彼もまた同じ気持ちだったのだろう。ルーカスの目は明らかに驚いていて、わたしの身体を放す時、その目にかすかな敬意までにじんだような気がする。

「いったいなんの騒ぎだ？」

11

ジェレマイアの聞き慣れた声が耳に入ってきてほっとした。しかしふり返ってみると、少しもほっとできない表情が彼の顔に浮かんでいた。そちらへ行こうとするのだが、ルーカスが手をきつく握っていて、行かせまいとする。

「やあレミ」声がやけに大きく聞こえるのは、楽団の演奏が終わっていたからだろう。「こういうところで会うとは、また奇遇な。ぼくとぼくの可愛い連れといっしょに一杯どうだい？」

わたしは彼の手から自分の手をもぎ取ろうとするが、びくともしない。弁明するような目をジェレマイアに向けたところ、責めるような視線を返されてがっくりする。わたしのせいだって言うの？　怒りがふつふつとわき上がってくる。あなたがおいていったから、こんなことになったんじゃないの！

対決していることが明らかにわかるふたりに、近くにいる人々が注意を向ける。いったい何事だろうと、興味津々の目で見ているものの、割って入ろうなどという人間はひとりもいない……間に挟まれて、わたしはどうすることもできなかった。ふたりは今、わたしなんかより、ずっと重要な問題と向き合っているのに、どっちもわたしを自由にさせてはくれない。ルーカスはまだ手を握っているし、ジェレマイアは逃げ道をふさいでいる。

こうやってふたり並ぶと違いは一目瞭然で、取り違えた自分が信じられなかった。ジェレマイアは檻に入れられた牡牛のようで、広い背中をかがめて、今にも飛びかかっていきそうだ。いつもの冷静な仮面はするりと脱いで、今は太陽のように目がまぶしく燃えていた。それとはまったく対照的に、細身でわずかに背が低いルーカスはかかとに体重をかけて立ち、相手を見くだす表情を顔に浮かべている。意地悪く光る目を見ていると、弟をからかう手口に精通しているのがよくわかる。

「いったいここで何を？」ジェレマイアはうなるように言い、兄の顔と、依然としてつながれている、わたしたちの手とを交互に見ている。

「恵まれない人たちの力になりに来たか、あるいは長らく会っていない弟を訪ねに来たか。結局のところ、最後に会った時はあまりに劇的だった」

「兄さんが三千万ドルを着服した！」

ルーカスはとんでもないというように目の前で手を振った。「そう言われているらしいね」陽気に言う。「さあ行こう、酒をごちそうしよう」

ルーカスが抵抗するわたしをひっぱると、ジェレマイアが間に入って兄の行く手をふさいだ。「二分もあれば逮捕させることもできる」ごくそばにいる人にしか聞こえない、低い声で言った。「フランスであっても、ためらうことなく、国外逃亡犯は本国へ引き渡すものだよ、ロキ（北欧神話に出てくる悪と災いの美男の巨神で、神々の間に争いを生み出す）」

「おやおや、すべて確認済みと来たか！」ルーカスは薄笑いを浮かべ、あざけるような表情で、両腕を大きく広げた。「よっぽど兄が恋しかったんだろう」

兄弟ふたりの会話についていくのは難しく、わたしの苛立ちは募る一方だった。どちらもう、わたしがいることなど忘れ、なんだか知らないが、ふたりの問題についてやり合っていて、まわりに人がいることもおかまいなしだった。ダンスフロアの隅にアーニャが立っていて、鉄面皮に勝ち誇った笑みをたたえてこちらを見ていた。ルーカスの腕の中にわたしがいると、上司に教えたのは彼女かもしれない。

わたしの隣でジェレマイアはますます大きくなったように見え、怒りに顔を曇らせている。「もし兄じゃなかったら……」

「どうする？　こてんぱんにやっつける？　人生をぼろぼろにしてやる？」ルーカスが弟を挑発しているのは明らかで、声も大きく、そばで見ている人に丸聞こえだった。

「遅かったな、弟よ。そういうことはおまえより先にやってくれた人間がいる。おや、今からでも遅くないと？」

ジェレマイアが小幅で前へ一歩出たが、ルーカスは微動だにしない。「ロキ……」

「いいかげんにして！」

わたしの声が鞭をふるったように響き、その場の緊張を引き裂いた。男ふたりがびっくりして、血走った目をわたしに向けた。こっちも怒っていたので、後に引けず、まずルーカスをにらみつけ、つかまれている手を目の高さまで掲げる。「さあ、放して」

相手の手がかすかにゆるんだのを見て、わたしは乱暴に手を抜き、うしろへ下がった。ジェレマイアがわたしの腕に手を伸ばしてきたが、これもさっとよけて脇に寄ったので、相手は驚いた。「やめてください」そう言ってジェレマイアもにらみつける。

ふいに反抗的になったのが気に入らないらしく、ジェレマイアの方もわたしをにらみつけてきた。「ミズ・デラコート」声をかけてきたが、わたしは首を横に振り、彼の怒った表情に、同じく怒った表情で向き合った。

「あとは自分でなんとかしろと、置き去りにされた。だからそうするつもりだったんです」そう言ってルーカスにもう一度だけ目を向ける。相手は面白そうにわたしを見ていた。それからまたジェレマイアに目を戻した。「何か話し合うべき問題があるようですから、ふたりきりにしてさしあげます」

わたしの上司は、勝手なことをしようとしても許さないという顔だったが、こうなるともう、どう思われようがかまわなかった。数人の目が自分に向けられているのを意識しながら、背筋をぴんと伸ばして歩み去る。ぼうぜんとした男ふたりの視線がどこまでもついてきて、背中に穴があきそうだった。彼らに勝ったような気分だったが、少しも喜べなかった。後で必ずしっぺ返しがくるのがわかっている。

会場で黄色いドレスはあまり見かけなかったから、シャリースの居場所はすぐわかった。わたしが近づいてくるのに驚いた顔を見せたが、彼女にまたあいさつをされる前にこちらから説明した。「あなたたちの力になりたくて」

デイヴィッドが彼女の隣に立っていて、目を細めてわたしの顔を見る。「ルーシー？」とびっくりして言うので、シャリースはわたしと会ったことをまだ話していないのだとわかった。

「あなたたちの活動について、できる限り詳しく話してちょうだい」全身の血管を炎が駆け巡っていく。こんな気持ちになったのは何年ぶりだろう。「これからわたしが支援者を募ってくるわ」

大学時代に担任の教授から、きみは敏腕ロビイストになれるよと、何かのついでに言われたことがある。別にそれを目指しているわけではなかったが、教授の見立ては正しいと、自分でも気がついた。他人の重荷や問題を肩代わりする方が、自分のそれと向き合うよりも楽だった。他人の代理となって、知らない人間に近づいていくのは、まったく苦にならなかった。そういうことをしていた頃から、もうずいぶん年月が経っていたが、やり場のない苛立ちをどこかで発散したくて、友人たちのために一肌脱ぐことにした。

それから約一時間にわたって、いろんな集団の中に入っていき、愛想をふりまき、相手をおだて、必要があれば通訳もして、シャリースたちの力になるべく、できることはなんでもやった。といっても、なにも難しいことはなかった——会も終盤にさしかかっており、慈善事業を支援するという目的が参加者の胸にすでに浸透していたから、みな小切手を切る準備は万端だった。わたしの方は、ボルネオの小さなクリニックに、なぜたくさんの資金が必要なのか、それをはっきりさせるだけで良かった。色々学んできたものの、すっかりさびついてしまった社交術を掘り起こして、集団から集団へと飛びまわり、これぞという人を見つけたら、デイヴィッドたちの元へ送り出す。それからまた、次のターゲットをさがしにいく、そのくり返しだった。ふだんは社交的な蝶より、壁の花でいるのが好きだったが、この時ばかりは、慎重な自分を解き放って、どうにかしてみんなに話を聞いてもらおうと躍起になった。

群衆の間にジェレマイアの姿がちらちら見え、彼の視線が重くのしかかってきたが、できる限り無視をした。といっても実際それはかなり難しい——遠く離れた場所からでも、彼はわたしの気持ちを見抜く不思議な力を持っているようだった。それでも、わたしが友人のために奔走している間、近づいては来ず、自由にやらせてくれたのがありがたかった。ルーカスとアーニャが姿を見せないのも、同じようにありがたかった。集団を渡り歩いて一時間ほどすると、シャリースが近づいてきて、わたしを脇へ連れ出した。うれしそうに満面に笑みを浮かべ、興奮に全身をふるわせている。「信じられないわ、もう十万ドルも集まったのよ！」

わたしの口がぽかんとあき、今すぐ彼女に抱きつきたいのを必死にこらえる。「それだけあれば、しばらくは足りるかしら？」

「足りるですって？」信じられないという顔。「これだけあれば、現在のクリニックがある場所で、数年間はしのげるわ――それも地元の人たちからぜんぜんお金を取らないで。ルーシー、ありがとう！」シャリースは慎みなど捨てて、わたしに飛びついてきて、ぎゅっと抱きしめた。「あなたって、すごい人だわ！」

「同じ言葉をぼくも贈るべきだろう」

ごくりと唾を呑んでふり返ると、うしろにジェレマイアが立っていた。珍しい物でも見るように、わたしの顔をしげしげと見て、ほかには目を向けない。シャリースが離れると、ジェレマイアはわたしの方へ片手を差し出した。「一曲踊っていただけませんか？」

わたしは声を出さずに口をぱくぱくするばかりで、助けを求めるようにシャリースにちらっと目をやった。シャリースはすべてわかっているといった顔でにやにやしており、ためらっているわたしの背を押して、上司の腕の中に入れた。「男性のリクエストにはお応えしないと」目をきらきらさせてシャリースが言う。「ここから先は、わたしたちでやれるから」

もはや断る理由はなく、ジェレマイアの差し出した手をまじまじと見る。命令ではなく、依頼をし、わたしの出方をじっと待っている。彼の緑の瞳を覗き込むと、置き去りにされたことを自分はもうとっくに許していることに気がついた。それでも少しぐらい懲らしめてやりたい気持ちはあった。「これからは、ダンスフロアにひとりにするようなことはなさいませんよね？」からかうように言って、彼の手を取った。

むっとするかと思ったら、そうではなく、ジェレマイアはわたしの言葉を面白がっているようだった。「今夜はもう、ずっときみから目を離さないと約束する」

彼の口調には、何か期待させるものがあって、フロアの中央にひっぱっていかれながら、肌にぞくぞくするものが広がっていく。フロアに立ち、腕の中にわたしを入れる、その手つきは優しく、無理やり人を言いなりにした彼の兄の手つきとは大違いだった。

「今夜はほんとうにすまなかった」ジェレマイアが小声で言う。

わたしは両眉を吊り上げた。彼が謝っている？　このわたしに？「もうお気になさらずに」わたしは答え、小さく息を漏らした。「ご家族で、何か問題がおありのようですね？」

ジェレマイアは口元をちょっとゆがめて笑い、わたしの質問には答えない。「さっきふたりで話していたね」と、逆にこっちが訊かれる始末。

「あなたのことでいくつか、わたしの質問に答えてくれていたんです」ジェレマイアが緊張するのがわかって、あわてて説明する。「お父様は、ほとんど強制的に、あなたに会社を継がせた。それはほんとうですか？」

「まあ、そうと言っていい」長い間の後でようやく言って、それ以上何も言わない。

「あなたは陸軍の特殊部隊にいたと、セレステから聞きました」また沈黙が続いたので、わたしから話題を振った。彼は口をぎゅっと結んだが、わたしはさらに突っ込んでいく。

「そちらの仕事はいかがでしたか？」

「これまで生きてきて、一番いいことをしたと思っている」そしてまた沈黙したが、今度は考えているのだとわかった。「もともと軍隊に入ったのは、父から逃れるためだった。しかしひとたび入ってしまうと、そこでの生活のあらゆる面がぼくにぴったりだった。あのままいっていれば、着実にキャリアを築いていったことだろう。もし……」

もし、そのチャンスを奪われることがなければ。先ほど兄弟ふたりで辛辣《しんらつ》に言い争っていたとおり、ルーカスが言っていたことはほんとうなのだろう。ジェレマイアの気高さが、自分の好きな生活を捨てさせた。自社に関係する人々の生活を守るために会社を継いだ。わたしは身を乗り出して彼の肩に頭を乗せた。その瞬間、わたしの腕の中で彼が身体を固くしたのがわかった。突き放されるかと思ったが、それから彼の身体から緊張が抜けていき、わたしを引き寄せた。チョコレートとチェリーのような、素晴らしい香り。彼の首がすぐそばにあるので、頭をちょっと動かせば、香りと同じぐらい、味も素晴らしいのか、試すことができる……。

この部屋には人がぎっしりいるのよと、無理やり自分に思い出させる。そのうち数人はおそらくこちらの様子を窺っているだろう。わたしは彼の肩から頭を上げたが、身体を離しはしなかった。そんなわたしの気持ちがなんとなくわかったに違いない。ジェレマイアが身体を押しつけてきて、下腹部に彼の硬い盛り上がりが当たった。わたしの下腹部が鈍いうずきで満たされていき、足のかかとから手の指先までじんじんしてきて、小さな喘ぎ声が漏れそうになるのを呑み込んだ。わたしに対する彼の反応が強力な催淫剤の役目を果たし、誰もいないところへ彼をひっぱっていって、ふたりで悪いことをしたくなる。彼の目にも同じ欲望が覗いており、ふたりでしっかり目を見交わすと、わたしの腰に当てた彼の手に力がこもって、硬いペニスをこすりつけられ、わたしの両腿の間を熱いものが駆け抜けた。

誰かがマイクをコツコツ叩く音がして、フランス語を喋る聞いたことのある声がスピーカーから流れてきた。「この場を借りまして、この会を支援してくださった皆様を代表して、何人かの方にお礼を申しあげたいと思います」

「あなたのことですね」わたしは小声で言った。楽団の演奏が終わった今、確かに人々の注目はこちらに集まっていた。しかしジェレマイアは、その間もしばらくわたしから離れなかった。ようやく離れたと思ったら、手をつかんだまま、唇に持っていった。

わたしはごくりと唾を呑み、心臓が大きく打った。報道関係者や一般大衆は、個人秘書を連れてくるのはビジネスのためだと心得ている。そうセレステは言っていた。しかし今夜のわたしたちを見ていた人に、そう思えというのは難しい。様々なシグナルが頭の中で反響していて、なんだか混乱してきた。一度にひとつにして欲しい、と思っていると、彼はわたしの手を放し、群衆の前方へと向かった。ひょっとしたらこの場面が一瞬のうちに消えるかもしれず、そうしたらニュージャージーの安っぽいアパートに逆戻りだ。

ビジネスもプライベートもひっくるめて、ふたりの関係に、彼がどれだけ強い力を及ぼそうと、こちらはいつでも歩み去れる。だからといって、力関係は同じだとは言えないが、突然しっちゃかめっちゃかになったわたしの人生において、最後にはその手があると思えば、心はいくぶん安定する。それでも彼のもとから去ることを考えると胸が痛んだ。ジェレマイアは思わせぶりな態度を取って焦らすタイプの男ではないものの、いったい何を考えているのか、わからなくなる時がある。

「あまり深く思い詰めない方がいいよ、ぼくの愛しいきみ」

ルーカスの声がすぐ耳元で聞こえたのに、びっくりする。「来ないで」小声で言い、ジェレマイアから目を離さないようにする。彼はガスパールの方へ向かっており、ガスパールはフランス語で彼を簡単に紹介している。もしルーカスといっしょのところをジェレマイアが見たらどうするだろう。

「ちょうど良かった。こんな美しい女性にお別れのあいさつもしないのは失礼だと思っていたところなんだ」

嘘ばっかりと、わたしは鼻を鳴らした。「ちょっかいをかけるならアーニャにどうぞ。彼女はもうそういうのに、すっかり慣れているでしょうから」嚙みつくように言った。声はひそめたつもりが、くすくすと低い笑い声が返ってきた。まわりの人間が無視してくれているのがありがたい。「弟への意趣返しに、わたしを巻き込まないでちょうだい」

相手を脅すように低い声で言った。

「なるほど、でもその方がずっと面白い」

手が尻をかすめたとたん、わたしはかかとを振り上げて脛《すね》を蹴飛ばした。すぐに手が引っ込み、してやったりと思ったのも一瞬で、また彼のくすくす笑いが聞こえてきた。

ジェレマイアはもうステージに上がっている。どうかこっちを見ないでと祈るような気分だった。「とにかく、わたしが困るのよ」

「いや、面白いことになると思うよ」ゴロゴロと喉を鳴らす音が聞こえてきそうだった。

わたしは彼をにらんだ。相手は満足そうな笑みを口元に浮かべ、臆面もなく、わたしの顔をじろじろ見ている。こちらはあきれて目をぐるぐるさせ、無視してやろうと心を決める。ステージの方に目を戻すと……ジェレマイアの燃えるような目ににらまれ、立ちすくんだ。自分が嫌になる。

「おや、ぼくらのささやかな密会に気づいたようだ」ルーカスの指に首筋から髪を払われ、わたしはたじろいで横にずれた。「さて、あいつの頭の中は、今頃どうなっているだろう」

その表情から判断して、わたしの上司であり、束の間の恋人でもあった人は愉快そうではなく、気がつけばわたしはまた板挟みの状態に陥っていた。片手をこぶしに固めながらも、ここで何かすれば、まわりから要《い》らぬ注意を引いてしまうのもわかっており、そうなるとこの男をますます喜ばせることになる。ジェレマイアは相変わらずわたしたちの方をにらんでいて、ルーカスはもう触れてはこなかったが、できる限りわたしの近くに立っていようと心を決めたようだった。ジェレマイアの心の中がどうなっているかは、推測するしかない。

ステージの上にいるガスパールが、この場を収めようと動き出した。壇上のゲストがよそに気を取られていることと、わたしの現在の状況から、何が起きているか察したらしい。ジェレマイアの肩にさっと腕をまわして、少しの間彼の気を逸らしてくれる。ひとつ肩の荷が下りた気がして、わたしはほっとしてため息をついた。ふたりはカメラの前で握手をして、会の終わりを知らせた。

「さてと、それじゃあぼくは失礼するよ」ルーカスが身を寄せ、わたしの肩を胸でかすり、頬に素早くキスをした。わたしはすぐ身を引いたが、ジェレマイアの顔が曇ったことから、しっかり見られていたとわかった。「オ・ルヴォアール、シェリ（さようなら、愛しい人）」ルーカスはそれだけ言って姿を消し、こちらへ向かってくる牡牛にわたしはひとりで立ち向かわねばならなくなった。言い訳しても意味がないと思い、黙ったまま立っていると、ジェレマイアがわたしの隣に立った。

「行こう」

低い声に怒りはにじんでおらず、ジェレマイアはわたしの腰に手を添えて、群衆の中を楽々と進んでいく。ふり返ると、群衆の注意はすでにガスパールがとらえていた。帰ろうとするわたしたちに目を向ける人はほとんどいなくてありがたい。大きな広間をあとにすると、ようやく心が落ち着いてきて、自分は一刻も早くあそこから出たかったのだと、今さらながら気づいた。もう、大勢の人を前に転ぶんじゃないか、醜態をさらすんじゃないかと心配する必要もない。シャリースとデイヴィッドの力になることができて有頂天になっていた気持ちもいつの間にか消えてしまい、今は疲労を感じ始めていた。

ジェレマイアの冷たい目は、建物の外に出るドアを一心に見つめていて、わたしのことはわざと無視しているような気がする。その態度が結局のところ何を意味するのか、こちらは不安で不安で仕方ない。いっしょに踊った時の気安さは雲散霧消していた。わたしは口をつぐんだまま、シャリースたちにできるだけ早くメールを出して、さよならと励ましの言葉を贈ろうと心の中で誓っていた。

中央のエントランス前にリムジンが一台停まって、わたしたちを待っていた。まだ居残っていたパパラッツィを数人かわしてから、黒っぽい車に乗り込むと、運転手が即座にドアを閉めた。わたしがジェレマイアと向かい合わせにベンチシートのへりに腰を下ろすと、車はホテルに向かって出発した。ジェレマイアが運転席との間に暗色のガラスでできた仕切りを下ろすのを、わたしは緊張して見守っている。

車体の長い車の、暗くなった運転席へちらっと目をやったすきに、ジェレマイアが素早く動いて、わたしを長いベンチシートの上に押し倒した。びっくりして金切り声をあげたものの、彼がかがみ込んできたので、すぐに口を結んだ。右肩に手が置かれ、動かないよう革のシートに身体を押さえつける。わたしの上体に視線を走らせたかと思うと、今度はそれが顔に上がってきた。燃えるような目にわたしは息を呑む。

「ぼくの前で脚を開いて」

びっくりして唇が半開きになった。彼のあいている方の手がわたしの脇をすべり、息が苦しくなってくる。手のひらがドレスの薄い生地を撫でていき、深く切れ込んだスリットから指が入り込んできて、内腿を撫でさする。

「お兄さんとのことなら」ふいに釈明しなければいけない気がしてきて、ふるえ声で切り出した。「別になんでもないんです――あなたかと思って……」

「やめてくれ」

わたしは黙り込んだ。ジェレマイアの手が止まり、身体がこわばったのがわかる。

「今夜は兄のことは聞きたくない。勘弁してくれ」最後の言葉は嚙みしめた奥歯の間からしぼり出したようだった。わたしがうなずくと、彼がわずかに緊張を解いた。「さて、どこで中断したんだったかな？」

彼の手が膝の間にすべり込み、上へ上へと押し上げていくので、両脚が少しずつ開いていく。わたしの息が切れだし、下腹がきゅっと緊張する。彼の指がガーターのストラップをひっぱって腿を上がっていき、腰までたどり着くと、ベルト部分の下に指を入れてぐるりと撫でた。わたしは無意識のうちに脚を閉じてしまい、彼の手が止まった。

「脚を開いて」

その言葉が官能の網のようにわたしをとらえ、わたしは息を詰めた。すでに全身が細かくふるえ、荒い息をしている。次に何をされるのか、心の隅に恐怖がわき起こったが、それは彼が何か痛いことや、人を貶《おとし》めることをするのを恐れているのではなく、自分で自分の身体をまったく制御できなくなることが怖いのだった。そう、一番まずいのはそれだ。ふるえる息を吐きながら、腿の筋肉に言うことをきかせて膝を開いた。

「もっとだ」

ごくりと唾を呑んでから、また素直に従って、彼の前に自分をさらす。上でジェレマイアが動き、わたしの肩から手をはずして、ベンチシートの背を手で押して身体を支える。指が一本、薄いパンティの生地越しに、わたしの芯を押したので、思わず喘いだ。もう一度と、わたしは背を弓なりにして股間を彼の指に押しつける。すると、じっとしていろというように、彼がわたしの髪をつかんで押さえ、そうしている間にも、指でわたしの芯をこすったり、つついたりしている。息がふるえ、呼吸が苦しくなる。彼がぐっとかがみ込んで、間近に顔が迫ってきた。

「きみはぼくのものだ」目をぎらぎら輝かせて、呟くように言った。指の動きがいっそうせわしくなって、わたしが喘ぎだすと、髪をつかんでいる手にさらに力がこもった。

「きみの口からそれを聞きたい」

「わたしはあなたのもの」言葉を口から出すのも一苦労だった——身体はふるえ、心臓そのもののように、ビクンビクンと拍動している。まばたきをして目を閉じ、彼の手が生み出す快感に全神経を集中する。脚の間のうずきがどんどん広がっていく——足が床をこすってハイヒールが脱げるのもかまわず、彼の手の方へ腰を持っていく。

「もう一度」

「わたしはあなたのものです、ご主人様」

ものすごい力で髪をつかまれて、わたしは驚いて目をあけ、何度も喘ぐ。彼の目がわたしの顔をさぐるように見ていた。いったい何をさぐろうとしているのかわからないが、こんな目で見つめられて、何か隠しておけるわけがない。わたしが欲しいのは彼だけで、その欲望がどれだけ切羽詰まっているか、彼に見て欲しかった。どうかこっちへと、膣の壁がピクピク動いて誘っているのがわかり、わたしは心の中で、もっともっとと、請い願う。

髪をつかむ手から力が抜けたと思ったら、また彼が身体の位置を変えた。もう目からはぎらぎらした光が消えていて、冷静に要求してきた。「きみがいくところを見たい」呟くように言って、わたしの顔に自分の顔を近づけてくる。

その言葉に身体が溶けていくような快感が走った。深みのある彼の声が全身を駆け抜けていく。器用な指がパンティの下ですいすい動いている。濡れた襞の間にするっと入った瞬間、わたしは大きな声をあげた。車の振動が身体に伝わり、自分がどこにいるのか思い出したが、その揺れがまた興奮を倍加させる。太い指を中に入れた状態で、親指でうずく芽をはじかれ、喉の奥から立て続けに喘ぎ声が漏れてしまう。

「こういうことをしていいのは、ぼくだけだ」ジェレマイアは寸分違わぬ正確さで、わたしの中の感じる部分をさぐりあて、自分の言った言葉を強調するように、そこをくすぐった。わたしの尻がシートから飛び上がり、うめき声が漏れた。「ぼくの許可がない限り、どんな男であろうと、きみに触れることはできない。わかったか？」答えようにも喉が詰まり、身体に快感の波がどっと押し寄せてきた。オーガズムへと一気にのぼりつめて、まともに考えることができない。「は――はい」

「聞こえない」

わたしは叫び、興奮が爆発した。「はい！　ご主人様、お願いです！」

「ぼくの顔を見るんだ」彼と目を合わせると、その眼差しの強さでシートに釘付けにされた。親指にさらに力を入れて、わたしの敏感な芽をこすりながら、中に入れた指をぐっと曲げる。それと同時にあまった指を使い、見事としか言いようのない器用さで、入り口部分を刺激する。「さあ、いくんだ」彼に言われ、わたしは喜んで、快感の淵へ飛び込んだ。自分の意志とは関係なく、全身が細かくふるえだし、彼のジャケットにしがみつくと同時に、わたしの中のあらゆるものがいっせいに爆発した。身体に残る力の、最後の一滴までが外に流れ出してしまうと、革のシートにぐったり倒れた。息をととのえようとしても無理だった。

ジェレマイアはわたしの髪を放して自分の座っていたシートに腰を下ろしている。わたしの方は、向かいのシートの座面にしどけなく横たわるままに放っておかれている。脚を閉じようとするものの、何もできない――まだ全身が激しく脈打っていて、四肢はゼリーのようだった。車がスピードを落としてカーブを曲がり、その勢いでシートに身体が押しつけられた。わたしの膝に乗っている彼の手をまじまじと見つめる。ごくんと唾を呑み込んでから、色のついた窓から外を見ると、まぶしく輝くホテルの正面が、すぐ目の前にそびえていた。

12

ふたりで黙って部屋へ上がっていく、そのわずかな時間にも、互いの間に息が詰まりそうな緊張が広がっている。足を蹴り出すようにして、窮屈なハイヒールをなんとか脱ぎ、爪先を曲げ伸ばしして、足の自由を満喫していると、ウエストに太い腕がからんできた。固い身体を押しつけられ、壁との間に挟まれた――両脚の間に、彼の腿がくさびを打つように入ってきて、これから何が始まるかわからないうちに、口で口をふさがれ、焼けるようなキスをされた。まだリムジンの揺れが身体に残っていてふらつくので、彼の首に両腕を巻きつけ、豊かな髪に指を通し、口をふさがれたまま喘いだ。

ジェレマイアは両手でわたしの尻をすくい上げるように持ち上げ、再びわたしは彼の身体と壁との間で、窮屈な板挟みになった――彼の両肩につかまって身体を支えようとしたが、その必要はないほど彼がしっかり支えてくれていて、彼は頭を下げて、わたしの首筋に唇と舌を這わせながら、両腿に手をすべらせていって、自分の腰にわたしの両脚を巻きつけた。彼の硬いペニスが、すでにうずいているわたしの芯に当たって、喘ぎ声が漏れた。

「ぼくのものだ」ジェレマイアが言い、その低い声がわたしの全身を洪水のように襲った。ジェレマイアの大きな手で両手首をつかまれ、頭上で固定された。そうしておいて彼はわたしの唇を吸い、そっと齧る。あいている方の手で乳房を揉みしだき、親指で乳首を刺激する。我慢できなくなって、わたしは自分から彼の手に胸を押しつけていった。

ジェレマイアの欲望とあからさまな情熱が、わたしの身体を燃え上がらせた。彼の口の中で喘ぎ、背をのけぞらせながら腰を押しつけ、少しでも彼に近づきたくて必死だった。彼もまた、わたしに腰を押しつけ、その腰でグラインドを始めて、わたしに叫び声をあげさせた。彼の歯が耳を弄び、喉を伝う。その刺激に溺れて、それ以外もう何も感じない。

移動しているらしいと、遅まきながらなんとなく気づいたが、ほんとうにそうだとわかったのは、世界が傾いて、大きなベッドに仰向けに着地した時だった。ジェレマイアは間髪をいれずに、わたしの上にかぶさってきた――高価なドレスを気づかうことなく、胸もとに手を乱暴に突っ込む。その荒々しい熱情にわたしもますます熱くなる。もっと、もっと、もっと欲しい。彼に触れようとすると、また両手首をつかまれて、頭の脇で押さえつけられた。彼はわたしの首筋を吸いながら歯で甘嚙みをする。

「うつぶせになって」

素早く言われたとおりにすると、背中から尻まで、ファスナーがさーっと下ろされるのがわかった。ジェレマイアはドレスの生地を剝くようにしてわたしの肌を露出させ、背骨に沿って唇を這わせていく。その優しい感触に、もう片時もじっとしていられなくなって、わたしはネコのように背を弓なりにする。と、ベルトがガチャガチャ鳴る音がした。その音と、それが予告する事の次第にぞくぞくと興奮し、腰を持ち上げて彼の股間に押しつける。彼が小さく息を吞むのがわかり、それがたまらなくうれしい。

再び彼の手がわたしの両手首をつかみ、ベッドのヘッドボードの方へひっぱった。ひんやりした革が両手首にかかり、ジェレマイアがベルトを使って、わたしの両手首を真鍮《しんちゅう》の手すりに固定しているのだとわかる。見事な早業で、あっという間にわたしは囚われの身になった。こうやって動けない状態にしてから、彼はわたしの服を脱がしていく——こちらが腰を持ち上げて協力すると、彼は脱がせたものを背の高いベッドから脇に放り投げて床に落とす。両手でわたしの尻を揉みしだきながら移動し、わたしの両脚にまたがった。わたしはもっと彼に近づきたくて両膝をつく。あられもない姿をさらすことになったが、彼の興奮したうなり声が聞こえてきて、ぞくぞくした。

手で背中を押され、マットレスに胸がつくと、彼の唇が背筋をすべっていった。わたしは呼吸を乱して、革のベルトに両手でしがみつく。ぴんと張った尻の皮膚を彼の歯がかすめると、唇の間から漏れる喘ぎ声を止めることができなくなった。全身が細かく痙《けい》攣《れん》し、早く核心へとねだるが、ジェレマイアはじっくり時間をかける。両手で尻を撫でまわし、ふたつの丸みを揉みしだいたところで、親指を二本合わせて割れ目をすーっとたどり、ジュースの沁み出した入り口へ向かった。

柔らかな襞を親指で開かれたとたん、静かな部屋に、鋭い喘ぎ声が断続的に響き渡った。吹きつけられる息が、次に起こることを予告する。案の定、唇と熱い舌が、ぴくぴくうずいている入り口を見つけた。思わず甲高い声が漏れ、ベッドのそばの壁にぶつかって反響する。彼の舌がきつい膣の入り口をくるりとたどってから、奥深くめり込んできた。それと同時に片手が襞の間をすべっていき、抑えようもないふるえが全身に走った。

わたしがうめき、のけぞっている間、彼はしばらく同じ刺激を続ける。「お願い」と何度も懇願するが、いったいどうして欲しいのか、自分でもわかっていない。甘美な拷問から解放されたいのか、もっとして欲しいのか。おそらくその両方だろう。

それに対して、彼はただくすくす笑い、快感の猛攻撃を続ける。

とうとう指が一本入ってくると、もっと奥へというように、わたしはその指に腰を押しつけた。彼がすべてを制御しているが、内部を指でこすられて、わたしの方は自分の身体をますます制御できなくなっていく。愛液が腿を流れていき、今にもいきそうになって叫びだしたくなる。

ふいに彼が離れ、わたしを転がして仰向けにした。見上げると、彼の顔に獰猛《どうもう》な表情が浮かんでいた。わたしの膝をぐいとこじあけ、片方の膝に腕をかけて押さえつけると、いきなり硬いペニスを突き入れた。奥深く、一回で正確に。わたしはのけぞって目を閉じた。突然攻められて息が喉にからみつく。腕を固定されたまま激しいピストン運動を受け、わたしは背をベッドにぶつけながら、彼の情熱から逃げようがなく、すべて受け入れるしかなかった。

「ぼくを見て」

目をあけると、彼の美しい顔に張り詰めた表情が浮かんでいた。手がわたしの身体を這い上がって喉に巻きつき、彼の顔が間近に迫った。腰は相変わらずピストン運動を続けており、頭の中で絶え間なく飛び散る快楽の光に邪魔されて、まともに考えることができない。「ぼくの名前を呼んで」

「ジェレマイア」わたしは息も絶え絶えに言って、彼の身体に胸をこすりつけた。緑のランジェリーの下で乳首が刺激を求めている。片方の脚を彼の腰へ上げて背中を横切らせ、足首をひねって反対側の腰へがっちりかける。彼の目が大きく見ひらかれ、突きがいっそう強くなった。

「もう一度呼んで！」

「ジェレマイア！」無我夢中で叫び、ほとんど泣き出しそうになっている。「お願い！」首に巻きついていた手に力がこもった。窒息はしないまでも、血が勢いよく頭を駆け巡るのがわかる。彼のもう一方の手がわたしの胸に置かれた。固い布を脇に寄せて肌をじかに揉みしだき、指の間に乳首を挟んで締めつける。わたしの腰は彼の腰といっしょにリズミカルに動いて、高みへぐんぐん上がっていき、もう少しでピークまでいってしまいそうだった。あともう少し……。

首に巻きついているジェレマイアの手にまた力が入って呼吸が苦しくなり、興奮の靄の中に心配が切り込んできた。目をぱっとあけると、彼の緑の瞳が興奮に染まっていて、わたしの血管を巡っているのと同じ欲望が見て取れた。肺が焼けそうだったが、彼を信用して、そのまま興奮の波に溺れていく。

首から手が離れると同時に、激しく貫かれ、乳首をつままれた。突然全身を駆け巡り始めた酸素と血液に圧倒され、大きな叫びをあげながら全身をふるわせて、今夜二度目のクライマックスに達した。彼の身体の下で身を波打たせ、頭上の革ベルトをねじりながら、快感の波に乗る。

オーガズムから解き放たれて、脳が正常な機能を回復するまでにどれだけ時間がかかったかわからないが、気がつくとジェレマイアがわたしを上から見下ろしていた。彼の目はわたしの反応をことごとく記録している――顔の脇をすべっていく手が、なんとも優しく、まやかしでない慈しみが感じられる。わたしが覚えている限り、こんなのは初めてだった。親指で唇をそっと撫でられ、わたしは口をあけて彼の指を吸い込み、舌でつついた。

それに応えるように彼の目が熱く燃え上がり、そこで初めて、彼がまだわたしの中で硬いままなのに気づいた。

ジェレマイアがわたしの頭上に手を伸ばしてベッドの手すりからベルトをはずし、手首もほどいてくれる。小指が麻痺して、手首が痛んだけれど、気にはならなかった。じっと目を見据えながら、彼の片方の肩を押してベッドに仰向けに押し倒す。驚いたことに彼は抵抗せず、今度はわたしが彼の大きな身体にまたがった。ジェレマイアはジャケットとスラックスをいつの間にか脱いでいたものの、まだワイシャツは着ていて、上のボタンふたつだけがはずれていた。わたしは腰にまたがって、彼の硬いものが尻に当たるのを感じながら、残りのボタンをひとつずつ、はずしていく。

彼の裸は一度も見たことがなかった。けだるさで四肢は重たくなっていたものの、彼がわたしにしたのと同じように、夢中になって隅々まで観察する。彼もまたこちらをじっと見ているのがわかったが、ひるむことなく白い生地をはがして、固い胴体に手をすべらせた。余分な脂肪は微塵《みじん》もない——オリーブ色の肌に筋肉の線がくっきりと浮き上がり、乳首は小さく黒っぽい。けれどもそこには完璧な肉体を損なうものがあった——いびつな星形をした白い傷が肩にあり、それより小さな直線の傷がいくつか、胸と腹を横切っている。その傷のひとつひとつを手で撫でると、彼がびくっとするのがわかったが、今度もまた、彼はやめさせようとはしなかった。

わたしのものだ。所有欲が頭をもたげてきて、われながら驚く。腹筋と胸筋のラインに指を走らせてから、身を乗り出して、彼の顔をまじまじと見る。相手は表情のない顔でわたしを見ていた。彼の頬の丸みを指でたどって、逞しい顎のラインへ移る。ひげは綺麗にそってあるものの、サンドペーパーのようなざらつきがかすかに感じられる。たまらなく美しい。彼の顎を手で包み、彼の肩を支えにして一度身を起こすと、硬いペニスに腰を落としていきながら、彼の顔の方へかがんでいく。

大きな手に肩をがっちりつかまれ、彼の唇のすぐ近くでわたしは止まった。何を思っているのか、目から読み取るのは難しい。わたしには理解できない、身構えたような欲望が仄見えるばかりだった。それ以上かがむのは拒まれたものの、腰の方は自由で、そのまま沈めていって、彼を自分の奥深くに迎え入れる。ジェレマイアがごくりと唾を呑んで、喉仏が動いた。わたしは腰をくねらせながら、一度引き上げ、それからさらに深く沈めていく。彼の呼吸が荒くなるのがわかる。肩を押さえていた手がゆるんだので、顔を近づけていって、彼の首に口を押し当てる。そこから肩にある星形の傷に向かって口をすべらせていき、また腰を揺らしながら引き上げていく。

白い傷を唇でたどり、小さな黒い乳首を指一本でなぞる。近づいてみると、思っていた以上に傷は大きい——まわりの皮膚は変色こそないものの、過去に負った傷のせいでまだ撚れている。顔を上げると、彼は不可解な表情を浮かべてこちらをじっと見ていた——肉厚な唇を開いており、どんな味がするのか無性に試したくなる。再び彼にかぶさっていきながら、顔の側面をまた指でたどっていく。彼の目鼻立ちにうっとりと目を走らせながら、「なんて美しいの」と囁く。

彼の口にまた目を落とすと、瞳に切望が濃くにじんだ。片手を伸ばしてわたしの髪をくしゃくしゃにしながら、自分の口にわたしの口を近づける。いきなり切羽詰まった欲望が押し寄せて、ふたりの唇が激しくぶつかった。彼のもう一方の手が尻の肉に食い込むのがわかり、わたしは両手で彼の胴を撫でながら、勢いよく腰を落としていく。どこかすぐ近くで携帯電話が振動して、いつまで経ってもやまない。「どうしてもあなたと話したい人がいるようよ」わたしは彼を見下ろしてにっこり笑う。

「後でかけ直せばいい」彼がうなって腰を突き上げ、わたしの奥深くまで貫いた。口から喘ぎ声が漏れ、電話をかけてきた相手に対するあらゆる想像が一気に吹き飛んだ。彼はわたしの身体を転がして仰向けにする。首筋に歯を立てながら、再び貫かれ、わたしはマットレスに叩きつけられた。両腿で彼にしがみつきながら、何度も何度も突かれて、うめき声をあげる。爪を彼の肩に食い込ませ、彼の身体につかまって、自分も腰を動かして彼にぶつける。と、髪をつかまれて、顔を上げさせられた。向き合った彼の目に欲望が光っているのを見て、束の間の勝利感を味わう間もなく、最後に大きくひと突きして、彼が果てた。

わたしは目を閉じて、彼のふるえる身体を抱きしめる。かぶさった身体の重みに安心を感じて、わたしは満足のため息をついた。「愛……」

愛してる。

ありえない考えに、驚いて目をぱっとあけた。自分が口にしようとした言葉にぎょっとして、天井をまじまじと見上げていると、ジェレマイアがわたしの腕の中で身じろぎし、わたしから離れて、ベッド脇の床に立った。わたしはごくりと唾を呑み、ふいに息が苦しくなってきた――ほんとうにそんな言葉を口にするつもりだったの？

わたしはそっとベッドの反対側から下り、主寝室に続くオープンスペースを迂回して、通路側にあるバスルームへ逃げ込んだ。入ると中から鍵をかけ、鏡に映る自分の姿をまじまじと見ながら、自分の思考回路に依然として驚いている。

相手は二日前に知り合ったばかりの男で、海のものとも山のものともつかない。それなのに、愛しているなどという言葉が口から飛び出しそうになった。どう考えても尋常じゃない。ふるえる手でシンクに湯をため、タオルをつかんで身体をふく。

その手の言葉をやりとりするような関係を結んだことは、実際のところ一度もない。ティーンの時でさえずいぶんと冷めていて、家族以外に対して、愛しているなどと口にしたことはなかった。それなのに、さっきはあんなに自然に出てきた。いったいわたしは、どうしてしまったのか。

こんなに早い段階で、愛がどうのこうのと考えるのは軽率にすぎると自分を戒めた後で、ふと父のことを思い出した。母には一目惚れしたと父は言っていた。蘇ってきた思い出にせつなさがこみ上げ、ぐっと唾を呑み込んだ――父は家族の中でもロマンティックな方だったが、母はもっと現実的だった。わたしは母の性質を受け継いだに違いない――跳び込む前に、まず状況をよく見るタイプだった。それなのに今回はまったくわたしらしくない事態に陥っている。

ノックの音が聞こえて、物思いから覚めた。ドアから頭を突き出すと、スイートの方のドアから、またノックの音がした。気を逸らしてもらえて好都合だと思い、近くのフックにかかっていたローブをつかむ。それを急いで着てから、ドアの方へと歩いていって、小さな覗き穴から外を窺った。制服姿のホテルのスタッフが立っていて、両手に何か持っているがよく見えない。興味をひかれて、ドアを細めにあけてみる。「なんでしょう?」

男は小さくお辞儀をした。「ハミルトン氏とゲストの方に贈り物が届いています」流《りゅう》暢《ちょう》な英語で言い、ボトルとシャンパン用のフルートグラスをふたつ差し出した。

わたしは両眉を吊り上げ、ほかにどうしていいのかわからず、差し出されたものを受け取った。相手はまた軽くお辞儀をしてから、あとずさったので、わたしはドアを閉めた。寝室に入っていこうとして、ふと思い直し、もう一度ドアをあける。「あの、受け取りにサインとか……？」すでに男は消えていて、わたしは肩をすくめてまたドアを閉め、鍵をかけ、ボトルとグラスを持って寝室へと入っていく。

ジェレマイアは背の高い椅子にぐったり腰を下ろし、手にした電話に向かって眉をひそめていた。わたしを認めると、不審そうな表情が消えて、驚いたことに、口元に笑いを浮かべた。胸が高鳴った――こんなにも美しい男をわたしが独り占めしていることが信じられなかった。

今だけは――。悲観的な考えが浮かんできたのに、わたしは顔をしかめた。いつも一番来て欲しくない時に、現実が割り込んでくる。

彼が手を差し出した。「こっちへおいで」歩いていって、その手を取ると、彼が言った。「ひざまずいて」

何も考えずに言われたとおりにし、床に身を低くする。彼に髪を撫でられながら、わたしは床に膝をついた。こんなにあっさりと命令に従っていいのかと、自分の一部が首をかしげている――筋金入りのフェミニストというわけではないけれど、矜持《きょうじ》ぐらいは持っている。けれども彼の言いなりになることで、どういうわけだか気持ちが落ち着いて、長らく忘れていた安心感に包まれる。ひとりで頑張らなくちゃいけないと、これまでずっと肩肘張って生きてきた自分にとって、これはいっときの休息にも感じられ、彼の満足げな顔を見るだけでも、従って良かったと思えるのだった。とはいえ、自分の中の現実的な部分は、そういうことをあまり深く考えたくないと拒否している。「電話はどなたからですか？」

「重要な用件じゃないだろう。そうだったら伝言を残しているはずだ」彼は言い、わたしの抱えてきたものを手で差す。「それは？」

「贈り物らしいです」

彼は手を伸ばして、ボトルとグラスふたつを取り上げた。「いいシャンパンだ」ボトルのラベルを見て言う。「今夜の支援者だろう」

わたしはボトルをまじまじと見て、どうして見ただけでシャンパンの味がわかるのだろうと首をかしげる。「わたし、シャンパンは呑んだことがないんです」

ジェレマイアがびっくりしたような視線を寄越した。「一度も？」

わたしはそうだとうなずいた。「子供の時に発泡性のリンゴジュースは呑んでいました。アルコールが呑める年になっても、シャンパンを出すようなパーティには招かれたことがありません」

「なるほど」フルートグラスふたつとシャンパンのボトルを片手に持ち、わたしに手を貸して立たせると、その手を背中に添えて、スイートの小さなキッチンへと連れていく。

「最初に味わうのが上等なもので良かった」

　ボトルの口元にかぶせてあるワイヤをはずした後で、壁にボトルの口を向けてポンと栓を抜く。その一部始終をわたしはわくわくしながら見ていた。ふたつのグラスを手に取って、両方に半分の高さまでシャンパンを注いでから、ひとつをこちらに寄越した。

「呑んで」

　薄い黄色の液体がグラスの中で泡立っていて、子供の時や学生時代によく呑んでいた発泡性飲料と何も変わらないように見える。興味津々でちょっぴり口に含んだとたん、そのあまりの苦さに鼻の根に皺が寄った。舌の上で泡がはじけるのがはっきりわかる。二口目を呑んで、高級な酒は自分には合わないとわかった。「だめ。贅沢なものは、わたしには合わないようです」

　ジェレマイアが笑い、その笑い声にわたしは驚いた。ずいぶんとくつろいでいて、すっかり自分をさらけ出している。いったい何が起きたのだろう。まるで少年のように無邪気に喜んでいる顔を見ていると、心臓が宙返りをしそうだった。そういう目で女性を見ている時、どれだけセクシーか、この人は自分でわかっているのだろうか？

「きっと、これも慣れだろう」そう言って、手に持ったグラスを静かに回転させてシャンパンを揺らし、わたしをじっと観察している。

　見つめられて顔が赤くなり、なんだか悔しくなった。今度はあなたが彼を驚かせる番よと自分に発破《はっぱ》をかける。「ボディショットって、やったことはありますか？」

相手は確かに驚いた――両眉が髪の生え際近くまで吊り上がった。「きみはやったことがあるのか？」わたしが首を横に振るのを、そうだと思ったという顔で見ている。彼の顔に愉快そうな表情が広がり、わたしは驚いて目をみはった。すっかり陽気になって、これまでずっと目にしてきた陰鬱で支配的な彼はどこにもいなかった。それでも目には挑むような表情があり、それがわたしの反抗心を呼び起こしたのだろう。対抗して眉をぴくりと動かすと、彼の目をしっかりとらえてから、頭をのけぞらせて胸にグラスを傾けた。シャンパンがローブを濡らし、胸の谷間にすべり込んだ。

思いきってやって良かった。期待したとおりの効果が現れた。ジェレマイアの目に興奮がにじみ、腕を伸ばしてわたしを抱き寄せる。「いたずらっ子め」そう言って、わたしの手からグラスを奪い、首筋にキスをしてきた。

その時、ふと胃に差し込みが来て、一瞬ひるんだが、気にしないことにする。ジェレマイアの唇が首筋をたどり、高価な液体で濡れている胸の方へと向かう。が、そこでまた胃がねじ切れるような痛みが走り、小さく喘いで、身体を二つ折りにした。ジェレマイアの顔から愉快そうな表情が消え、わたしの上体を起こした。「どうした？」

鋭い声は答えを要求していたが、わたしもなんだかわからない。「それが……気分が良くなくて」なんとかそこまで言ったところで耐えられなくなり、脚をもつれさせてシンクへ向かう。ぎりぎりで間に合って、胃の中にわずかに入っていたものをシンクへ吐き出した。脚がゼリーのようになってまっすぐ立っていられない。大理石のカウンターによりかかっていてもだめだった。

うしろでガラスの砕ける音がした。ふり返ると壁に黒っぽいしみが広がっていて、床にフルートグラスの残骸が散らばり、シャンパンがこぼれていた。ジェレマイアが部屋に備えつけの電話をつかんだ時、わたしはまた嘔吐した。「この部屋に医者をすぐ呼んでくれ」吠えるように言った後で、わたしの脚ががくんと折れたのを見て、ジェレマイアはカウンターに電話を置き、倒れかかったわたしを助け起こす。「ルーシー、しっかりするんだ」

胃がいきなり持ち上がった後で、ぎゅっと収縮してねじれ、わたしは悲鳴をあげた。汗で湿った髪が顔にかかるのを、手がうしろへ撫でつけてくれるのを感じながら、わたしはふるえ、喘ぎ、もはや自分の身体を自分でコントロールできなかった。床に寝かされ、ジェレマイアのぼやけた姿が視界を横切るのがわかった。

「急いで医者を！」ジェレマイアの声が耳の奥まで広がった。まるで水を通して伝わってくるようにくぐもっていたが、取り乱していることだけは、はっきりわかった。やがて身体がこわばり、筋肉が痛いほどに引きつって、世界が真っ暗になった。

13

八歳の時、初めてインフルエンザにかかった。病院に急いでかつぎ込まれるほどの重症だった。おぼろげな記憶の中、あの時の苦しさと痛みだけははっきりと覚えている。忌まわしい病原菌を完全に外に追い出そうと身体が奮闘していたのだ。

今こうして病院で意識を取り戻してみると、苦しい夢のさなかから目覚めたようで、あの時とまったく同じだった。目は閉じたまま顔を横に向ける。たったそれだけでめまいがして、吐き気がこみ上げてくる。うめき声を漏らしたら、横の方でざわつく気配があって、妙に耳慣れた男の声が言った。「医者を」

どうして耳慣れているのだろう？　いったい誰が……考えると頭が痛みだしたので、あきらめて、できるだけじっとしていることにする。そうしたら吐き気が収まってきたので、まず片目をあけてから、もう一方の目もあけた。

明るい部屋で、まばゆい蛍光灯の光が頭上からナイフのように刺さってくる。しばらく目を閉じていた方が良さそうだと判断し、耳だけ澄ましていると、数人の人間が部屋に入ってくるのがわかった。

「ミズ・デラコート、わたしは医師のモンタギューです。検査をしますので、目を開いてください」

「痛いの」渇いた口の中で舌が口蓋《こうがい》にくっついて、言葉がはっきり言えない。また目をあけてみると、今度はさっきよりましだった。部屋の様子も、中に誰がいるのかも、ぼやけてはっきりとは見えない。ベッドの脇に背の高い人影があり、それがこちらに身を乗り出して、わたしの目に光を当てる。わたしはびくっとしたが、さっき感じた痛みはもう消えていて、医師はわたしの目に向かって数回光を振った後で、ペンライトをしまった。

「気分はいかがです？」医師は流暢な英語を喋ったが、言葉の端々《はしばし》にかすかなフランス語訛りがあった。

「バスに轢《ひ》かれたような気分です」わたしは静かに言った。「わたしはまだパリにいるんでしょうか？」

「ウイ（はい）、ちょっとした事故があって、ここに運び込まれたんです」

「ジェレマイアはどこ？」頭の中で爆発する痛みも、医師の止める手も無視して、無理やり上体を起こした。「無事なんですか？」

「何が起きたのか、フランス当局の捜査に協力している」医師とは違う声が言った。

「慎重にね」

ベッドの横に見慣れた人影がいると気づくまでにちょっと時間がかかった。ぼやける視界の中、イーサンの坊主頭が見分けられた。「じゃあ彼は……？」

「そう、毒は呑んでいない」訊きたかったことを正確に推測して答えてくれ、わたしはほっとして、詰めていた息を吐いた。「あらゆる筋に働きかけて、犯人をさがしている。きみが意識を取り戻したことを伝えたから、間もなくやってくるだろう」

ジェレマイアが無事でこちらに向かっていると知って、胸の重荷が取り除かれた。医師がコップに入った水を寄越し、わたしは壁の時計に目をやり、それから暗い窓に目を移した。「どのくらいの間、気を失っていたんでしょうか？」

「三日」イーサンが言うのを聞いて咳き込み、今呑んだ水を吐き出した。イーサンの大柄な身体がわずかに動いた。「どういう経緯でこんなことになったのかわからないが、きみは幸運だった。ジェレマイアが救急処置の訓練を受けていたんでね」

「もう少しで死ぬところだった？」囁くように言いながら、その言葉がどうしても現実に結びつかない。

「危篤状態だったんですよ、ミズ・デラコート」医師が言って、わたしからコップを受け取り、ようやくわたしの目にもはっきり見えるようになったベッド脇のテーブルに置いた。「ハミルトン氏の適切な処置がなかったら、今ここでこういう会話をしていることもなかった」

頭の中で様々な感情がひしめく中、わたしはしばらくの間、自分の両手をしげしげと見つめていた。「疲れてしまって」口の中でもごもごと言い、またベッドに身体を沈めた。

「眠る前に」イーサンが近づいてきて言う。「部屋にシャンパンを持ってきた人物について、二、三訊いておきたい」

わたしの全身が冷たくなった。「じゃあ、その人が……？」

「それを確かめようとしているんだ」

耳になじんだ深みのある声を聞いて、わたしの心臓が跳びはねた。ジェレマイアがドア口に立って、こちらを覗いている。表情まではわからない。部屋に入ってきて、ベッドの足もとに近いところに立った時、彼の目に安堵の色がにじむのが見え、その目がすぐ医師の顔に向けられた。「具合はどうでしょう？」

「意識が戻ったのは、良い徴候です。経過観察のために、もう少し入院が必要でしょう」

ジェレマイアが医師にうなずいた。医師もうなずき返し、黙って部屋を出ていった。うっとうしい毛布をかぶせられたように、恐怖で窒息しそうになり、医師が立っていた場所にジェレマイアが移ってくると同時に、彼に手を伸ばした。誰に見られていようと気にしなかった。誰かがわたしを殺そうとした。それを考えただけで、心臓が激しく打ちだした。

「シャンパンを持ってきた男について、覚えていることは？」ジェレマイアの手にしがみついているわたしに、イーサンが訊いてきた。

「ごくふつうの人」言ったそばから、ばかなことを口にしたと思う。まったく役に立たない答え。「白人で、ホテルのスタッフのような格好をしていて、髪の色はミディアムブラウンで目はブラウン」

「髪と目の色は変えられる」ジェレマイアが口を挟んだ。「顔の特徴は？　傷やほくろはなかったかい？」

考えると頭が痛くなったが、とにかく目を閉じて、一瞬だけ目にした顔をはっきり思い出そうとしてみる。すると、頭の中に顔が浮かんできた。「彫りが深く、唇は薄くて、わたしより四、五センチほど背が高い。それと、左のこめかみにほくろがあって、顎に傷があったと思うけど、変装かもしれない」

ジェレマイアとイーサンが目を見交わすのを見て、わたしは落ち込んだ。おそらくこの国の人口の半分がそれに当てはまるだろう。

「話し方は？」小さな手帳にメモを書き付けた後、イーサンが訊いた。

「上手な英語を喋ってた。アメリカ人のような発音で」わたしは苛々して、手をマットレスにぶつけた。「わからないの。ごくふつうのホテルのスタッフみたいだったから、そんなに気をつけて見てなかった」そこではっと思い出した。「防犯カメラは？　それに何か映っているはずよ」

男ふたりは首を横に振った。「すでに確認済みだ」ジェレマイアが言う。「誰だか知らないが、人目につかないように設置してあるカメラの場所まで知っているらしい。顔は一切映っていなかった」

わたしはベッドの上でぐったりした。「何かわたしが力になれることはありませんか？」

ジェレマイアの携帯電話が鳴った。誰がかけてきたのか、ひっぱり出して画面を確認する。「これは出なきゃいけない」そう言って、わたしから手を離した。「イーサン、彼女が覚えている特徴を絵にする画家を、ひとり見つけておいてくれ。すぐ戻る」

彼が部屋から出ていくのを見て、目に涙が盛り上がってきた。みっともない真似はやめなさいと自分を叱りつけ、強くまばたきをするものの、彼がいたから安心できたのであって、単なるボディガードからは、それだけの安心感は得られなかった。

「彼は今回のことに、かなりの衝撃を受けている」

わたしはこぼれた涙をふいて、イーサンの方を見た。坊主頭の彼は携帯電話でメールを打つのに忙しくて、わたしの方は見ていなかったが、注意はちゃんとこちらに向けていた。「どういうこと？」

文字を打つのに夢中ですぐには答えなかったが、しばらくすると携帯電話をベルトに挟んで、わたしの顔を見た。「あらためて訊くが、きみたちは出会ってどのぐらいになる？」

まるで尋問するように訊かれたので、わたしは眉をひそめた。「数日だけど、なぜ？」

イーサンが鼻を鳴らした。「誰がこんなことをしたのか、はっきりさせるために、彼はあらゆる手を尽くしている。あいつがここまで夢中になるのを久しぶりに見たよ。軍にいた時も、今のようにCEOとして命を狙われた時も、ここまで躍起になって調べまわることはなかった」

わたしの口があんぐりとあいた。「ほんとうに？」

たいしたことじゃない、というように、イーサンは片方の肩をすくめた。「軍にいた時、あいつといっしょに危険な任務に関わることになったんだが、まるでこういうことは日常茶飯事だというような話しぶりだった。今だって、熾烈《しれつ》なビジネスの世界に身を置いて、あらゆる方面から脅威が迫っている。それどころか、俺の会社に増資して、自社のセキュリティ部門に吸収した直後に、自社ビルの外から誰かが狙撃しようとしていたことまであった」イーサンはそこで鼻を鳴らした。「俺が行った時には、ジェレマイアは犯人の手首を折って、銃を取り上げていたがね」

「その後どうなったの？」イーサンが先を言いよどみ、また電話に目を落としたので、わたしは訊いた。

「どうもならない。裏で誰が糸を引いているのか調べて、わかったら教えてくれと言って、そのまま飛行機に乗ってドバイへ飛んでいった。少しも心配している様子はなかった」イーサンはそこでわたしの顔をさぐるように見る。「たぶん、きみが自分の代わりにやられたからだろう。彼は従業員や自分の庇護下にある人間に対しては守りの姿勢に入るんだ。とにかく、今はセレステに会社のことはすべて任せて、犯人をさがし出すことに全力を尽くしている。この件をマスコミに嗅ぎつけられないよう気を配りながらね」

「じゃあ、今さっきの電話の相手は……？」

「おそらく、情報を得るために渡りをつけてある人間だろう。わざわざ外に出ていったところを見ると、俺に知れたら危ないからやめろと言われる、そんな手合いに違いない。いずれにしろ、今回の件について、彼が極端に走っているのは間違いない」

　ジェレマイアが部屋の中に戻ってきて、携帯電話をポケットにしまった。ドアが閉まる寸前、初めて外に目を向けると、黒い装いの男がふたり、ドア口を守るようにして、左右並んで立っているのがちらっと見えた。部屋の入り口にまで護衛を立たせる。いったいどれだけの危険が、わたしたちに迫っているのだろう？

「今、部下数人に、画家をさがさせている」イーサンが言った。「おそらく数時間以内には見つかるだろう」

「それは良かった」ジェレマイアはわたしのベッドに近づいてくると、わたしを見下ろして眉をひそめた。「休まなきゃいけない」

「誰からの電話？」ずけずけと訊いた。彼の目が細まり、わたしの質問をうるさがっているのがはっきりわかったが、気にせずさらに言う。「もしその電話がわたしに関係することだったら、知っておくべきだと思います。誰がわたしたちを殺そうとしたんですか？」

ジェレマイアがイーサンをにらみつけた。しかしイーサンは再び電話に目を落とし、わざとわたしたちの会話を無視している。「まだわからない」ジェレマイアがとうとう言った。「きみが話してくれた特徴を伝えたら、きっと見つけるとみんなが言ってくれた。だからもう休むんだ」

彼の言うとおりにしなさいと、わたしの身体が要求する——ほんとうは眠気とずっと戦っていた。それでも、まだ眠っちゃいけないと必死に我慢する。「行ってしまうの？」シーツの奥深くにもぐり込んでから訊く。

彼の眼差しが少しだけ和らいだ。「そばにいるよ」と約束してくれ、その言葉に安心して、わたしは疲労に身を預けた。

経過観察のために、結局それから病院に三日間いた。回復の見通しは明るいと医師は言っていたが、わたしの方は赤んぼうより気弱になっていた。歩くという単純なことでさえ人の手を借りなければできないことにがっくりきて、なんとしてでも自力で歩こうと心を決めた。しかし、部屋についているトイレに行こうとして足をすべらせ、危うく転倒しそうになったために、それからは何をするにも看護師かボディガードに手を借りるよう、ジェレマイアから命令を下された。

一日のほとんどを寝て過ごしていると、たちまち病院のベッドにいるのが退屈になった。わたしの病室に四六時中いるイーサンにそれを言うと、間もなくわたしのベッドの脇に、まだ箱に入っているタブレット端末が現れた。これがいい時間つぶしになって、暇さえあると自分の新しい上司について調べていた。

ウィキペディア程度なら彼の人生について知っていると、以前に冗談を言ったことがあったが、蓋をあけてみると、確かにその程度のことは世界中の人間が知っているようだった。彼が米陸軍の特殊部隊にいた時代のことや、慈善事業に関することを書いている記事がたくさんあり、ベンチャービジネスについても詳しく書かれている。けれどもそのあたりのことはわたしでも知っている。メディアは彼を物語るのに、〝ミステリアス〟とか〝謎に満ちた〟という言葉を多用していた。どの筋の情報もうわっつらをなぞっただけで、深いところにまで迫っていないのを見ると、やっぱりそういった言葉がふさわしいと思えてくる。父親の死によって息子が会社を継承した件についても、やはり突っ込みが浅く、新しいマネジメントによって会社の進む方向がどのように変わるか、ビジネスの教育をほとんど受けていない人間がルーファス・ハミルトンのような大物の跡を、果たして継げるのかどうか、などなど、アナリストの見解を二、三載せて、お茶を濁していた。

三日目には以前のように自力で歩けるようになり、ちょうどその日に退院することになった。病院を出る時は、まるでスパイ映画のような物々しさだった——数人のボディガードに付き添われて地下のガレージへと下りていき、おそらく空港に向かうために待っていたのであろうリムジンに慎重に乗せられた。その間、ジェレマイアがあらゆる部分に目を配り、片時もわたしのそばを離れない。駐車場から車が出ていく際には、所有者然としてわたしの両肩をしっかりつかまえていた。

車が走っている間、わたしはジェレマイアの肩を枕にして、ほとんど眠っていた。どれぐらいの時間が過ぎたのか見当もつかない頃に一度目が覚めて、もう街中を出てしまったのがわかったが、今は何も考えまいと、またうとうとして眠りに戻り、完全に目を覚ましたのは車が停まってからだった。わたしの頭の下でジェレマイアの肩が動いたのがわかり、頭を上げて、ぼんやりした目で窓の外を見る。まわりは草地で、背の高い草が風に揺れている。ここは空港なんかじゃないと思い、目をこする。「どこですか?」

ジェレマイアは答えず、大きく外に向かって開かれたドアの方へ移動した。「外に出て見てごらん」彼は言い、わたしの腕を取って車から降りるのを助ける。すぐ近くに建っている建物にはどこか見覚えがあり、風の音のほかに、寄せては返す規則正しい波の音が聞こえる気がする。近くにほかの車も停まっていて、冷たい空気の中を観光に来たらしい人たちが数人そぞろ歩いているものの、それを除けば荒れ果てた草地に見るべき物はなかった。まだ眠気の残るぼうっとした頭で、なんとか場所を特定しようとする。このあたり一帯に不思議と見覚えがあった。

ダーク・スーツに身を包んだ男が数人、そこここに散らばっていて、そのうちのひとり、黒人の男がわたしたちの方へ小走りでやってきた。「安全を確認しました」彼が言うと、ジェレマイアがうなずいた。わたしは不思議な気分で、ゆるやかに起伏する丘に目を走らせる。記念碑らしい石がいくつか、地面から突き出しているが、どこを見ても記憶にひっかからない。それでも建物のエントランスの高いところにフランスとアメリカの国旗がたなびいているのを見て、ようやく自分がどこにいるか気がついた。

「ユタ・ビーチに連れてきてくださったんですね」びっくりして囁いた。歴史的遺跡で、第二次世界大戦の際に使われた数ある海岸のひとつ。ここはノルマンディ上陸に使われた海岸だった。どこか見覚えがあったのは、写真や、父といっしょに見たテレビ番組でなじんでいたせいだった。まぎれもない海から漂う潮の香りがし、冬の靄のせいで見晴らしはきかないものの、建物の真後ろに海があるとわかる。わたしは言葉を失ってジェレマイアの方を見る。今にも目から涙があふれそうだった。たった一度だけ口にした場所であり、あんな会話などジェレマイアはとっくに忘れていると思っていた。これは彼がわたしの話に真剣に耳を傾けてくれていた証拠だった。

わたしがぶるっとふるえたのを見て、ジェレマイアが自分の上着を脱いでわたしに着せてくれた。「訪れてみたい場所だと言っていた」居心地が悪そうで、なんだか怒っているような口調。わたしの涙のせいかもしれなかった。「上陸の時の遺物が博物館に保存されている。具合が良ければ、水辺まで行ってみてもいい」

愛想のない声で、ぶっきらぼうに言ったが、もうわたしはすっかり慣れて気にもしなかった。ずっと訪れてみたいと夢見ていた場所にやってきた、そのうれしさで胸がいっぱいになっている。海から吹きつける風は冷たく、すでに氷のように冷たい冬の空気をますます冷やしていく。どんより曇った空から、今にも雪が落ちてきそうだった。父がマントルピースに飾っていた小さな写真とは大違いだ。まったく巨大で、どこまでも不規則に広がっている。おそらく、今の自分の体調ですべてを見てまわるのは不可能だろう。ああ、それでも全部見てまわりたい！

ふいに胸がいっぱいになって、わたしはジェレマイアの手にするっと手をすべらせて指をからめた。彼が一瞬身をこわばらせ、ごくりと唾を呑んだのがわかったが、やがてわたしの手の中で指の力を抜いた。「中に入れてくださいますか？」わたしは言って、彼のコートの中に身をもぐらせた。

わたしを見下ろすジェレマイアの眼差しはいつの間にか優しくなっていて、わたしの手を持ち上げて唇に持っていった。「喜んで」

ネット上の写真などでしか見たことのない場所をぐるりと見渡しながら、気がつくとわたしの目には涙がたまっていた。

14

ユタ・ビーチには願ったほど長くはいられなかった。わたしに遺跡のあちこちへひっぱられながら、ジェレマイアは片時もそばを離れなかった。一時間もしないうちに、身体がしんどくなってきたので、疲れきってしまう前に水辺まで行ってみたいとジェレマイアに言った。彼はそのとおりにしてくれたが、わたしが二回もつまずき、何枚も服を重ね着しているにもかかわらず、冷たい空気に身体がどうしようもなくふるえているのを見て、短時間で切り上げた。

もっと体調が良くなったら、こんなに寒くない日にまた来ようとジェレマイアが約束してくれ、わたしはそれを信じたのだった。

ニューヨークへ戻る飛行機の中ではずっと眠っていて、空港に着陸してようやく目が覚めた。言葉どおり、彼はずっとわたしの隣にいて、空港のセキュリティを素早く通過し、待たせてあるリムジンに乗り込んだ。これからどこへ行くのか、少なくともわたしにはわからない。ジェレマイアの肩に頭を乗せると、彼の手が内腿に伸びてきて、しっかりと押さえられた。性的な意味合いはなく、所有者然とした手つきだったが、わたしは少しも気にならなかった。

リムジンの窓の外に大きく美しい家々が見えてくると、わたしは頭を上げて、流れゆく景色をまじまじと見つめた。雲の垂れ込める空から日差しが漏れて近くの海に反射し、港には大きな帆船やヨットが点々と見える。「どこに向かっているんですか？」とうわたしは訊いた。

「マンハッタンのロフトは人目にさらされていて、安全を維持できない。そこよりずっと安全なハンプトンズにあるぼくの実家にしばらくいよう。この問題が決着を見るまでの間」

最後の言葉は怒りに満ちており、身に迫った危険を思い出して、わたしははっとした。窓の外を流れていく家々――いや、家というより豪邸、屋敷といった方が正確だ――に注意を向けて、ぞっとする先行きのことを考えないようにする。

どれも宮殿のようだったが、似ているのは巨大な占有面積だけで、ひとつとして同じ外観はない。家屋も庭も建築様式が異なり、壮麗さも様々だった。ロングアイランドのこのエリアはもちろん、ニューヨークの富裕層が暮らす一帯には、足を踏み入れたことはなかったが、そこで育った友人から話を聞いたり、テレビやインターネットで写真を見たりしたことはあった。海岸沿いに建つ家の多くは、海へ突き出した桟橋を持っており、そこが広々とした憩いの場になっている。よく手入れされて青々としている芝生の中に、テーブルや椅子が散らばっていて、まるで公園のようだ。どこを見ても莫大な金が費やされているのがわかるが、水辺に並ぶ古めの屋敷には、地元になじんですっかり打ち解けた感じがあって、ほのぼのとしている。ここから車で数時間の距離にある大都会とは大違いだった。

わたしたちを乗せたリムジンがその前で停まった家も、近隣の屋敷に負けず劣らず壮大だったが、こちらには近寄りがたい雰囲気があった。ボディガードの一団が門前に立っていて、車の窓をあけるように指示を出し、わたしは気分が重くなったけれど、ジェレマイアの方は徹底したセキュリティに満足しているようだった。「いつもこうなんですか？」大きな門があくのを見て、わたしは訊いた。

「イーサンに頼んで、セキュリティ部門の方で余っている人材にここを見張ってもらうことにした。彼らのほとんどは元兵士だから、目の付け所は心得ている」

「はあ」どう答えていいのかわからず、気のない返事になった。つまり軍が味方についているということだ。「それは、すごいですね」

私道はさほど長くはないが、生け垣や木立が道沿いに続いて、屋敷を隠していた。車が右に曲がったとたん、目の前に広がる光景にわたしは大きく息を吸った。うちは中流家庭で、かつて住んでいた家は大きくこそないものの、かなり立派な部類に入ると思っていた。しかし今日の前にしている家と比べれば、その四分の一ほどの大きさに過ぎず、これにはもう息を呑むしかなかった。ジェレマイアが自分を見ているのがわかり、何か言わなければと思うのに、言葉が出てこない。重厚な石の壁にツタのからまる様は、まるで英国に建つ城のようだった。木立や灌木の密な茂みで近隣と区切られていたが、敷地は屋敷を越えて海の方へと続いている。屋敷のうしろと脇に小ぶりな建物が二、三見えるのは、わたしたちを守る警備隊が寝泊まりをする場所なのだろう。地面は海に向かって急な傾斜で落ちており、海を臨む丘の中腹から、船小屋が水平に突き出している。

赤い色の高級車がすでに正面玄関の前に停まっていて、わたしの隣でジェレマイアが苛ついた様子でため息をついた。リムジンが停まって、運転手がこちらへまわり込んでドアをあけた瞬間、赤い車からブロンドの細身の女性が降りてくるのが見えた。「どなたですか？」わたしは訊いた。

「家族だ」

ぶっきらぼうな答えだが、意味する幅は広い。もっと詳しく訊こうにも、ジェレマイアはもう車を降りている。彼が手を貸してわたしを車から降ろすと、ブロンドの女性がわたしたちの方へ歩いてきた。最初に思ったより年が上に見えるが、じゃあ正確に何歳かと言われてもまったく見当がつかない――唇が不自然にふっくらしていて、肌は無理やりぴんと伸ばしたような、人工的なハリを見せている。痩せているせいで、首のあたりの皮膚が少々たるみ、鎖骨が浮き出ていることで、実際はかなり年を取っていると想像できる。

「まあ、会えて良かったわ」女は腕を広げてジェレマイアを抱きしめたが、ジェレマイアの方はしゃちほこばって立ち尽くし、抱き返すことはしない。「表にいる男の人たちから、間もなくあなたが来るって聞いて、それで待っていたの。あの人たち、ダッシュウッド一家を中に入れてくれないのよ、信じられる？　わたしが屋敷を案内するのをとても楽しみにしてたのに」

「ダッシュウッド一家の名は、承認されたゲストのリストに入っていません」ジェレマイアの口調は礼儀正しいものの、どこかぴりぴりしていて、まるで感情をぐっと抑えているかのようだった。「ここで何をしているんですか？」

相手の女性は、冷たい受け答えに少しも動じる様子がない。「だから言ったじゃないの。ダッシュウッド家のみなさんに屋敷を案内するつもりだったって。それだけよ。あんなに楽しみにしていたのにはねつけちゃって、きっと気を悪くしているはずよ。今からでも遅くないわ。呼び戻しましょうか？」

こちらの存在にはまだ気づいていないようで、わたしはほっとしている。女性の服装にはまったくすきがなく、見るからに上等な仕立てのブラウスとスカートで装い、靴とバッグの組み合わせも完璧だった。それに比べてわたしの服は、長旅でしわくちゃになっている上に、入院中に体重が落ちたせいで身体に合わず、見るからにだらしない。格好なんか気にしている余裕はなかったのだ。これはもう、できるだけ目立たないようにしているのが一番で、そういうことなら、得意中の得意だった。カナダからニューヨーク州の北部に引っ越した時、わたしは高校一年で、これがずいぶんとつらかった。それまで自分にあるとは思っていなかった訛りを取るのに必死になったことを覚えている。もともと孤独を好むたちだったので、大きな集団の中に紛れて、人の注意をひかないようにするのは難しくなかった。そもそもスポットライトを浴びたいと思ったことが一度もない。

ジェレマイアは女性の言い分に対して、ため息をついた。「ここはもうあなたの家ではないんです」

またこの議論かと言うように、女は無視をする。「何言ってるの。わたしにだって時に応じて昔の家を訪れる権利はあるはずよ」それから女の目がわたしに向いた。見るからにだらしない格好に気づいて、彼女の目が冷たく光った。「それより、ジェレマイア。あなたの方こそ、どうかしてるわよ。どうしてこんな安っぽい女を、この家にこっそりひっぱり込む必要があるの？　マスコミが嗅ぎつけたらどうするつもり？」

わたしの顎が落ちそうになった。怒りが全身を駆け巡り、両手でこぶしを固めた。なんて失礼な女！　あまりの腹立たしさに言葉も出ない。ここで口を開いても、ののしり言葉か、つかみ合いの喧嘩に発展しそうな文句しか出てこないだろう。

ジェレマイアも相手の言葉に憤慨したようで、前へ進み出て、わたしたちの間に立ちふさがった。わたしは怒りにわなわなふるえている。「母さん、いいかげんにしてくれ」

驚いた。わたしはふたりの顔をまじまじと見比べる。この口やかましい女が、彼の母親？

女はむっとして鼻を鳴らし、母親を叱る息子がどこにいるかというように、目をぐるぐるさせた。「あら、そう？」ちょっと間を置いてから、面白くないという顔で言う。

「じゃあ、ちゃんと紹介したらどう？」

ジェレマイアはレモンを噛んだような顔になったが、そこをぐっと耐え忍んで、いやいやながら紹介をする。「こちらはぼくの新しい秘書、ミズ・ルシール・デラコート。ルーシー、こちらはぼくの母、ジョージア・ハミルトン」

「ジェレマイア、あなた、まだ懲りないの？」見くだしているのがはっきりわかる口調。

ジェレマイアは取り合わない。わたしの方は、そこでふいに、臆することなくこの女にガツンと言ってやろうという気分になった。あきれ顔をしている女に向かって口を開いたところ、ふといいことを思いついて、顔に愛想笑いを浮かべた。「こんにちは」フランス語で優しく言って、相手に好意を持っているかのように思わせる。「あなたの唇とおっぱい、同じ医師にお直ししてもらったみたいで統一感はあるんだけど、くっつけ方が逆だと思うの」

ジョージアは目をぱちくりさせ、驚いているのがはっきりわかる。「あら、あなたはフランス人？」

何を言われたのか、さっぱりわかっていないと気づき、ほくそ笑んでしまうのを抑えられない。「息子さんたちが、ともに問題を抱えているのも無理はないわね」そう言ってから、非の打ち所がない女の服装を手で示して、まくしたてる。「いまだに出入りを許されていること自体が不思議だわ。ジェレマイアが毎回これに耐えなきゃいけないことを考えると」

「ルーシーにはフランス語での交渉に力を貸してもらっているんです」ジョージアの顔にいぶかしげな表情が浮かぶのを見て、ジェレマイアがタイミング良く口を挟んだ。それからこちらをちらりと見たが、わたしはしたり顔になるのを抑えられなかった。「長いことよそから通訳を雇ってきたが、社内にも流暢にフランス語が話せる人間を置いた方がいいと思って」

わたしは顔に笑みを貼り付けたまま、ジェレマイアにちらっと目をやった。本気なの？　一瞬びっくりしたが、すぐにその考えは捨てた。きっとこれも、母親をやり込める手立てのひとつに過ぎないのだろう。それでも、もしそういう仕事ができるなら喜んでやらせて欲しい。それこそ、やりがいのある仕事だ。

「あら、そういうこと」ジョージアは皺を伸ばそうとするように、まったく乱れのない服に薄っぺらい両手をすべらせた。「あなたはほら、ロシア人の女の子、アーニャに首ったけだったでしょ。最初はちょっと初心な感じがしたけれど、あなたが手をかけたおかげで、すっかり垢抜けたじゃないの。それをあっさり手放すなんて、もったいない話だわ」

初心？　思わず鼻を鳴らした。ミズ・ペトロフスキを形容するのに、わたしならそういう言葉は使わない。ところがジェレマイアの方は、話が思わぬ方向へ行ったのに感心しない様子だった——眉間に皺を寄せて母親をにらんでいる。ジョージアは軽く肩をすくめるだけで、息子の気持ちには気づいていないらしい。「とにかく会えてうれしかったわ、ルーシー」あまりうれしそうには見えない顔で言った。「ランチでもいっしょにどう？」

「冗談じゃない。奥歯をぐっと噛みしめて、なんとか笑顔を保っていると、ジェレマイアが腕に腕をからめてきた。「悪いけど、ここで失礼を。これからルーシーに部屋を案内しなくちゃいけない」

「その前にダッシュウッドさんに電話してお詫びをしたら？　きっと向こうはかんかんに怒ってるわよ」

「じゃあ、母さん、いい一日を」ジェレマイアはわたしを玄関のドアの方へ追い立てていく。わたしと同じように、一刻も早く、この女性から離れたいと思っているようだ。

うしろの方で、何かに苛立ちをぶつけるような気配がして、車のドアが乱暴に閉まる音が聞こえた。わたしたちは屋敷に通じる大きな木のドアの奥へ入っていく。

いったい中がどのようになっているのか、実際に足を踏み入れるまで予想もつかなかった。壁はウッドパネル張りで、少ない家具はどれも黒っぽい色調で統一されているものの、天井が高く壁が白っぽいので、陰鬱な感じはしない。大きな階段がふたつ、玄関ホールの両サイドから曲がりくねってかかっていて、屋敷の奥に通じているバルコニー下の開口部から日差しが降り注いでいる。階段の脇から開口部を抜けて進んでいくと、ダークウッドのキャビネットがついた立派なキッチンがあり、中央にアイランド型のシンクが据えつけられている。リビングルームは、ジェレマイアの背丈を軽く超える、巨大スクリーンが間仕切りになっていて、つきあたりの壁は全面ガラス張りで、海を見渡せる広いパティオへと通じている。

息を呑むほど美しい光景だったが、わたしの横でジェレマイアが怒って言った。「なぜガラスが透明なんだ?」わたしの腕を押さえて、部屋の中へ入れまいとする。

「すみません」ボディガードのひとりが、わたしたちのうしろで言った。「お母様がそうしたいとおっしゃったものですから」

「ここはもう母の家じゃない。電気を入れてくれ」

それからすぐ、ガラスが不透明になり、海の風景が消えた。いきなりの変化に驚いて身をこわばらせると、ジェレマイアがわざとらしく咳払いをして、わたしを中へと導いた。「スマートガラスだ」わたしの無言の質問に答えてくれる。「電気を使って窓を曇らせることができる。プライバシー保護のために家全体に導入してあるんだ」

そんなものを見るのはこれが初めてだった。景色が見えなくなったのは残念だったが、日差しは依然として降り注いでいるので、部屋の中は明るい。テレビルームの向かい側にはダイニングルームがあり、特大サイズのテーブルと椅子が並んでいる。テーブルの横には大きなマントルピースのついた暖炉があった。マントルピースの上の高い壁はがらんとしている。以前はそこに何がかかっていたのだろう？

「はかに何か？」イーサンが訊くと、ジェレマイアは首を横に振った。特別警護隊が正面玄関の方へ消え、ふたりきりになった。

「素晴らしいところですね」わたしはため息まじりに言って、ジェレマイアの顔を見上げた。「ここで育ったんですか？」

「まあ、一時期はね」ジェレマイアはキッチンに入っていき、わたしは広々としたリビングルームで目をきょろきょろさせる。「きみが母に何を言ったのか、興味があるんだが？」しばらくして、ジェレマイアが訊いてきた。

わたしはにやっと笑った。「鋭い観察をした結果、二、三意見を述べただけです」言いながら、彼にいたずらっぽい視線を送る。笑い返してはこず、ただうなずくだけだったので、愉快な気分が急にしぼんだ。「ほんとうに、失礼なことは何も」彼を怒らせたくなくて、真面目な顔になって付け加えた。なんといっても、相手は彼の母親だ。

「時にああやって、やっかいな面を見せるんだが、いつもああだというわけじゃない」遠くを見るような目をして、考え込んでいる。「父のために家を切り盛りするのは楽な仕事じゃない。他人の意見を聞く気のない支配欲の強い男と暮らしていた……だからアーニャに愛着があるんだろう。若い頃の自分を思い出すのかもしれない……で、腹はすいてないか？」

いきなり話題が変わったのに驚いて、とまどったが、ちょっと考えてから首を横に振った。「料理をするんですか？　これだけのお屋敷なら、専属の料理人がいるのかと」

「両親はシェフを雇っていて、ぼくらはその料理を食べて育ったわけだが、ぼくに言わせればそれは浪費だ」冷蔵庫と食品棚の中を確認した後で、これならだいじょうぶだとぶつぶつ言い、わたしの方へ向き直った。「気分はどう？」

わたしはあくびをし、伸びをする。「疲れてるかも」飛行機の中でずっと眠っていたのに、まだ眠り足りない気がする。それでもジェレマイアの顔を見てベッドのことを考えたら、身体がぞくぞくしてきた。毒の作用とはまったく関係なしに。結局、思ったほど疲れていないのだろう。ジェレマイアは飛行機に乗っている時も、ふだんどおりスーツにドレスシャツという格好だったが、今は高価そうなジーンズと白いボタンダウンのシャツに着替えていた。初めてこの格好を見た時は、うれしい衝撃だった。デニムにぴったりと包まれている彼の下半身を見て、口の中に唾がわき、手がそれに触れたくてうずうずした。

「じゃあ、きみの部屋に案内しよう」わたしの背中に片手を置いて、部屋を出て階段の方へ導いていく。わたしは彼の身体にもたれかかって階段を上がり、ウエストに腕を巻きつけた。そのとたん相手が身を固くした。何も反応を返してこないのをいぶかって顔を上げて見ると、ジェレマイアは前方をまっすぐ見据え、顔をしかめて額の皺を深くしていた。わけがわからず手を引っ込めると、彼がほっとするのがわかり、わたしの気分が沈む。いったいどうしたというの? 彼の反応に途方に暮れる。ようやくこの人を理解し始めたように感じていたのに、今ではまた赤の他人に逆戻りだ。

案内されて入った寝室はどこから見ても広く、キングサイズのベッドが置かれて、バスルームもついていた。窓はどれも一様に曇りガラスになっていて、先ほど見たスマートガラスが屋敷全体に使われているのだと気づいた。広々としてはいるものの、これは主寝室ではないと、だいたいわかる。主寝室に必要な重々しさに欠けている。ここに滞在する間、わたしはどんな扱いを受けるのですかと、口の先まで質問が出かかった――ゲストか、あるいはわたしたちの関係は公然の秘密になっているのか?――しかし、ベッドに寝かされると、わたしひとりでここに寝るのだと、なんとなくわかった。無意識のうちに手が伸びて彼の手をつかみ、指の付け根の大きな関節にキスをした。

彼が身をこわばらせ、凍りついた――欲望が閃光のように顔をよぎったのが見えたが、それはほんの一瞬で、すぐに消えてしまった。彼はそっと手を抜いて、わたしをまたベッドに寝かしつけた。「休息が必要だ」呟くように言った。

必要なのはあなた。がっかりして口がへの字に曲がった。わたしに触れるのを嫌がっているようで、それは思った以上に身にこたえた。それでも疲れているのは確かで、彼があういう態度を取ったのは、わたしをきちんと休ませるためかもしれない。

気分を軽くしようと深く息を吸い、カバーを引き寄せて心地良く身体を丸める。ジェレマイアのことで悩んで眠れないなんてことがないようにと祈りながら、目を閉じた。やっぱりわたしの身体には休息が必要だった。彼がまだ部屋を出ていかないうちに、すぐに寝入ってしまった。

15

近くの窓からまぶしい日差しが差し込んでいて、さわやかに目が覚めた。こんなに爽快な気分は、シャンパンの毒にやられて以来初めてだった。大きく伸びをしてから、寝具を脇にはねのけ、カーペットの上に立った。ベッドの足もとにタオルとローブが置いてあり、その横に洒落たグレーのスーツケースがある。確かあれに、わたしの荷物を入れてくれたのだった。そこでお腹が鳴りだして、寝る前に食事を断ったのを思い出す。お風呂はあとまわしにすることにして、下にジェレマイアがいないか確かめに階段を下りていく。

残念ながら、階段の一番下にはイーサンがいた。通路に置くには場違いなバー・スツールに腰を下ろしている。わたしが下まで下りていくと、イーサンが立ち上がった。

「おはよう」

「おはよう」わたしはおそるおそるあいさつを返した。どうしていいかわからず、ひとまず彼の脇を抜けて、キッチンに向かったが、そこにもジェレマイアの姿はなかった。曇りガラスを通過した日差しがきらめいているのを見て眉をひそめ、イーサンに訊いた。

「今何時？」

イーサンは腕時計を確認する。「マルキュウサンマル」

わたしは驚いて目をしばたたいた。「待って、それって午前の九時三十分？」彼がうなずいたので、信じられない気持ちで訊く。「どのぐらい眠っていたのかしら？」

「十六時間ぐらい」

気分爽快なのは当たり前だ。軽くため息をついて冷蔵庫の中を覗く。「ジェレマイアは？」

「いくつかの手がかりを追っている。二時間ほど前に出ていった」

彼の顔をちらっと見て、牛乳の入ったカートンをカウンターに置く。「あとはあなたに見張らせて？」イーサンがうなずいたので、わたしはがっかりして食品棚の方へ向かった。くだらないことを考えるんじゃないの。わたしを起こしたくないと思って、黙って出ていったのよ。それでも前日のよそよそしさを思い出すと、いらぬ邪推もしたくなる。今のわたしには、抱きしめて、何もかもだいじょうぶだと言ってくれる人が必要だった。

いや、ほんとうは何もかもだいじょうぶなんかじゃないのだけれど、わたしの中ではいまだに危機感が胸に迫ってこない。とにかく一度にひとつずつだ。あれこれいっしょくたに悩むのはやめようと自分に言い聞かせ、食品棚の戸を引いた。

数分後、見つけたシリアルをむしゃむしゃ食べながら、わたしの新しいボディガードが銃の雑誌を読んでいるのをじっと見つめる。こちらには無関心といった態《てい》だが、耳につけたイヤホンにしょっちゅう手をあてている様子から、外で見張っている男たちと連絡を取っているのがわかる。しばらく見ていてから、わたしはスプーンで彼を指した。

「奥さんから聞いたんだけど、あなたとジェレマイアは特殊部隊にいたそうね」

イーサンは、ええまあ、と言っただけで、雑誌から顔を上げない。ここにもまた口数の少ない男がひとり。そう言えば、フランスで初めてリムジンに乗った時も、ほとんど口をきかなかった。最初に会った時、大きな身体で片脚を引きずっていたのを思い出し、話題をそっちへ振ってみる。「脚の怪我はどうして?」

「仕務がうまくいかなかった」

「ジェレマイアといっしょの時?」

「いや、彼が退役した後」

「なぜ退役したの?」

「父親が死んだ」

まるで歯を一本ずつ抜いていくようなじれったさだったが、めげずにさらに突っ込んで訊く。「ジェレマイアは特殊部隊で何を?」

「狙撃手《スナイパー》」

わたしの両眉が吊り上がった。ほんとうに？　シリアルを咀嚼《そしやく》しながら、驚きの事実について考える。「彼が退役した後、部隊の方は？」

イーサンは一瞬黙った――こちらも同じように沈黙して、相手が乗ってくるのを待っていると、とうとう答えが返ってきた。「みんな頭にきていた」

顎が動かなくなり、シリアルをごくりと呑み込んだ。「なぜ？」

「逃げたから。抜け穴を見つけたか、しかるべき人間に圧力をかけたかして、きれいさっぱり退役した。職務を放棄した裏切り者だと、みんなにそう思われていた。大変な思いをして入った特殊部隊をあっさり辞めたわけだから」

「あなたはどう思うの？」

イーサンはわたしの顔をちらっと見上げた。「意見はした。よく考えろと」

「じゃあ、あなたも退役には反対だったのね？」相手の言いたいことを推測して訊いた。

イーサンは片方の肩をぐいと動かし、雑誌に目を戻した。「みんなが憧れる人生を手に入れたのに、それを棒に振ろうと言う。ほっとけない」

「それじゃあ、どうしてあなたは彼の会社の、セキュリティ部門のトップに収まったの？」

イーサンはため息をついて雑誌をカウンターに置き、それからわたしに顔を向けた。渋い顔をしながらも、こちらの質問に答えようとしてくれるのだから、何も罪悪感を持つことはないと自分を励ます。「事故の後、ジェレマイアが病院に現れた。軍の方からいらないと言ってきたら、いっしょに仕事をしないかと。糞喰らえと言ってやると、彼は去った。が、驚いたことにそれから数カ月後に除隊命令が出て、またジェレマイアがやってきた。引退後にやろうと話していたビジネスをやってみないかとチャンスをくれた」

「セキュリティのビジネスね？」

イーサンはうなずいた。「立ち上げに必要な資金をジェレマイアが出してくれたんだが、できるだけ早く彼の出資金は返そうと思っている。今は吸収合併されているが、いずれは独立したい」

「どうして？　ふたりでうまくいってるんじゃないの？」

イーサンはうなずいた。「彼の方は世の中のために働いているが、こっちはそうじゃない。あくまでビジネスだ」

それでこの話題については一応片がついたわけだが、わたしの方はまだ知りたいことがあった。「当時のジェレマイアはどんなだった？」

「今より若かった」わたしがぷーっと膨れてみせると、相手の口角が上がって、かすかな笑みが浮かんだ。「彼は常に自分の力を試したがっていた」イーサンは言葉を選びながら続ける。「何をやるにも、最前線に立ちたがった。だから彼がスナイパーに収まったのには驚いた。でもそれで良かったんだろう、おかげで忍耐を養うことになった」イーサンはそこで首を傾けた。「パーティで大騒ぎをするようなタイプじゃないが、真面目ひとすじの堅物でもなかった。まあ父親が亡くなってからは、遊ぶ時間もほとんどなかったと思うが」

乗りかかった船だ。次々と答えてくれるのに気を良くして、ずっと気になっていたことも訊いてみようと思う。「アーニャは？　ふたりはどうやって知り合ったの？」

イーサンが目を細めて、わたしの顔をさぐるように見る。わたしはまたシリアルを口いっぱい頬ばって、別に他意があって訊いたんじゃないというふりをする。「俺の口から言うべきことじゃない」イーサンがぼそっと言った。

こちらはただむしゃむしゃと口を動かして、相手に期待の目を向けている。しばらくすると、イーサンがあきらめ顔で答えてくれた。「ジェレマイアにロシアとの大口取引きが持ち上がって、先方との交渉のために、翻訳と通訳の両方ができる人間が必要になった。アーニャがその条件に合致したんで、前任者は管理部にまわされて、彼女がそのポジションに収まった」

「それでふたりは……」できていた？　さすがにはっきり口に出すことはできない。イーサンがわたしとジェレマイアとの関係をどれだけ知っているのかもわからない。さぐるように見つめられて、思わず顔が赤くなり、もうお腹いっぱいだというのに、また手を伸ばしてシリアルを皿に入れた。

「個人的な関係については、俺の関知するところじゃない。アーニャは熱をあげているようだったが、彼の腹は読めない。いずれにしろ、彼女が会社の秘密を兄に漏らしていると知って、ジェレマイアが解雇して追い出した。あれからそろそろ二年になるだろう」

「彼女はどういう人だったの？」訊かずにはいられなかった。

「若い。経験が浅い。うちの祖母ならさしずめ、〝ぽっと出の娘〟とでも言っただろう。だが頭は切れる。二カ国語を流暢に操るんだ。ジェレマイアがロシアで見つけて、ここまで連れてきたんだが、会社を追い出されてからは、自活している」

哀れなアーニャ。態度の大きい金髪女だったが、若いうちに職を追われたことを思うと同情心がわいてきた。自業自得と言えばそれまでだが、それにしたって厳しい仕打ちには違いない。「ルーカスは？　なぜジェレマイアはロキと呼んでいるの？」

イーサンは身じろぎをし、眉をひそめていた顔が、完全な渋面になった。「ロキは家系の樹で言えば、腐ったツル、それだけ言えばわかるだろう。俺に言わせれば、やつが生きているだけ、スペースの無駄だ」

声にいきなりにじんだ激しい憎悪に驚いた。ここはなんとしてでも、イーサンの本音が聞きたい。「ロキは子供時代の愛称か何か？」明らかに一触即発と思われる話題について、しつこく食い下がりながら、ひょっとして調子に乗りすぎたかと危ぶむ。「彼とジェレマイアとの間に何があったの？」

「ジェレマイアも俺も、一度やつと、とことんやり合ったってこと以外に？」イーサンは怒りをぶつける。「やつとジェレマイアとの間に問題が持ち上がったのは、まだ俺が軍隊を辞める前だった。あの野郎、ジェレマイアが会社を継ぐと同時に三千万ドルも横領して、誰も知らないところへ逃げおおせた」

思わずため息が漏れた。莫大な金額。「そのお金を何に使ったの？」

「ふん、知るか――おそらくそれを元手に、武器を買い集めたんだろう」わたしがちんぷんかんぷんだという顔をしていると、イーサンは肩をすくめた。「ロキというのは通り名だ。俺の知る限り、やつが自分でつけた。上品な名前が恥ずかしくなったんだろう。やつは兵器のディーラーで、様々な国に武器を売って、戦争に荷担している」

わたしのスプーンが音を立ててボウルに落ちた。言葉を失って大男の顔をまじまじと見つめる。イーサンの表情は恐ろしいほどの怒りに満ちていて、さらに言いたいことがあるようだったが、わたしが衝撃を受けているのを見て彼は顎をこわばらせ、また雑誌を取り上げた。「話すべきじゃなかった」ぶつぶつと言う。

この事実が何を意味するのか、理解するのにしばらく時間がかかった。わたしは……わたしは武器商人と踊ったの？　皮肉に満ちた青緑色の瞳が、また心の中にぱっと浮かんだ。見慣れた美しい顔は、一方の頰を横切る傷で損なわれていた。わたしはとんでもない人と関わりを持ってしまったのだろうか？

玄関のドアがカチリとあく音がした。イーサンがはじかれたように立ち上がり、わたしを驚かす。すぐに肩の力を抜いたと思ったら、間もなくジェレマイアが通路を抜けてキッチンへ入ってきた。彼の姿を見て安心し、にっこり笑いかけたが、相手がちらりともこちらを見ないので、たちまち気分が沈む。

「何かわかったか？」イーサンが訊いた。

ジェレマイアは首を横に振り、口をぎゅっと結ぶ。「各方面に訊いてまわった。明日か明後日には、何かわかるはずだ」

イーサンは眉をひそめてうなずいた。「じゃあ、俺は外にいる。必要なら呼んでくれ」

イーサンが大股で部屋を出ていく間、わたしはジェレマイアをじっと見ている。「疲れているみたいね」そう言って首をちょこんと傾ける。

「だいじょうぶだ」ジェレマイアはほっと一息ついてから、わたしの顔を見た。「きみの方は？」

「良くなりました」目の前に置いた空っぽのボウルを手で示す。「食欲が戻ってきたんです」

彼はうなずいた後、わたしの着ているしわくちゃの服に目を向けた。「ベッドの足もとに洗面用具と着替えを置いておいたはずだが」

「ええ、ありがとうございます。朝食の後でシャワーを浴びようと思って」ふいに緊張して身体がふるえ――あからさまな誘いを自分からかけたことはほとんどない――彼の顔をまつげの間から見上げて言った。「いっしょにどう？」

彼は身体をこわばらせ、カウンターのへりをしっかりとつかんだ。目に興奮の光が躍ったが、驚いたことに彼は首を横に振った。「午前中に片づけないといけない仕事がある」

相手にノーと言う権利があるのはわかっていたが、はねつけられるとは思わず、胸にぐさりときた。彼は忙しいのだ。誰かがわたしたちを殺そうと狙っている中、大きな仕事をまわしていかねばならない。

「部屋まで送っていこう」

彼の手がわたしの上腕を包んだが、わたしは頑としてその場を動かなかった。「これまでにわかったことを教えてください」彼の顔を見上げて訊く。ジェレマイアは口をすぼめ、苛ついた表情を浮かべた――わたしが言うことを聞かないせいか、今の状況全体に焦れているのか、わからない。ここで涙を見せるわけにはいかないと必死になって自分を奮い立たせ、彼の目を挑戦的に覗き込む。

「今のところはまだ何も」彼は言って、わたしの腕をひっぱる。「さあ、上へ連れていこう」

腕を引いて彼の手から逃れた。「ありがとうございます。でもひとりで平気ですから」精いっぱいの威厳を込めて言った。ちょっとしたことではあっても、こちらの誘いをはねつけられた。前日のよそよそしさも思い出して、わたしは決心する。もう彼の助けなどいらない。なんでも自分でやる。ところが階段を一段上がるか上がらないかのうちに、いきなり抱き上げられた。わたしは小さな悲鳴をあげて、彼の首にしがみついた。そのまま階段を上がっていく彼にわたしは眉を寄せる。「自分で歩けます」すねていると思われないよう、注意して言う。

「ぼくにはきみを守る責任がある」彼は言って、一段飛ばしで階段を上がっていく。責任とはよく言ったものだ。言い換えれば重荷。わたしは鼻を鳴らして皮肉を口にする。「ロマンティックな言葉をご存じでいらっしゃること」

「安全が優先だ、ほかのことには目をつぶってもらう」

わたしはあきれて目をぐるぐるさせ、彼の首にまわした手に力を入れた。無粋な男ではあるものの、すぐ近くにいると確かに安全だという気がする。「後で敷地内を案内してくださらない？」階段のてっぺんまで上がったところで言った。「海の方まで下りていってみたくて」

ジェレマイアは首を横に振った。「事件の真相がわかるまでは、きみにはこの家の中にいてもらう」

わたしの口があんぐりあいた。「軟禁状態だと？」

「この周囲には、遠距離で狙える場所がいくつもある。そういうリスクを緩和するまで、きみはこの壁の内側にいなきゃいけない」

　有無を言わせぬ口調に、自然と反抗心がわき起こる。それでも彼の立場からものを考えようと努力する。スナイパーの経験がある彼にすれば、遠距離からどうやって狙うか、その手法は熟知しているはずだった。誰かがスコープを通してわたしの一挙手一投足を観察していると思うとぞっとしたが、それでも家から一歩も出られないと聞けば、気がめいってくる。「防弾チョッキを着たらどうかしら？　ケブラー（防弾チョッキ・飛行機部品などに用いられる硬質・軽量の、デュポン社が開発した合成繊維）製のヘルメットは？　そういうのが作られているはずですよね？」

　相手は鼻を鳴らした。軽く笑ったつもりなのだろう。わたしを部屋の前で下ろして、中へ入るようそっと促す。「シャワーを浴びてきなさい。家の中のものは自由に使って、なんでも好きにしていい。ただし外に出るのは禁止だ」そう言うと、わたしの髪の乱れた房を耳のうしろに払ってくれ、顎のラインに指を走らせる。「とにかくきみの安全を守る。現時点ではそれが一番大事なことなんだ」

　もっと愛撫して欲しくて、わたしは彼の手に顔を押しつけようとしたが、彼は手をひっ込めて、あとずさった。それから素っ気なくうなずくと、くるりと背中を向けた。わたしはひとりドア口に残されて、黙ってむかっ腹を立てている。わけがわからない。彼に食ってかかりたかった。狙われているのはあなたの方なのに、なんだって外を自由に歩きまわっているのよ！

シャワーは手早く済ませ、気持ちを落ち着かせるにはほとんど役立たなかった。ローブを乱暴に着て頭にタオルを巻き、再び階段を下りていくと、一番下にまた別の大柄なボディガードが立っていた。知らない人間が家の中に入ってくることは予想しておらず、彼がこちらをじっと見上げているのがわかって、ローブの前をしっかり合わせ直す。

「ジェレマイアは？」

「仕事で外に出ています。何か用がありましたら言ってください。わたしたちが下にいますから」

ごくりと唾を呑み、ぎこちなくうなずくと、わたしは着替えをしに、また階段を急いで上がっていった。

16

立派な屋敷の中に二日間もこもっていると、しまいに頭が変になりそうだった。

いくら家が広いと言ったって、屋内で女がひとりでできることは限られていて、謎解き遊びもさすがに飽きてきた。と言っても、家にあるものをあれこれ見てまわり、インターネットで検索するだけなのだけれど。とにかくひたすらテレビを見て、ネットサーフィンをして、軟禁状態が許す限り、できるだけ自分を忙しくさせておいた。身のまわりのあらゆる物に注意を配り、いつ盗賊や暗殺者がドアから飛び込んでくるかもしれないと考えていると、神経が消耗する。さらにまずいことに、何か捜査に進展があったとしても、それを話してくれる人がいない。ジェレマイアはしょっちゅう家をあけているし、ボディガードは話しかけてくれないので、いつもひとりだ。軟禁状態にされているのは、わたしの身の安全を守るためなのだから、それに憤慨するのは理不尽だとわかっている。それでも気がつくと、ささやかながら、何か反抗する方法を考えている自分がいる。実行には移さない、想像だけのものであるにしても。

格子《こうし》もはまっておらず、曇りガラスにもなっていない窓がバスルームにひとつだけあり、そこからだと、屋敷の横手に広がっている、手入れの行き届いた風景が臨めた。朝、シャワーの時にそこから外を眺めるのが楽しみになり、ばかげているとは思いながらも、スリルがあり、わずかながら反抗心も満足する。そこからは屋敷の裏に広がる海も臨めて、長い桟橋の先に海に身を乗り出すようにして建つ船小屋も見える。たいていは見張りがひとりいて、庭を美しくととのえる作業員の一団が庭仕事用のトラックに乗って一日置きにやってくる。海の方へ出ていって、桟橋から足を出して爪先を水に浸したい。そう思ってうずうずしてくると、決まってジェレマイアの言った、遠距離からのスナイパーという言葉が浮かんできて、恐ろしさに窓を閉める結果になる。それはほかの何よりも、わたしが家を抜け出すのを阻止する強い力となって働き、苦々しい思いが募るだけだった。

だからといって、退屈なばかりでもなかった。

屋敷の中は、ジェレマイアの仕事場を除いて、どこでも自由に立ち入ってよかった。自分の雇用者かつ愛人のことをもっとよく知りたかったので、屋敷のあちこちを巡って、目に付いたものはかたっぱしから頭に入れていく。ところが身のまわり品は驚くほど少なく、壁にもマントルピースの上にも家族の写真は一枚も飾られていない。美しい内装の屋敷だとはいえ、これならほかの豪華な家々と区別がつかない。わたしの聞いているこの家の歴史を考えると、ほかの家にはない何かユニークなものが見られると期待していたのに、ここで暮らしていた人たちの名残を感じさせるものはひとつとしてなかった。ところが三日目になると、主寝室の奥にあるクローゼットから、古い絵が一枚見つかった。

わたしの背丈ほどもある大きなもので、重厚な木材で額装してある。大容量のクローゼットから、それを苦労して運び出し、日の当たる壁に立てかけてから、覆いをはずしてみた。最初見た時は、ほぼ等身大に引き伸ばした写真だと思ったが、近づいてよく見ると、顔と髪のまわりに、かすかだが、はっきりそれとわかる筆の跡があった。こちらをじっと見ているモデルが誰か、すぐにはわからなかったが、若い男で、ジェレマイアとルーカスの両方によく似ている。身につけているスーツとネクタイは、ファッションに疎いわたしの目には、現代のものと同じに見える。年はジェレマイアぐらいのようだった。

誰が描いたか知らないが、相当な腕を持っているようで、モデルの目と顔に浮かんだ傲慢で支配的な表情をうまくとらえている。キャンバスに永遠に残された顔をじっと見ていると、とうとうモデルが誰だかわかり、胸に衝撃が落ちてきた――ルーファス・ハミルトン、ハミルトン家の先の家長。ジェレマイアの父親だ。

「何をしている？」鋭い声がうしろから飛んできた。びっくりしてふり返ると、ジェレマイアがドア口をふさいで立っていた。目が絵に釘付けになっている。部屋の中に入ってきたが、見るだけでも虫酸《むしず》が走るという顔で、肖像画には近づかない。しどろもどろに謝ろうとしたが、そこでふとあることを思いつき、その場の緊張もあって、よく考えもせずに口にした。「これ、もとはダイニングルームにかかっていたんじゃありませんか？」ひょっとしたら叱られるかと思い、相手の気を逸らすために質問したのだが、彼の反応から、それが当たっているのがわかった。「この家に家族の写真が一枚もないのは、どうしてですか？」彼が答えないので続けて訊いた。「この家で育ったのなら、何か記念になるものが――」

「この家を継いだ時に、そういうものは壁から下ろした」こわばった口調でぶっきらぼうに言う。それからわたしの方を向いて言った。「自分の子供時代を思い出させるものは、置きたくないんだ」

「そうなんですか？」相手の答えは意外だったが、そもそも育った家庭がわたしとはまったく違うのもわかっていた。母親に実際に会い、父親のルーファスについて話を聞いたところによれば、ジェレマイアの人生は楽しいことばかりではなかったはずだ。それでも、わずかも思い出したくないというのは理解しがたい。「この家には、何も幸せな思い出がないと？」

ジェレマイアは口を皮肉っぽくゆがめて、絵に目をやった。「父は楽しむことが好きじゃなかった。他人にいい印象を与える目的以外では。この家に出入りするのはもっぱら仕事のためで、憩いを求めてはいなかった。たいていは新たな顧客の機嫌を取るためだった」そう言って鼻を鳴らした。「ルーファスは古風な教育方針を採用していてね、子育てに必要なのは目であって耳ではないと思っていた。だがぼくらは……いつでも大人しく父に従っているわけではなかった」

もっと若いジェレマイアを想像しようとするが、これは難しかった。もしルーカスが昔から今のようだったら、自分の考えを聞いてもらおうと、躍起になったに違いない。でもジェレマイアは……。「あなたの子供時代は？」

厚かましい質問で、おそらく踏み込みすぎ——だから答えが返ってこなくても仕方ないと思っていた。ところが相手が答えたものだから驚いた。「がちがちに締めつけられていた。身の程をわきまえないと、恐ろしい結果が待っている。ルーファスが母と結婚して子供を授かったのはずいぶん年がいってからだった——正直言って、母は何もわかっていないままに結婚したんだと思う。この男と結婚したらどんな生活が待っているか。家庭というものはかくあるべしと、父には確固たる理想があった。新聞で紹介された時に自慢できるようなもので、それを実現するために家庭に圧政を敷き、あらゆることを自分の思いどおりにした」そこでしばらく黙り、わたしの隣に立てかけてある絵をじっと見る。「きみは勘づいていると思うが、兄はそんな父に必ずしも協力的ではなかった。

ぼくが高校生になった時、兄はそれまでのふざけた行動をあらためて、どう動けば父の怒りを買わないで済むか、会得したようだった」

ジェレマイアの言葉には愛情のようなものがにじんでおり、興味をひかれた。「あなたは彼に憧れていたんですね?」ジェレマイアの目がいきなり厳しくなったので、わたしはあわてて言い直した。「あなたのお兄さん、ルーカスに。彼を尊敬していたんですか?」

わたしの質問にどう答えようか、迷っているのが顔でわかる。次にまた口を完全に閉ざしてしまう前に、どれだけの情報を引き出せるだろう? ハミルトン家の変遷の中身を世間はどの程度まで知っているのか? ひょっとして侵害してはならない領域に踏み込んでしまった? 質問を引っ込めようとする言葉が舌先まで出かかった時に、とうとう彼が口を開いた。「ルーカスは自分が盾になって、父からぼくを守ってくれていたんだ。それがわかったのは、大人になってからだが。ぼくは、兄と父がしょっちゅうぶつかるのを見て育った。その原因はいつもぼくにあった。ぼくが何か違反のようなことをしでかし、それを父が罰しようとする。そこへ度々兄が割って入り、父の気を逸らしてくれた。成長すると兄は家を出て大学の寮に入り、そのまま社会に出て自活した。ぼくを守ってくれていた盾はなくなり、それからは自分でなんとかしないといけなくなった」

「それじゃあ、お金のことを知った時には……」彼が口を固く結ぶのがわかった。「たまらなく傷ついた」ジェレマイアはきれいに櫛目を入れてある髪をくしゃくしゃにする。「最初は信じたくなかった。しかし財務記録はルーカスが犯人だと明確に指し示していて、重役会に隠しておくことはできない。とはいえ、それがわかった時には、彼はもう国外へ高飛びしていて、わざわざ弁解にも来なかった。関係者全員が集まる中、本人不在のまま、非難の嵐となった」

わたしは彼を慰めようと前へ踏み出したものの、どうすればいいのかわからない。

「お父様は、どのような顧客をここでもてなしていたんですか?」代わりに訊いた。

「多くの利益が確実に見込める相手。そういう人々に自分を印象づけたかった。空軍の将校を接待しようと、うちに連れてきた日のことはよく覚えている。ぼくは父を差し置いて、次々と彼に軍隊生活について質問をして、その場を独占していた。もちろん、おとがめなしで済まされるわけはない――その後、いつの間にかぼくの車が没収されていて、ある種の特典が無効になった。でもこっちは気にしなかった。それから一年もしないうちに、父の知らないところで軍に志願し、最後に痛烈な一発を父に喰らわしてやったからね」そこで耳障りな笑い声を響かせる。「ところがどうだ、実際は父の方が一枚うわてで、最後の最後にぼくは強烈なパンチを喰らったわけだ」

わたしはさらに近づいていって、隣に立った。無意識のうちに彼の腰に両腕をまわして抱き寄せた。彼のシャツの薄い生地が頬に柔らかく当たる。「かわいそうに、大変な子供時代を生きてきて」彼の胸に向かって囁き、こうして抱きしめることで痛みや記憶が取り除けたらいいのにと思う。「たぶん、これから幸せな思い出を作っていける……遅すぎることはないと思います」

ジェレマイアが黙っているので、顔を覗き込んだ。彼は首を傾けて、わたしをじっと見下ろしていた。片手が上がってきてわたしの顔を撫でる。目の中で欲望の火がゆっくりと燃え出しているのを見て、自分が彼に身体を押しつけていることに気づく。ちょうど飛行機の中と同じように、気がつくと身体の向きを変えられて壁に背中を押しつけられ、上からジェレマイアの美しい顔に見下ろされていた。はっきりそれとわかる膨らみを腹に押しつけられて、わたしはため息をつき、キスを受けようと顔を上げた。

ところが彼はあとずさり、わたしの腕から逃れた。「だめだ」不明瞭な声で言い、わたしの横の床に視線を落とした。

わたしはわけがわからず、まばたきをする。「どうして?」

わたしと同じように、彼の方も自分の選択に苛立っているようだった。「嫌なんだ……」言いかけて途中でやめる。「アーニャのようには……」

「アーニャ」こういうところで彼女の名前が出てくることに苛立ち、鋭い声で名前をくり返した。この問題といったいなんの関係があるの?　胸の前で腕組みをして、胸をチクチク刺す嫉妬心を叩きつぶそうとする。「彼女とあなたは、つき合っていたの？」口に出すのもつらい言葉だったが、ジェレマイアが首を横に振ったのを見て、胸が楽になってきた。「いや、そんなことはない。しかしきみを見ていると彼女を思い出す。まだ何も事が起きていない時の彼女をね」そこでまた口をつぐむ。会話の流れに苛立っているのがはっきりわかる。間もなく仮面を引き下ろしたように、顔からすっと苛立ちが消え、いつも見慣れている固い表情に変わった。まっすぐ背筋を伸ばしたかと思うと、立てかけてある絵を顎で指した。「すまないが、もとの場所に確実に戻しておいてくれ」

部屋を出ていく彼をじっと見つめながらさっきまでの会話を思い出し、ほかに彼はどんな秘密を持っているのだろうかと考える。

軟禁状態も四日目となったこの日、ジェレマイアの仕事部屋の前を通りかかった時、中から彼の声が聞こえてきた。前日の謎めいた会話以来、彼の姿を見ていないし、話もしていなかった。捜査がどこまで進んでいるか話してくれる人もいない。胸に決意がふつふつとわいてきて、ノックもしないでドアをあけ、部屋の中へ踏み込んだ。客が来ているとすぐに気づいたが、誰かが屋敷に入ってくるような物音は聞いていない。大きな机を前にして腰掛けている赤毛の女が、ふり返ってこちらを見たとたん、わたしの両眉が吊り上がった。セレステ。ハミルトン・インダストリーのＣＯＯだ。向こうも同じように驚いたらしく、わたしと、机の向こうに座っている自分のボスとを交互に見つめている。

「何か用かね？」

ジェレマイアはわたしに向かってこわばった声で言い、入ってくるなと言わんばかりの顔だ。その対応にむっとして、顎を持ち上げて強がってみせる。「いつ家に帰れるのか、知りたいんです」ほんとうは捜査の進捗について訊くつもりだったが、セレステがいたことで、調子が狂った。ジェレマイアの母親に会ったのを除けば、この屋敷で最初に見る女性だ。わたしがここにいるせいか、わたしがここにいるせいか、それとも自分の置かれた状況のせいか、彼女は混乱した顔をしており、それを見てわたしの方はずいぶん気分が軽くなった——少なくとも、自分だけが蚊帳《かや》の外に置かれて不安になっているのではない。

「ミズ・デラコート、その話はまた後で」机に置かれた携帯電話がふるえだし、ジェレマイアはそれをひったくるように取って立ち上がった。「ちょっと失礼する」そう言って、わたしたちの横を通って、ドアの外に出ていった。あとに残されたこちらは、彼がいなくなって空いたスペースをぽかんと見ているしかなかった。

「いったい何がどうなっているのか、わかる？」セレステが怒った口調で訊いた。彼女もまた、わたしと同じように、今の状況に苛立ちを感じているようだった。

わたしは肩をすくめて、首を振ることしかできなかった。「何かご存じですか？」相手はいったいどこまで知っているのだろうか。ひょっとしたら、わたしの知らないことを知っているかもしれない。

「いいえ。ただイーサンがわたしから目を離そうとしないの」両手をさっと上げて、お手上げの仕草をしてみせる。「わたしに絶えず警備の人間をつけておきながら、その理由を明かそうとしない。ジェレマイアはジェレマイアで、仕事をすべてわたしに押しつけて、もうてんてこ舞いよ」そう言って、苛々した視線をこちらに向けてきた。「あなたは、ずっとここにいたの？」

　わたしはうなずいた。「出たくても、そうさせてもらえなくて」

　何かを嗅ぎつけたように、セレステの目が細まった。「何が起きているのか、あなたは知ってるの？　群れを組織する雄みたいなイーサンとジェレマイアの言いなりになるなんて、わたしは我慢できない」

「同感です」わたしは鼻を鳴らした。「異常なほど過保護になったかと思えば、あからさまに失礼な態度を取られて」セレステの話しぶりからすると、案の定、毒を盛られた事件については何も知らないのだとわかるが、どこまで明かしていいのかわからない。すべて話してしまいたいという気持ちは強く、誰かに自分の味方になって欲しかった。

ところがそこへジェレマイアが戻ってきて、話すチャンスを奪われてしまった。ジェレマイアのうしろにぴたりとイーサンがついている。

「レミ、何がどうなっているのか、話して」セレステが要求した。「会議や人と会う約束を、あなたに代わってかたっぱしからさばいているけれど、先方に理由が説明できなくて、ほとほと困っているの」

「人手が足りない？」ジェレマイアの口調は冷静で、首をかしげながら、セレステの顔をじっと見ている。「きみが負っている責任の一部をほかの幹部に肩代わりさせた方がいいかな？」

セレステの顔にプライドがくっきりと浮かび上がった。責任をほかに委譲するというのは、気に入らないらしい。とうとうジェレマイアに指を突きつけて宣言しだした。

「いいこと、今週末までは時間をあげる。でもそれを過ぎたら必ず説明をしてもらうから」そう言うと、嫌とは言わせないという顔でジェレマイアをじろりとにらんだ。

ジェレマイアがうなずいたのを見て、セレステは気が済んだようで、背を向けて帰ろうとする。イーサンが肩に手をまわしてくるのを振りはらったが、イーサンは気にもせず、彼女にぴたりとついて、オフィスから出ていった。ドアがカチリと音を立てて閉まったので、ジェレマイアをふり返ると、彼の方はすでにこちらに目を向けていた。例によって顔の表情から心を窺うのは難しく、わたしは深く息を吸ってから、机をまわり込んで、彼の隣に立った。「捜査の進捗状況を教えてください」

これは懇願ではなく、当然の要求だと相手に思わせたかった。セレステは情報を開示するよう、きっぱりとした態度でジェレマイアに臨んでいて、わたしも心のどこかで、そうありたいと願っていた。ジェレマイアの眼差しが和らぎ、大きな手が伸びてきて、わたしの顔から髪の房をはらった。顎のラインを彼の指先がかすめた瞬間、息が喉にからみついた。彼の手はそのまま顎の下に移って首筋を覆った。たちまち気持ちが和らいで、彼の手にぐっと体重を預ける。

しかし、ここでもまた彼が身を引き、わたしはバランスをくずして机に片手を突いた。ジェレマイアはあとずさって、ふいに目を半眼にした。「ぼくにはきみの安全を守る責任がある」冷たい声で言って、自分の机に戻る。

わたしの全身に怒りが広がった。「わたしが門からまっすぐ外に出ていったとしても、あなたに止める権利はない」ここまで言って、とうとう彼の注意を完全に引くことができた。怒りに満ちた顔がぱっとこちらを向いた。それでもわたしは引き下がらない。「これじゃあ、囚人と変わらない。何も知らされないでいるのには、もううんざり」

「ぼくに言われたことはなんでもやると、契約書にサインしたはずだ」怒った声で言い、顔に獰猛な表情が浮かんでいる。「きみはここから出ることはできない」

わたしが一歩下がると、彼が前に踏み出した。わたしは背筋に力を入れて、負けずに彼の顔をにらむ。「あの契約書には、いついかなる時でも、契約を解消できるという条項がありました。もしこのまま何も知らせてもらえないなら、すぐに雇用契約を解消して門の外へ出ていきます」

これで言いたいことは言ったと思い、くるっと背中を向けて出ていこうとする。ところが一歩も踏み出さないうちに部屋が回転し、いきなり壁に押しつけられた。痛くはなかったが驚き、ジェレマイアの顔を見上げて目を丸くする。ストイックなCEOの顔が消えている――わたしが強く突きすぎたせいで、彼の中の野獣が頭をもたげていた。目の前にぬっとそびえ立ち、びくともしない力でわたしの両腕を押さえている。目の奥底に依然として怒りを燃やしながら、また彼はわたしの顔を愛撫する。「きみに触れちゃいけないと、自分の欲望に抵抗していた」わたしの顔を撫でている指をじっと見ながら、低い声で言った。「ぼくのそばにいれば、きみに危害が及ぶ。実際殺されそうになった。ぼくはきみを忘れなくちゃいけない。きみを自分から遠く離れたところへ……」

胸がつぶれそうになった。お願い、そんなことはしないで。思いがけず高まる自分の感情に戸惑うものの、なぜかと、深く考えたくはなかった。彼の親指が唇をかすめた瞬間、手を伸ばして自分の口に入れ、歯でそっとくわえながら固い皮膚に舌をすべらせた。彼が息を吸い、わたしの腕を押さえている手から力が抜けた。ごくりと唾を呑んで、喉仏が上下する。口に目を移すと、その唇と舌が自分の身体にもたらした快感が蘇って呼吸が乱れた。

「ぼくは紳士じゃない」怒ったように彼が言って、わたしの顔に視線を走らせた。手が胸の方へ下りてきたが、触れる直前で思いとどまり、こぶしを固めた。「こうして見ていると、きみはいかにもはかなげだ。その気になれば、簡単に傷つけることができる。実際ぼくのせいで、きみは死にかけた……」

逃れようと肩をすくめると、驚いたことに相手は素直に腕を下ろした。目に陰りが出ているのは、拒絶されたと思っているせいだろう。あとずさろうとする彼に両手を伸ばして、すっぽり顔を包んだ。「わたしが今何を見ているか、教えましょうか？」優しく言って、彼の目を覗き込む。そこに渇望を見て取って、せつなさに胸を引き絞られる心地がする。「気高い夢をいくつも抱きながら、運命のいたずらによって、そのすべてを失った、しゃくに障るほど美しい男。できることなら、失ったものをすべて取り戻させてあげたい。でも、わたしの力ではどうすることもできない」彼の頬を親指で撫でてから手を下ろし、彼の片手を持ち上げて指の関節にキスをする。「あなたが望むものをすべてあげると約束する。本気よ」その手にもう一度キスをしてから、自分の首の下に置いた。「信じて、わたしは見かけ以上に強いから」

ジェレマイアは喉をごくりとさせ、わたしの首を包んでいる大きな手をまじまじと見ている。わたしと視線を合わせると、その手をもう少し高い位置にずらして首をのけぞらせた。こちらが手を脇に下ろしたままでいると、彼は自分の手と、わたしの喉の薄く柔らかな皮膚の違いを見比べるように、じっとそこに視線を注いでいる。ようやく上げた目には渇望がにじんでおり、それに応えるように、わたしの下腹部がかっと熱くなった。「抱いてください、ご主人様」囁くように言った。その言葉で、とうとう最後の砦がくずれたのが、彼の目からありありとわかった。

無言でわたしをさっと抱き上げ、部屋の外へと運んでいく。廊下を静かに進んでいって、近くにある大きな寝室に入った。わたしをベッドの脇に下ろしておいて、すぐドアを閉め、鍵をかける。その一挙手一投足をじっと観察しながら、次の指示が出るのを待っていると、彼がこちらを向いた。「服を脱いで、ベッドの脇にひざまずきなさい」

安心感がどっと全身を流れていき、気分が舞い上がってわくわくしてくる。その声を最初に耳にしただけで、胸がかっと熱くなった。言葉のひとつひとつに、有無を言わせない力が共鳴していて、この声なら、辞書を読まれたって濡れてきそうだ。しかし今はその声に加えて、この視線。彼に見つめられていると、濡れるどころか、間違いなく燃え上がってしまいそうだった。彼の視線を受け止めながら、着ているシャツのボタンをゆっくりはずしていき、全部はずれると肩を動かして、うしろの床にシャツを落とした。次はパンツのボタンをはずす。ルーズにフィットしていた生地は自然に足もとに落ち、わたしはそこから足を抜いた。

ジェレマイアはわたしの全身にさっと目を走らせた。わたしが床に落ちた服を拾い集めようとすると、彼は首を横に振った。「全部脱ぐんだ」

心臓の鼓動が速まったが、彼の言葉に従って、背中に手をまわしてブラのホックをはずし、両肩からストラップを落とす。彼の視線に胸をさらすことを思って手がふるえる。下腹部に熱いものが広がった——まるで視線で愛撫されているようで、彼の剝き出しの欲望に応えて、わたしの身体も欲望にふるえる。乳房から薄い布をはがすと、すでに硬くなっている乳首がひんやりした空気を感じて、喉に息が詰まる。手を離すと、先に脱ぎ捨ててあったシャツの横にブラが落ちた。

ごくりと唾を呑んで、パンティのへりに両手の親指をひっかけ、そのまま腿までパンティをずらす。前にかがんで尻が剝き出しになると、ジェレマイアが満足げな声を出したので、そのまま続け、床に指がつきそうになる一歩手前で薄い生地から足を抜いた。身体を起こすと彼がじっとこっちを見ているのがわかった。その目にほれぼれとする表情を見て取って、わたしの全身にうれしい衝撃が走る。「たまらなく美しい」彼が囁くと、わたしの全身が喜びに紅潮した。

彼がベッド脇まで歩いてきて、小さな木のテーブルの陰に手を伸ばし、高価な店のものだとひと目でわかる、持ち手のついた黒い袋をひっぱり出した。中身を暗示するようなものは何も書かれておらず、彼がそれを小さなテーブルの上に置くのを、興味津々で見守っている。「ベッドに両手両膝をつきなさい」

驚いて、わたしは目を大きく見開いた。そんなことをしたら、すべてをさらすことになり、彼に何をされてもおかしくない。他人の前で裸になるのは依然として慣れなかったが、ジェレマイアの目を見ると、嫌だとは言えなかった。四肢をこわばらせながら、背の高いベッドに這い上がったが、その間ずっと彼と正面から向き合い、うしろは見せなかった。自分の一番恥ずかしい部分を、彼のあからさまな視線にさらすことはとてもできず、考えただけで全身が赤くなる。そんなふうにおどおどしているわたしを見て、彼は満足げに袋を振ってみせた。「何が入っているか、わかるかな?」

固い音がしたものの、さっぱり想像がつかない。「ランジェリー?」思いきって言ってみたが、そんな平凡なものでないことぐらい、わたしにもわかっていた。ジェレマイアがにやりと笑い、その唇の動きを見ただけで、胸がドキドキしてきた。なんて美しい男だろうと思いながら、彼が紙袋の中に手を入れて、中身を出していくのをじっと見守る。「全部、きみのことを思い浮かべながら買ったんだ」そう言ってひっぱり出したものを小さな木のテーブルの上に並べていく。

最初、自分の見ているものが信じられなくて、脳が機能を停止した。やがて彼が手錠を取り出してベッドの脇に置くと、わたしの目はその黒い革に吸い寄せられた。その間にも、彼はプラスチック製の小物をひとつひとつ、テーブルに並べていく。まさかそんな……わたしの性体験は乏しくて、名前こそわからないものの、それらをどうやって使うのかは、想像がついた。

ジェレマイアはほっそりした黒いプラグと透明な潤滑剤の入った容器を取り上げると、ベッドをまわり込んで、わたしのうしろへ移動した。ふり返ろうとすると、「前を向いていなさい」と命令が飛んできた。

不安にふるえながらも、また胸がわくわくしてきた。何をされるかわからない心細さの中、息を呑んで次にされることを期待している自分が確かにいる。ジェレマイアと出会って以来、様々なことを経験し、それらはすべて、わたしの考える淫らな行為の上限を遥かに超えていた。だから、これから何が起きようと驚かないでいられるはずだった。それなのに、彼の手が尻に置かれた瞬間、びっくりして飛び上がりそうになった。彼が低い声で笑う。なんてセクシーな声。

「とってもきれいだよ」囁きながら、わたしの両脚を撫で下ろし、それから両腿の内側を撫で上げた。「こんなふうに、きみを意のままにしたいとずっと思っていた」

器用な指がわたしの襞に入り込んで、うずく入り口の上をすべっていったので、びっくりして身体がのめった。別の手でわたしの尻をつかんで押さえながら、襞を上下にこすり、入り口をくるりとなぞるので、息が荒くなった。指の一本がするりと中に入って、入り口のきつい内壁を押してまわると、耐えきれなくなって、唇から大きな喘ぎ声が漏れた。

ジェレマイアがまたくすくすと笑い、それから親指を、わたしのもう一方の穴へすべらせて、そこを撫でさする。以前にもそこをいじられたことがあったから、またされるだろうと予期はしていた。しかし、アナルと膣を結ぶ、ほんのわずかな皮膚を圧迫された時、全身がかっと熱くなるのまでは予期していなかった。もうそれだけで十分気持ち良く、ほかの刺激はいらなかった。すぼまって皺の寄った小さな入り口をジェレマイアの親指がなぞり、そのまま中へ入ってくると、わたしはまた喘ぎ声をあげる。自分の身体の反応に驚きながらも、間違いなく興奮していた。

巧みな指が抜けた後は、先の丸まった固いものがしっかりそこへ収まった。それが動き出すと、わたしの口からせつない声が漏れた。ゆっくりと、しかし容赦なく、わたしの身体の奥深くまでめり込んできた。ジェレマイアが力を正確に加減して、じわじわと押し込んでいるので、痛みはほとんど感じない。しかし異物が押し込まれる感覚は、不思議としか言いようがなかった。いったいどこで止まるのかと、待っている時間が永遠にも感じられ、慣れない感覚に不安を感じながらも、痛くはなかった。思いきってうしろをちらっと見ると、プラグの埋め込まれた尻を彼がほれぼれと眺めていた。わたしが見ていると知って、口の片端をかすかに持ち上げ、指を一本くるりと動かして、前へ向くよう命じた。

「こういうことはまったく初めてなんだね?」わたしが大きく首を振ると、彼が笑った。

「前にもここをいじめたことはあったが、いつかこの美しい尻をぼくのしたいようにする日が来るのをずっと待っていた」

　彼が尻の肉を両手でつかんで開くと、わたしの息が荒くなった。不安と欲望がないまぜになって、全身が細かくふるえる。片方の腿の内側に愛液がつーっと垂れた。恥ずかしさに全身が紅潮したものの、ジェレマイアが深く息を吸うのがわかった。「いい匂いだ」うめくように言って、指を尻の肉に食い込ませる。前ぶれはそれだけだった。わたしの剝き出しになった性器に彼がさっと顔を下ろし、敏感な襞の間で唇と舌を動かしていく。

　たまらなくなって叫び声をあげ、勢いよく前へ身を乗り出した。ベッドから落ちないように肘で体重を支える。わたしはその姿勢で途方に暮れた——前へ動けばベッドのへりから落ちるし、うしろへ動けば、素晴らしい口に溺れてしまう。とはいえ、ジェレマイアの両手で腿をしっかりつかまれているので、ほとんど動くことはできず、彼の唇と舌と——うっ！　歯に！——敏感な肉を吸われ、ちびちびと齧られている。ふるえる腿の片方から手が離れたかと思うと、愛液を漏らしている入り口から指がもぐり込んできて、感じる部分をまんべんなくいじくりまわす。全身、ぐずぐずに溶けてしまいそうだった。

　アナルのプラグが動いているのがわかる。わずかな動きながら、慣れない感覚にはっと身を固くする。まだ気持ち良く感じるにはほど遠かったが、それでも嫌だとは思わなかった。あっ、また動いた。今度はジェレマイアが固いプラグを回転させているのだとわかったが、膣の中で指が動き、内腿をずっと舌で刺激されているので、それ以外のことは意識に入ってこなかった。

足のうしろでマットレスが浮き上がったと思ったら、ジェレマイアが立ち上がってベッドをまわり込み、わたしの正面に移動した。わたしはベッドの上に両手両膝をついたまま、はあはあと荒い息をついている。彼の手がわたしの頭を撫で、そのまま背中へとすべっていく。ちょうど目の前に彼の股間があり、スラックスの生地を押し上げて硬くなっているのがわかる。まだ頭はぼうっとしていたが、わたしは片手を伸ばして、生地の上から彼に触れていき、ペニスの先をマッサージし、その長さと太さを感じている。ジェレマイアは身ぶるいをしたが、こちらの手をよけようとはせず、わたしの背中に両手をすべらせていくので、俄然こちらも大胆になる。彼のスラックスの留め金をはずしてファスナーを下ろし、中に手を入れて彼のものをひっぱり出して自由にした。

背筋を爪でこすり上げられるのを感じながら、身を乗り出して、張り出した先端に舌をそっとすべらせる。ジェレマイアがうめき声をあげた。それだけでもう、わたしから一切の恐れが消えた——ベッドのへりぎりぎりまで身体を動かして、彼のものを口に含んだ。姿勢を考えると、動きは制限されたが、それでも精いっぱい亀頭を吸い、硬くなったペニスの根もとから先まで舌をすべらせた。ジェレマイアの両手がわたしの頭に戻ってきて、太い指が髪をぐっとつかむ。わたしは彼の脚の間に手を入れて、ずっしりした睾丸を手のひらで転がし、上でまたジェレマイアが鋭く息を吸う音を聞いてうれしくなる。

淫らな行為をしている自分にぞっとする気持ちもあったが、この瞬間、それ以外の行為は考えられなかった。わたしの身体は依然として彼に触れてもらいたくて、焼けるような熱を発している。身体を動かす度に、アナルに刺さっているプラグのことが意識にのぼり、もう一方の穴にも彼のものを入れてもらいたくて、思わず腰を突き出してしまう。クリトリスが痛いほどにうずきだし、触れて欲しいと懇願しているのがわかって、わたしは肘に体重を移し、あいている方の手を自分の脚の間にひそかに持っていった。

ジェレマイアがあとずさった。わたしの口からペニスがすぽんと抜け、いきなり尻をぴしゃりと打たれた。かなりの痛さにわたしはびっくりして、その場で固まった。「許可を与えたか？」

どう答えればいいのかわからずに、また手を前へ持っていくと、ジェレマイアに頭を持ち上げられ、目と目を合わせられた。「きみは自分でさわろうと思ったのか？」

まったく冷静な口調で言い、容赦ない視線を向けて答えを要求する。わたしの身体が興奮してぎゅっと力が入る。嘘をついても仕方ないとわかり、「はい」と囁くように言った。

彼はわたしの答えにうなずく。「そうしていいと、ぼくは許可を与えたか？」

「いいえ、ご主人様」小声で言った。彼がうなずくのを見て、全身に快感が突き抜ける。

ジェレマイアはベッドをまわり込んで、うしろへ移動した。手で尻を撫でさすり、埋め込まれたプラグの上もそっとかすって、わたしにその存在を思い出させる。

「ぼくにそむいた女をどうしてやろう？」

ひっぱたかれてまだ熱を持っている肌を彼の指がかすめる。それでなんとなくどう答えればいいかがわかったが、口に出すことができなかった。お仕置きをして欲しいなどと、わたしの口からはとても言えない。けれどもその行為が未知なる故に、わたしは強く惹かれ、考えただけで興奮した。もともと痛みは苦手で――軽くぶたれた程度でも快感より不快感が勝る――それでもお仕置きを受けるという発想に、なぜか身悶えしてしまう。ベッド脇の小さなテーブルに置かれたふたつのアイテムは、パドルと、スウェードでできた、ばら鞭だった。先が何本にも分かれた革の鞭は、持ち手の部分が革を編んで作られていて、見るからに柔らかそうだ。黒い革と赤い革のコントラストが目を引く――可愛らしいと言ってもいいぐらいだ。人に痛みを与える道具に対してそんなふうに感じるのはおかしいのだけれど。ジェレマイアの手がパドルの上でうろうろしているのを見て、一瞬身体に力が入ったが、彼の指が小さな鞭の方をつかんだので、ほっとして力を抜いた。「ばら鞭の方が好みかな？」その声に、かすかに面白がる気味がある。

顔が真っ赤になり、彼から目をそむけたが、顎をつかまれて正面を向かせられた。「好奇心が旺盛な自分を恥じることはない」そう言って親指でわたしの頬を撫でる。「きみは経験が少ないから、できるだけ優しくするつもりだ。しかし、きみに快感を与えることが目的なのだから、協力をしてもらう必要がある。さあ言ってごらん、きみはばら鞭を目にして興奮したかい？」

うなずくと、ジェレマイアが首を横に振った。「声に出さないとだめだ」

それは難しい注文だった。ごくりと唾を呑み、深く息を吸ってから、小声で囁くように言う。「はい、ご主人様」

「よろしい」彼はばら鞭を取り上げて、自分の腕に打ちつけた。革の紐が肉に当たる大きな音を聞いて、わたしの身体が緊張した。いったいこれからどうなるのだろう？

「目を閉じなさい」

言われたとおりにすると、目隠しで目元をすっぽり覆われ、胸がドキドキする。ふいに不安に襲われ、ふるえてくるのを我慢していると、ジェレマイアがまたベッドをまわり込んで、わたしのうしろへ移動したのがわかった。薄い布きれを引きはがしたい欲求が高まるものの、続けて二回も彼にそむいたら、単にばら鞭で打たれる以上のむごいお仕置きをされるだろう。ばかなことをしている自分をたしなめる声が頭のどこかで聞こえる。身体を鞭で打たせるなんて、この男にどうしてそこまでさせるの！

最初に背中を打たれた時は、ほとんど痛いとは思わなかったが、やはり驚いた。しかし二度目は敏感な部分の近くを鞭打たれて、少し痛みを感じた。剝き出しになっている部分を鞭から守ろうとして筋肉に力が入り、膝が閉じそうになる。

「膝は開いたままで」

ちょっと、いいかげんにしてよ！　わたしの中で反抗心がぐっと頭をもたげる。それを抑えつけて、とにかく最後までつき合ってみようと心を決める。身体から力を抜くのは意外と難しいとわかり、両手をこぶしに固めて、緊張を外へ追い出す。アナルにはまったプラグのことはもう気にならなくなった。もうそこにあるのに慣れたのだろう。いずれにしても、様々な刺激を同時に引き受けるのは大変なことだとわかった。

さらに二回、鞭が鋭い音を響かせた。三度目に敏感な皮膚にまともに打ちつけられ、わたしは金切り声をあげた。刺すような痛みがあったが、怪我はしていないとわかっていて、あとの三回も切り抜けることができた。最後の一撃を受けた時には、息を切らし、尻と腿がじんじんと痛みを発していた。ジェレマイアは手加減するのが嫌いなようで、わたしの白い肌に革の跡がくっきり残るのが予想できた。

ひりひりする皮膚を彼が撫で、みみず腫れになりそうな跡を優しい指がたどる。「きみについたぼくの印だ。うれしいよ」そう言ってジェレマイアはわたしの腰のくびれにキスをした。「もうひとつ、きみを驚かせるものがある」

なんだろうと思って待っていると、何か細い紐のようなものが腰に巻きつけられた。おそらくプラスチックでできたものだろう。小さいがしっかりしたものが、腿の間の敏感な芽に寄り添うように落ち着いた。腰まわりの紐を調節すると、それがクリトリスにしっかり密着した。いきなりバイブレーションが始まって、わたしは息を呑んだ。

「きっと好きじゃないかと思ってね」ジェレマイアが言い、わたしの濡れた腿を片手で撫で下ろす。「これはクリトリスだけを刺激するものだ――すべてを一度に刺激する、もっと大きなものも持っているが、これからやることを考えるとそれは邪魔だ」快感の火花が身体中に飛び散り、思わずふるえて悶えると、彼がわたしの腰をしっかり押さえつけた。「ああ、すごい。じつにセクシーだ」

うしろでマットレスが沈んだはずなのに、身体中を駆け巡る興奮でほとんど気づかなかった。愛液の漏れている入り口を何かが突っつき、許可を求めるように襞を分ける。わたしは喘ぎ声をあげて、それに向かって腰を突き出した。目隠しをしているせいで、本来外界にも向けられる意識が、今は身体に加えられる快感のみに集中しており、どうしても彼のものを自分の中に迎えたかった。ジェレマイアは素直に従って、勃起したペニスをわたしのきつい割れ目に押し込んだ。膣内が彼のものでいっぱいになるのを感じながら、ここでもまた、プラグの埋まったアナルに興奮が走るのに気づいた。その慣れない物体が、膣の内壁も圧しているのがはっきり感じられる。

「うっ！」ジェレマイアの裸の胴体が背中にかぶさってきて――いつの間に服を脱いだのだろう？――わたしをマットレスに押しつけながら、激しく、スピーディに貫く。力強いピストン運動は心地良く、わたしの中にこれまで感じたことのない圧がぐいぐい高まっていき、早く解放して欲しいと要求してくる。うしろからジェレマイアに何度も突かれる間、唇から喘ぎ声を漏らしながら、カバーを両手でぎゅっとつかんで身体を固定している。彼はわたしの膝を大きく開かせて、姿勢を変える。と、膣の奥のある部分に刺激が加わって、喘ぎ声が止まらなくなる。「お、お、お願い――」舌がもつれ、うめきと変わらない言葉しか出てこない。必死に求めていたオーガズムがすぐ間近に迫っている――あとちょっと、あそこに刺激が加えられたら……。

肩胛骨の間に唇が押しつけられ、舌がぴちゃぴちゃとわたしの肌を味わう。彼の手が脇からするっと入ってきて、わたしの敏感な芽の上で細かく振動している小さなバイブレーターを押した。「きみがいくところを感じたい」囁くようにジェレマイアが言った。その声からしたたる欲望に背中を押され、わたしは一気に快楽の波に乗る。体内で興奮が爆発し、大声をあげた。わたしの中に残っていた、なけなしのエネルギーの、最後の一滴までが、オーガズムに絞り取られ、両手の上に額を乗せて、はあはあと荒い息をついている。

遅まきながら、ジェレマイアがわたしから身体を離したのに気づき、コンドームの包みがカサカサ鳴る音が聞こえた。とうとうアナルのプラグが抜かれ、次に何をされるのかわからないままに、勃起したペニスの丸まった先端がアナルのきつい入り口に押しつけられた。中に入ろうと入り口をさがしている。オーガズムの余韻が残っていながら、ふいに不安になって身をよじらせた。

ジェレマイアの指が両脇をかすめ、胸の柔らかな肉をすべり下りて、腰を撫で下ろす。「きみのアナルがぼくのペニスをどんなふうに締めつけるのか、ずっと夢に思い描いていた」わたしの背中で呟き、肩にキスをする。「ぜったい気持ちがいいはずだよ……」

彼の声ににじむ生々しい欲望が、わたしの好奇心に火をつけ、されるがままになる。彼のペニスがきつい入り口を突破した。目隠しをされた闇の中、わたしの意識ははじける興奮に集中している。ジェレマイアの荒い息づかいに合わせて、わたしの呼吸も荒くなり、彼がこの小さな禁忌《きんき》を破ったことで得られる、明らかな快楽に応えて、まだ火種が残っている、わたしの身体が熱く燃え上がった。痛みは皆無で、ただ奇妙な、これまで経験したことのない圧力が感じられるだけだった。しかし彼が腰を小さくグラインドさせると、強い興奮が襲ってきて、ベッドのへりを力いっぱい握って、彼に腰を突き出した。

ジェレマイアは逞しい腕をわたしの両脇について、わたしを押しつぶさないように身体を浮かせている。わたしは彼の手があると思われる方に、あてずっぽうで手を伸ばした。ジェレマイアはその手をつかみ、指をからめながら、突くスピードを上げていく。彼が快感を得ることが目的であったはずが、気がつくと自分もこの行為に夢中になり、先ほど得た快感と、新しい興奮がひとつに溶け合っていく。わたしの手を握る彼の手に力がこもり、彼がうなり声をあげた。わたしの背中に額を押しつけて、ジェレマイアはふるえながら、静かに射精した。

社会に強い影響力を持つ男に、こんなふうに射精させたことには、かなりの満足感があった。顔が見たいと思っていると、彼が上体を起こし、おずおずとわたしの身体から離れていった。こちらは快感の余韻に浸って、しばらくそのままじっとしてから、マットレスの上で横向きに身体を下ろした。身体の一部に心地良い痛みがあり、動くととりわけそれが強く感じられるものの、心から満足して伸びをした。「信じられない経験だった」わたしは言って目を閉じて枕に頭を乗せた。

「だった？」ジェレマイアがわたしの言葉尻をとらえて愉快そうに言う。まだ目隠しをされたままで、カチャンという音が聞こえたものの、なんの音なのかわからない。間もなくマットの上でごろんと転がされ、腕をひっぱられて頭の上に持ち上げられた。抵抗する間もなく、両手首に頑丈な手錠がはめられ、シャッという音とともに、ベッドのヘッドボードに留められた。ショックに口をあんぐりあけていると、ジェレマイアが片目部分だけ目隠しを押し上げた。そこからにらんでやっても、彼を面白がらせただけのようだった。「さっききみは、ここから出ていくとぼくを脅した」そう言うと、また目隠しを下げてもとに戻した。「こうしておけば、きみはずっとここにいて、ぼくが守れる。とはいえ、せっかくだから、少しの間、この状況を使って楽しもう。ぼくの頭の中に、その方法がいくつか浮かんでいる。試してみないか？」

17

午後がいつの間にか黄昏になり、やがて夜へと突入した。まさかここまでジェレマイアが熱心だとは思わなかった。ようやく手首から手錠をはずされたが、わたしは逃げようとはしなかった。彼の起こした官能の嵐はいつまでもやむことなく、それに巻き込まれたまま陶然としている。ジェレマイアは飽くことを知らず、こちらは彼の挑戦を受けて立つしかなかった。その夜は四回彼に起こされて、執拗にも甘美な拷問を受け、四回とも終わりにはエネルギーを使い果たしてベッドに倒れ込んだ。五回目はわたしが先に目を覚まし、まだ眠っている彼を心ゆくまでじっくり眺めた。曇りガラスから入り込む外の灯りに顔の輪郭が浮かび上がり、ずいぶんリラックスして見える。片方の眉を指でそっとたどったところ、彼が身じろぎをしたのでやめる。たまらなく美しい男を、わたしが独り占めにしている。

今のところは。

こういう男がどうして自分に興味を持ったのか、まったく理解できなかったが、それでも今目の前で横になり、わたしに好きなだけ眺めさせている。柔らかなシーツは腹部を覆っているだけなので、彼の美しい裸体を存分に見て味わうことができた。薄暗い灯りの中、白い線状の傷跡が完璧な裸体をわずかに損なっているのが見え、彼がくぐり抜けてきた苦難を想像して、胸がきりきりと痛む。軍隊でどんな生活をしてきたかはさておき、彼が戦って傷ついた事実と、直面せざるを得なかった危険を、この傷が永遠に証言している。

下腹部へと通じているまばらな体毛を指でたどっていくと、うれしいことに、シーツの下で彼の下腹部が盛り上がり、ペニスが再び硬くなった。わたしはベッドの下方へそろそろと這いずっていき、シーツをそっと頭にかぶせる。それから彼の身体の上に乗り出して、重たげなペニスの先を舐め、口の中に入れた。

ジェレマイアが腰をまわして、わたしの口へと押し上げた。それでこちらも大胆になり、ペニスの根もとから片手でしごき上げ、口といっしょに戻っていく。ペニスが硬さを増していくのがわかって思わず笑顔になり、頭を上下させてピストン運動を続ける。何を禁じられていようと、今はもう全部窓の外へ放り投げ、やりたいようにさせてもらう。少なくとも今夜だけは。

髪を指で梳かれ、上から低いうめき声が落ちてきた。両手を彼の腿について、ペニスを口の奥深くまで迎えると、彼が背を弓なりにするのがわかった。手が髪を離れたと思ったら、両肩をつかまれてひっくり返された。仰向けになったわたしの上にジェレマイアがかぶさってくる。じっとわたしを見下ろす彼の美しい顔には、もう眠気は微塵も残っていない。片膝でわたしの脚をぐいと開く、その乱暴な仕草に、抑えきれない欲望が感じられた。次の瞬間、いきなり深く突いてきた。

彼が上と中の両方で動き、こちらはのけぞって喘ぎ声を漏らし、彼の背中にしがみついて爪を深く食い込ませる。一晩中酷使された筋肉が痛み、抗議の声をあげるのを無視して、彼の腰に両脚をからみつけ、強く貫く彼をさらなる深みへと誘い込む。もうなんの技巧もなく、欲望のままに彼の口がわたしの口にぶつかり、こちらもそれを受けて、彼の首に両腕を巻きつける。今度のラウンドは短く、あっという間にオーガズムに達し、その疲れで、ようやくふたりともぐっすり寝付いた。

目が覚めたのは、空高く太陽がのぼった頃で、ベッドにはわたしひとりしかいなかった。伸びをし、背をそらすと、革の手錠がまだヘッドボードにかかっているのに気づいた。その光景に、ほんの数時間前に起きたことが蘇り、思わず顔がにやける。かといって自慢できるようなことでもなく、胸の奥にやましさが残るのはいたしかたない。それでぎくしゃくする身体を引きずってバスルームへ直行し、バスタブに湯をためて、昨夜の名残を洗い流すことにする。痛みの残る身体を湯に沈め、今朝はとことん身支度に時間をかけることを自分に許し、心も身体もリフレッシュする。

それでもついにお腹が鳴りだして、そろそろ階下に下りる時間だと知らせた。濡れた身体をふいて着替えを済ませ、プラスチックのクリップで手早く髪をまとめて、部屋を出た。階下から人の声が聞こえている。誰か新しい客が来たのかもしれないと思い、興味に駆られて見に下りていく。ところが階段下の通路には誰もいないので、肩をすくめてキッチンに向かい、冷蔵庫へ直行した。

「あなたのこと、勝手に調べさせてもらったわ。ミズ・デラコート」

予期せぬ声に驚いて、危うく牛乳の入った容器を手から落とすところだった。素早くふり返って声の主と向き合う。「ミセス・ハミルトン」相手の冷ややかな眼差しに、こちらはまるで盗みを働いている現場を見とがめられたような気分になる。「ここにいらっしゃるとは思っていませんでした」

相手は口をぎゅっと結び、わたしの足の爪先から頭のてっぺんまで、視線を一往復させる。「あなたみたいな経済水準の女が、よくうちの息子の気を引こうとするのよ。通常ならあの子にも、そういう策略を見抜く目があるのに」そこであざけるように鼻を鳴らす。「別に美人ってわけでもないのにね――少なくとも前の秘書は、はじめからその点で有利だったけど。ひょっとしてあなた、何かあの子の弱みでも握っているの？」

顎をがくがく動かすものの、何を言っていいのかわからない。「あの、どういうことでしょう？」

相手はあきれたように目をぐるぐるさせた。「息子があなたと関係を持たねばならない理由が、ほかに見つからないってことよ。両親はともに死んでいて、家庭はかろうじて中流。フランス語は知っているかもしれないけれど、ビジネスの世界で通用するような資格は持っていない。ひょっとしてあの子に妊娠させられたの？」

恥知らずな質問を浴びて、わたしはショックに言葉を失った。体内で怒りがむくむくとわき上がっているものの、相手の高飛車な眼差しに射すくめられて、黙って顎を動かしていることしかできない。さぐるような冷たい眼差しは、しゃくに障るばかりだったが、混乱する考えを言葉にまとめることがどうしてもできず、両手をぎゅっと握りしめる――相手の顔を殴って、その得意げな笑みを消してやりたくてたまらない――しかし、長い間に身についた礼儀が邪魔して、一歩も動けなかった。「妊娠はしていません」ようやく言い返したが、そんな言葉では、わたしの中で煮えくり返る怒りは少しも伝わらない。

「そう、じゃあ単なるつまみ食いね」相手は舌を鳴らすと、こんな女を選ぶ息子の気持ちが知れないというように首を振った。「でもね、ミズ・デラコート。連れてきたのは息子の方かもしれないけど、ここは実家よ。あなたに少しでも分別とたしなみがあるなら、すぐに出ていってよさそうなものだけど。ここまで鈍感な女だとわかっていたら、最初からずばりと言ってやればよかった」

「母さん、いいかげんにしてくれ」

独りよがりな女に、牛乳の入った容器を投げつける一歩手前だった。ジェレマイアが現れても、その欲求は少しも緩和されなかったが、ジョージアは、わたしから気を逸らした。息子が通路を歩いてくるのを見て、いきなり愛想のいい顔になったが、ジェレマイアもわたしも、もう騙されなかった。「帰ると言ったはずだ」ジェレマイアに冷ややかな声で言われて、さすがの相手も水を浴びせられたような顔になった。

「ええ、そのつもりだったけど、あなたのチャーミングな秘書がいたものだから、ちょっとお喋りをしていたの」

チャーミングな秘書。何をばかな！　手に思いっきり力が入って、牛乳の容器の持ち手を握りつぶしそうになる。ろくでなしの女を怒鳴りつけたくてたまらないけれど、今はその場に立って怒りにふるえ、叫びだしそうになるのを必死にこらえているしかなかった。

「頼むから帰ってくれ」ジェレマイアはきっぱりと言ったが、声が疲れていた。「永久にこの家から締め出される前に」

ジョージアは息子にさっと手を払った。「まあまあ、心にもないことを。わたしはあなたをこの家で育てたのよ――あなたの家であると同時に、この家はわたしのものでもあるの。だいたいこっちは、愛するあなたにとって一番いいようにと、考えてあげてるんじゃないの」

ばかばかしい言い分にわたしは鼻を鳴らしたが、ジェレマイアをちらっと見ると、うんざりした表情が浮かんでいて、こういう言いぐさは、今に始まったことではないとわかる。「あなたには、息子さんの気持ちを尊重しようというお気持ちは、これっぽっちもないんですか？」

ジョージアがわたしをにらみ、「あなたには関係ない」と嚙みつくように言った。「何も知らないくせに……」

わたしは大理石のカウンターの上に牛乳の容器を叩きつけた。バコンと音を立ててプラスチックの底がへこんだ。「息子さんはこの家の所有者でありながら、あなたが好きな時に出入りできるよう配慮している。それなのにあなたは、まるで幼い子供を相手にするように、その好意を踏みにじっている。それでよく彼が曲がらずに育ったものだわ。息子にはねつけられて当然よ」

ジョージアの顔が怒りにゆがんだ。「このあばずれ女」声をひそめて言い、わたしの方をさっと向いて片手を振り上げた。殴られると思ったら、ジェレマイアの手が伸びてきて、母親の手首をつかんで押さえつけた。わたしはずっと顎を持ち上げながら、腹の奥深くで怒りをたぎらせ、相手の憎悪に満ちた目を見返している。

「自分が家に連れてきた客を、侮辱させるわけにはいかない」ジェレマイアが低い声で言った。その怒った声の響きが、再び母親の注意をとらえた。「アンドリュース」ジェレマイアが呼ぶと若いボディガードが小走りで部屋に入ってきた。そこで初めてジェレマイアは母親の手を放した。「母を車までエスコートして、この敷地内から無事に出られるようにしてくれ。それと、これからはぼくの許可なしに母を入れないよう、門番に伝えてくれ」

「さわらないで」腕を取ろうとする若いボディガードにジョージアが怒鳴った。「ぼくの許可？　ジェレマイア、ばかなことはやめなさい。あなた、おかしいわよ」しかし息子は黙っている。ジョージアはやかましく抵抗しながら、ボディガードにひっぱられてキッチンから出ていった。玄関のドアがあいて閉まる音がして、屋敷全体がしんと静まった。

わたしはため息をついた。「ごめんなさい、あなたのお母様を叱りつけたりして」ぼそぼそと言い、手にしていた牛乳の入った容器を持ち上げる。底は大きくへこんでいたが、割れてはいなかった。

「あの人は難しいんだ」

シンプルな答えだったが、それが示す意味は幅広かった。「それでも、あなたのお母様だから」わたしは続ける。「わたしなんかが偉そうなことを言うのはまずかったかもしれない」

こんな気まずい朝を迎えるつもりはなかったのに、ジョージアの出現で、何もかも台なしになった気がする。もう食欲もなくなって、牛乳の容器を冷蔵庫に戻し、キッチンを出ていくジェレマイアの後についていく。「何かわかりましたか?」

「何も」

素っ気ない答え。わたしは眉をひそめ、さらに突っ込んで訊く。「あなた独自の情報網があるってイーサンが言ってましたけど、そこから何か――」

ジェレマイアがいきなり向き直った。「彼がきみに何を言った?」

突然調子ががらりと変わったのに驚き、わたしは目をしばたたく。「何も」とっさに言い返したものの、胸の中に苛々が募ってくる。「あなたがさっきおっしゃったとおり、何も。自分が殺されかけたということ以外に、どんなふうに捜査が進んでいるのか、何も知らされず、ここに閉じ込められています」

ジェレマイアが口をすぼめた。「捜査は進んでいる」

「どんなふうに? 誰もわたしに話してくれようとしない!」

彼は自分の髪を手で梳いて、深く息を吸った。「約束する」低い声で言う。「誰がきみに毒を盛ったのか、犯人は必ずさがし出す。そうして危険がなくなれば、きみはここから自由に出ていける」

わたしは近くの入り口を指差す。「あなたは毎日あそこから自由に出ていくのに、わたしは中にいろとおっしゃるんですか?」

「きみを殺そうと狙っている人間がいるかもしれない」

その言葉はいかにも真実めいて響いたが、これまでわたしが見てきた限り、とてもそうとは思えなかった。「ターゲットはわたしじゃありません」言い返して、こちらも彼をにらみつける。「そうご自分でおっしゃった。別にわたしの背中に的を描いて、野に放てと言っているわけじゃありません、ただ何か答えが欲しいだけです」

「いいかげんにしろ！」一瞬彼の目に、これまで見たことのない獰猛な光がはじけ、今にも爆発するかと思えた。大いにたじろいだが、まるで門を閉ざしたように、その光は現れた時と同じように素早く消え、またわたしの知っているストイックなＣＥＯの顔に戻った。いや、〝知っていると思っていた〟と言うべきだろう。この人のあんな顔を見たのは初めてだった。

「きみの面倒を見ると約束した」低い声は冷静で、ふだんと何も変わりがない。「きみの安全のためにも、余計なことを訊いて欲しくないんだ。安全だとわかれば、いつでも出ていける」

敗北感に打ちのめされそうになって、髪をかきむしりたくなる。ジェレマイアはわたしに背中を向けて、ずんずんと歩き出し、外へ出るとそっと玄関のドアを閉めた。わたしはガチガチになった指で髪をかきむしり、クリップがはずれて床に音を立てて落ちたが、もうどうでもよかった。

苛々はもう限界に来ていた。深く息を吸って気持ちを落ち着かせようとするものの、ふいにわき上がってきた怒りをどうすることもできない。この家は監獄で、ジェレマイアがわたしの看守だ。曇りガラスの窓は刑務所の格子と同じ――どんな鉄格子や、金属のシールドにも負けないテクノロジーがわたしを外へ出さないようにしている。到着して以来、バスルームの小さな窓から覗くだけで、外の景色をまともに見ていない。もう二度とここから出られないというばかげた考えに背中を押され、わたしはリビングルームを突っ切って、つきあたりにあるガラスの窓とドアの方へ歩いていく。ドアの先はパティオから外へと通じている。

ドアの錠が手にひんやりと感じられた。ばかなことをしないよう自分に言い聞かせる暇もなくノブをまわしてドアを押しあけ、風景を眺めやる。屋敷の裏手から百メートルも行かない先に海がある……。

それだけ見てすぐにドアを閉めた。誰かがわたしを待ち構えているかもしれないと思ったら、もうだめだった。

いきなり嗚咽《おえつ》が漏れてきて、あわてて口をふさぐ。泣き声を無理やり呑みくだして、何を恐れているのかと、臆病な自分をたしなめる。ジェレマイアが毎日外へ出ていって平気なら、わたしだってだいじょうぶ。それでも、わたしを殺そうと狙っている人間がいるかもしれないとジェレマイアに言われた言葉が頭に浮かび、彼を恨んだ。わたしは何者でもない――人から付け狙われる謂《いわ》れなど何もない。それでもこの状況はどうにも耐えがたく、ストレスが極限にまで達している。わたしは壁にしがみついて、なんとか自分を落ち着かせようとする。ふるえながら、何度か息を深く吸っているうちに、すすり泣きが収まり、ぐったりしてきたが、外に出たいという気持ちはなおいっそう募ってきた。ここから出ないと、気が変になってしまう。なんとしてでも出なくちゃいけない。

ドアをあけたら警報器が鳴るものと信じて疑わなかったが、錠をはずしてドアを押しあけてみても、屋敷内からはなんの音も聞こえてこない。わたしが逃げ出そうとしていることを知らせる警報は鳴らない。それを知ったとたん、長く待ちすぎたことを悔やんだ。何が完全なるセキュリティだと、わたしは冗談めかして思った。だいじょうぶ、すぐには見つからない、と何やら自信が芽生えてきて、ドアをさらに大きくあけて外を覗いた。ボディガードの姿はどこにも見当たらず、パティオの先に続く小道は海辺に直結していて、いつも二階の小さな窓から見ていた船小屋まで最短距離で行けることがわかった。船小屋のまわりには、背の高い木立が並んでいて、小屋自体は近隣の目から隠されている。冬の真昼で空気は冷たく、目の前の海には船もまったく浮かんでいなかった。それでもわたしの手はドアノブをがっちり握って離さない。今を逃したらもう二度と出られない――。

腹をくくってドアの外へ大股で歩き出し、パティオのへりにある階段を下りて、船小屋へと向かう。緊張して足どりはぎくしゃくしている。ふり返ると、リビングのドアを閉め忘れたことに気づいた。しかしここで引き返したら、外に出る勇気はしぼんでしまうとわかっている。久しぶりに外に出て、信じられないほど気持ちがいい。もうボディガードに気づかれようと、どうでもよくなった。

船小屋は近くで見るといっそう興味をそそった。単なる小屋だと思っていたのに、実際は二階建てのちゃんとした家屋で、海岸線に沿うようにして建てられ、一階の床が海の上に張り出した桟橋まで通じていた。二階は地上の高さにあって、脇から延びる階段を下りていくと、船をつないである場所へ出られるのだが、今のところ渦巻く水の中に船は一隻も浮かんでいない。もっと近寄ってみると、二階部分は人が暮らせる部屋になっているのがわかった。それでも外観からすると、長いこと誰も住んでいないらしい。

船小屋の建築は、屋敷の建築とは異なっていて、もっと古い時代に作られたものらしく、使い古されていた。古色を帯びて、エレガントな屋敷にはない味わいがある。まだしっかりと建っているものの、自然の影響を色濃く受けていて、木に施されたペンキや仕上げ材がはがれている上に、床や木の羽目板のところどころを緑のコケが覆っている。表面にかろうじて残っているペンキを押し上げているコケもあった。

船小屋を巡る厚板を張った道を歩き出して間もなく、古い木が足の下でたわみ、屋敷の方で鳴りだしたベルの音が聞こえた。その音に心臓が高鳴り、残りの道のりを走って進み、船小屋の入り口をさがす。ふり返ると、今さっき出てきた屋敷の方へ三人のボディガードが走っていき、ばらばらになって三方へ消えるのが見えた。

わたしをさがしているのだろうか？　それとも侵入者をさがしているのか？　人殺しがこの近くにいると考えると、ただもう恐ろしくなって、向こう見ずな反抗に出た自分を心の中で呪う。なんてばかなことをしたのよ！　いったい何を考えているの？

船小屋にさっと目を走らせると、すぐ近くに入り口が見つかり、とにかく安全なところに身を隠そうと、急いでそちらへ向かった。ドアに鍵はかかっていなかったので、押して中に入ってから素早くドアを閉め、木の壁に顔をくっつけて窓から外を覗く。わたしが開けっ放しにして出てきたドアの近くに、かなり多くのボディガードが群がっている。どうしようと思い、とたんに胃が重くなった。大変なことになった。急に罪悪感が胸にわいてきた。

何か動くものを目の端にとらえた気がしたが、こちらが反応する前に、手で口を覆われた。叫び声をあげようとするわたしを、強い腕が窓から引き離してよそへ引きずっていく。その途上で藤《とう》の椅子とランプを蹴飛ばしたが、わたしに襲いかかってきた相手はびくともしない。うしろに足を蹴り上げもしたが、器用によけられてしまった。ああ、どうしよう。絶望に襲われて惨めな気持ちで考える。わたしは死ぬの？

ジェレマイア、ごめんなさい。

「こういうところで出会うとは、また奇遇な」陽気な声がすぐうしろから聞こえた。「今度会う時は、もっといい状況で会いたいと心底願っていたんだよ」

聞き覚えのある声にびっくりして、もがくのをやめた。「本気で新しい護身術を学んだ方がいい」相手は言葉を続けている。「きみの反撃パターンはすぐ読まれてしまう。さあ頼むから大声を出さないでくれよ。悪いやつにぼくらの居場所が知られたら大変だ」

手が口からはずされたが、わたしは黙ったままだった。いったいどうなっているのか、わけがわからない。両腕を背中で固定されていて、動くことができない。「わたしは死ぬの？」喉の脈動を感じながら、囁くように言った。

「それはどれだけ早く、弟が駆けつけるかにかかっている」なめらかな手がわたしの胴を這い上がって首を覆い、わたしの背面が彼の身体にぴたりと固定された。「賭けをしようか？」

18

彼の腕の中でふるえながら、武器になるものをさがそうとあたりに目を走らせる。やはりかつては人が住んでいたらしい。ほとんどが布をかぶせられているものの、家具が床に点々と並んでいた。それでもある時点で居住空間から倉庫に変わったらしく、ほこりっぽい部屋の高い天井にまで、様々な品物が収納されている。しかしわたしが使えそうなものは近くになかった。「ジェレマイアを殺そうとしたのはあなただったの？」時間稼ぎのために質問をする。

ルーカスがくすくす笑い、その笑い声にふたりの身体が振動する。「容疑者として真っ先に指を差されても仕方ないが、残念ながらぼくはきみのさがしている人間じゃない」

わけがわからず、のけぞって相手の顔をじっと見る。ルーカスはがっちりした体形の弟より小柄で、ちょうど彼の肩の位置にわたしの頭が来ている。それでもわたしを押さえている腕は鉄のようにびくともしない。眼差しは落ち着いており、わたしがじろじろ見ているとわかって、唇をゆがめてにやっと笑った。「驚いたかい？　弟は嫌いだが、死んで欲しいとは思わない。それどころか、そうならないために、力が及ぶ範囲でずっと守ってきた」

「じゃあ、どうしてここにいるの？」

ルーカスはまた笑って、いきなりわたしの耳元に口を近づけてきた。「きみに会いたかったから」

胸がドキドキした。「嘘つき」ぼそっと言う。相手にわたしを殺すつもりがないとわかったとたん、ぴったりくっついていることを急に意識しだし、おかしな反応をする自分の身体に苛立ってくる。

「ほんとうだって」物怖じしない相手に、わたしはあきれて目をぐるぐるさせる。「じつは、きみのさがしている人間をぼくは知っているかもしれない」

身体をねじって彼の顔を正面から見る。「誰がジェレマイアを狙っているか、知っているの？」

「たぶん」彼の顔に気どった笑いが広がった。

わたしは苛立って唇をすぼめた。なんとしゃくに障る男だろう。「ジェレマイアのボディガードが、すぐこっちへやってくるわよ」わたしは言って、窓の方にちらっと目をやった。「わたしを放した方がいい。変に邪推をされたら嫌でしょ」

「ぼくの知っている弟なら、ぼくらの居場所をすでに正確につかんでいるはずだ」ルーカスは天井を手で指す。「頭上の梁《はり》に監視カメラが三つほど設置してあって、こちらのあらゆる動きを監視している」そう言うと、いきなり頬にキスをしてきた。わたしはびっくりして身をよじった。「見せびらかしてやるのもいいだろ？」

含みのある言葉に苛立って、わたしはまたもがいたが、しっかり押さえられていて、逃げられない。「情報をつかんでいるなら、ふつうの人間は玄関から堂々と入ってくるものじゃない？　なんだってこんなところに隠れて、こそこそ動いているの？」

「この方が面白いから。弟が完璧だと思っているセキュリティが、こんなに簡単に破られる。それを見せてやるのは愉快だろ？」ルーカスは肩をすくめた。「だいたいあいつの場合、ぼくを家に入れて話を聞くより、警察を呼ぶのが先だろう」

「いずれにしろ、もう警察は呼んでいるんじゃないかしら」わたしが呟くと、ルーカスが小さく笑った。足の下の板が振動を始めた。船小屋の外に通じている板を踏む重い足音に建物全体が揺れる。

わたしを押さえているルーカスの手が動いて、わたしを通路と自分の間に移動させる。

「さあ、やってきた」ルーカスがのんきに言うと、船小屋のドアが乱暴にあけられた。ボディガードが雪崩れ込んできて、わたしたちふたりを囲む。その中にジェレマイアの姿がないとわかって、失望のかけらが胸を刺した。ルーカスは重いため息をついて言う。

「ジェレマイアはもはや自分で戦う気はないようだ」

カチッという音。拳銃の撃鉄を起こす音だとすぐわかった。とりわけ自分の真後ろから聞こえていれば。その音にルーカスがすぐさま反応して、わたしの身体を放し、両手をぱっと上げた。ふり返ると、ルーカスの頭部に拳銃の銃口が向けられていた。

「殺すべきではない理由をひとつ挙げて欲しい」

聞いた方が肝を冷やすような声でジェレマイアが言い、ルーカスの背後に近づいていく。その目に燃える獰猛な光に、わたしは息が止まりそうになった。これ以上に、ふたりの男の背丈の差が歴然とする場面はない——ジェレマイアは兄のうしろにそびえ立つようで、ワイシャツの生地の下で筋肉が盛り上がっているのがわかる。黒い拳銃の銃口はルーカスのこめかみに突きつけられており、ジェレマイアの指の関節が緊張して白くなっている。

わたしはふたりの男を交互に見る。まさか……ジェレマイアが自分の兄を殺すなんてことは……。

ルーカスが凍りつき、両手を頭の両脇に上げた。「家族だから？」気軽な言葉は、顔に表れた緊張とまったくそぐわない。まるでお天気の話でもしているような口調ながら、わたしに向けられて動かない目は、荒涼としていた。

「それだけじゃ不十分だ」ジェレマイアが兄のこめかみに銃口をさらに強く押しつけ、ルーカスは目を閉じた。

「やめて！」心臓をバクバクさせながら、思わず叫んだ。わたしはふたりの横に並んで言う。「彼はわたしたちに力を貸しに来てくれたのよ、ジェレマイア。あなたを狙っている人間を知っているの、だから殺さないで！」

ジェレマイアはわたしの方を見なかったが、ルーカスの頭に向けている銃の先がふるえた。ドア付近にいるボディガードたちはそれぞれに武器を下ろしたが、ふたりの間に割って入ろうとはせず、あとは兄弟に任せている。この先の展開を目撃すると考えたら、恐ろしさがこみ上げ、喉が凍りついた。するとジェレマイアが銃を下ろした。ルーカスの腕をつかんで背中でねじり上げると、ようやくボディガードたちもそちらに加勢した。「兄を家へ連れていってくれ」ジェレマイアが固い声で言った。

ボディガードはジェレマイアからルーカスを預かり、彼の手首に手錠をはめた。ルーカスは抵抗する様子もなく、事の成り行きに満足しているようだった。それでもボディガードたちは危険な人間を相手にするよう、彼の周囲をしっかり固める。わたしもボディガードたちの後についていこうとすると、ふいに腕をつかんで止められた。「急がなくていい」ジェレマイアが怒った声で言った。

以前にも彼の怒った顔は見ていたが、ここまで激怒している顔は初めてだった。目に燃える本物の怒りは、わたしにまっすぐ向けられている。彼を裏切ったのだから当然だ。「ジェレマイア」謝ろうとしたが、彼がこぶしを固めるのを見て、思いとどまった。

「きみを守ることに、ぼくがどれだけ精魂を傾けていたか、忘れたのか？」いつも見ているる冷静なジェレマイアは影も形もなく、怒りを剝き出しにした顔は知らない男を見るようだった。動こうとすると腕を押さえている手に力がこもり、わたしは緊張してその場で固まった。

「彼女はぼくがここにいるって、知らなかったんだ」ルーカスが部屋の向こう側から言う。気がつけばわたしたちのやりとりを、彼にじっと見られていた。ボディガードも同じで、ドア口で立ち止まっていたが、やはりここでも干渉しようとはしない。

「彼を家へ連れていけと言ったはずだ！」ジェレマイアが怒鳴った。言われたとおりに、出ていくボディガードを見て、ジェレマイアとふたりきりになることを思って気分が沈んだ。

彼から発散される怒りの熱に圧倒されそうになりながらも、できるだけ冷静でいようと努力する。ドアが音を立てて閉まると、彼がわたしの腕を放した。ところがあとずさると、彼もいっしょについてきて、部屋の向こう側へと追い詰められる。とうとう尻がテーブルに当たってしまい、ほかに逃げ場がなくて壁に背を押しつける。目の前にそびえるように立つジェレマイアは両脇でこぶしを固めていた。わたしはわき上がってきた不安を鎮めようとする。「ジェレマイア、わたしは……」

「きみは自分がどれだけ危険な状態にあるか、自覚しているのか？」顔がゆがんでしかめっ面になりながらも、身体の筋肉は一本も動かさず、わたしに触れようとはしない。

「どうして家から出た？」

「暗殺者が狙っているのは、あなたであって、わたしじゃないから？」自信がなくて質問口調になってしまった。しかしいずれにしろ、ジェレマイアの顔を見れば、その答え方ではまずいことがわかった。「あの、ほんとうにごめ――」

いきなり両肩を強く壁に押しつけられ、びっくりして声をあげた。目を大きく見ひらいてジェレマイアに顔を向ける。彼はまばたきをし、額に小さな皺を寄せて、まだ怒っている声で言う。「きみはホテルで相手の顔を見ている。ずっと陰に隠れて生きてきた男にとって、それが何を意味するか、わかっているか？」

ごめんなさい。そう言いたかったけれど、ジェレマイアの怒った目を見ていると、口にする勇気が出ない。肩に置かれた手がふるえ、ジェレマイアの美しい顔がゆがむ。自分を抑えようと必死なのだ。頭を下げると、驚いたことにわたしの額に自分の額をくっつけてきた。

「きみは殺されていたかもしれない」かすれ声で言うその言葉は、わたしの胸に痛く突き刺さった。「きみを守るために、ぼくはあらゆることをやり、二度と連絡を取らないと胸に誓った相手にまで助力をあおいだ――すべて、きみのために。どうして家を出たんだ？」

心臓をねじきられるような心地がして、片手を上げて彼の顔を包もうとしたが、彼は顔を上げて、疑惑に満ちた目を向けてきた。「兄がここにいると、知っていたのか?」とがめるように言われて傷つき、さっと身を引いた。「もちろん知りません」彼の信じていないような目を見て、怒りがふつふつとわいてきた。「あなたのおかげで、何がどうなっているのか、まったく知りません」嚙みつくように言って彼をにらんだ。かっとなって彼の胸を叩いてやったが、相手は少しも動じない。「四六時中見張られているのに、どうしてそんな情報が得られるんですか? あなたはわたしをあの家に閉じ込めて、ボディガードに一挙手一投足を見張らせていた。それでいて、あなたの方は、自分が何をしているのか、何も教えない。何一つ明らかにしないまま、いつも安全でいろと説教を垂れ、わたしがそれに大人しく従うものだと思っている――」

「いいかげんにしろ」ジェレマイアが怒鳴り、わたしは驚いて黙った。「ぼくがついていながら、死なせるわけにはいかないんだ!」自暴自棄の色が目に浮かび、わたしの肩から両手を落とし、肌に触れずにわたしの顔を両手で囲う。「きみを守り続けると約束したのに、こんな仕打ちを返されるとは」

彼の顔に様々な感情が入り乱れているのを、わたしはひたすらびっくりして見守っていた。通常の彼なら、かすかなボディランゲージと限られた種類の表情から、気持ちを読み取れるようになってきてはいた。しかし、今彼の顔に突然浮かんだ激情には言葉を失った。なんとか気持ちを抑えようと彼が戦っているのは明らかだった。わたしの首を愛撫しようと手を伸ばしかけて、思いとどまった。まるで触れるのが怖いように。「うちの家は外から入ってきた者を徹底的に痛めつける。母やアーニャをはじめ、ほかにもその犠牲になった人間が大勢いた」そこでごくりと唾を呑む。「おそらくぼくには幸せになる資格がないのだろう。ただしきみにはある。だから今回のことをなんとか切り抜けさせてやりたいんだ」指一本で頬を撫でられた。「ぼくは聖人じゃない」呟くように言い、わたしの胸の近くで固めたこぶしをじっと見る。「そもそもきみをこういう件に引き込むんじゃなかった。もう少しできみは殺されるところだった。これからはなんとしてでもきみを安全に守らないといけない」

彼の目に浮かぶ痛みが、ずっと心の奥に押し込めていた感情を露にし、わたしの目に涙が盛り上がってきた。わたしはまた彼の顔に触れようとするが、手首をつかまれ、頭の横に押さえつけられた。「二度とこんなことはさせない」怒った声で言う。「誰がぼくらを狙っているか、どんな手段で向かってくるのか、わからない」

わたしの心臓が砕けて、百万もの小さな破片になった。どうすれば深く後悔していることを彼にわかってもらえるか、ふるえながら模索する。「家から出たことを後悔しています」

「いくら後悔したところで――」ジェレマイアが怒って言い返したが、わたしが彼の足もとにひざまずいたのを見て途中で言葉を切った。手首をつかんでいた手を離してうしろへ下がり、さっきまでの興奮はどこへやら、沈黙したままわたしをじっと見下ろしている。「なんの真似だ？」とうとう口を開いた。

今日まで生きてきて、これほど寄る辺ない気持ちになったのは初めてだった。彼の足もとに座りながら、相手がどういう反応を返してくるのか、まったく予想がつかない。それでも、彼には自分をコントロールする必要があるとわかっていた。全身を吹き荒れる感情の嵐を鎮めて、冷静に考えられるようにならないといけない。「許しを求めているのです」そこで唾をごくりと呑んでつけ足す。「ご主人様」

荒々しい表情の片鱗が、彼の顔からきれいさっぱりぬぐい去られたが、まだためらっている感じがある。わたしは顔をまともに見られず、彼の足もとに目を落としている。仕事用の高価なスラックスを穿いていたが、靴はわたしの見慣れたウィングチップのものではなく、ごつい黒のブーツだった。軍隊にいる時に履いていたのだろうかと好奇心がわいたが、今はそんなことを訊くべき時ではないとわかっていた。

沈黙の時間が続き、わたしは緊張してくる。その場にじっと座りながら、間違った行動に出てしまったのではありませんようにと願う。拒絶されるかもしれないというのが、一番の不安だったから、ついに彼が次のように言ったとたん、身体を突き抜けるように安心が広がった。「立ち上がって、頭の上に腕を伸ばしなさい」

言われたとおりにし、天井に目を走らせる。古い帆だろう。大きな布の巻物からロープが一本延びていた。ジェレマイアがそれをわたしの手首に巻きつけると、心臓が激しく打った。「じっとしているんだ」そう言うと、彼はあたりをさぐって、すぐそばから小さな布の切れ端を見つけた。パンッとはたいてゴミを払う、その音にびっくりしたが、彼はそれをわたしの頭に巻きつけて目隠しをする。一気に世界が闇に変わった。腕を縛っているロープを彼が頭上で引き上げると、身体が持ち上がって爪先立ちになり、はっとして小さく息を呑んだ。

「つまり、きみはお仕置きをしてもらいたいんだな」

わたしは哀れっぽい声を出した。胸がドキドキしたが、違うとは言えなかった。ごついブーツを履いているにもかかわらず、彼の足音は驚くほど静かで、どこにいるのかと首をめぐらせてさがしてもわからない。と、首に彼の息を感じてはっとする。「何をしてやったらいいだろう？」呟くように彼が言い、頭上で縛られた腕にすうっと指を走らせる。「言うことを聞かなかった罰にお尻を叩いてやるか？　鞭で打ってやるか？　今後死を招くようなことをしないようにするには、どんなお仕置きがふさわしいだろう？」

口を動かすものの声が出てこない。彼の今の状態からすると、軽いお仕置きで済まないのはわかっていた。前夜にばら鞭を使われたことを思い出し、そんな状況でもないのに、下腹がかっと熱くなった。今は興奮している場合じゃない！

「やはり、そういったものとはまた別種のお仕置きが必要だろう」彼の手が腕から離れ、わたしのパンツのスナップを器用にはずした。足もとにパンツが落ちると、片方の膝を彼がつかんで高く持ち上げ、真横に開いた。片脚で立たねばならなくなり、手首を縛っているロープをつかんでバランスを取る。自分の恥ずかしい格好を思い、顔が赤くなる。今持たされている下着はすべてセクシーなものばかりで、密かにうれしく思ってはいたものの、こういう予期せぬ事態においては、恥ずかしいばかりだった。

指一本でパンティをたどられ、いきなりの刺激に、縛られている腕をぐいと動かした。「濡れている」彼が言う。声の調子からは彼がそれをどう思っているのかわからず、顔を見たくてたまらない。ジェレマイアはわたしの脚を離すと、パンティのへりに親指を二本ひっかけ、そのまま足首まで下ろしていく。シャツのボタンをはずされて、前をあけられると、胴体が露になって顔が焼けるように熱くなった。ざらっとした手がブラのへりをかすめ、薄い生地の下にもぐった。「そうだ、乳首クリップを使うという手もあるーーあれは痛いぞ。それなら、自分の命を危険にさらした罰として十分かな？」

指が乳首に触れたとたん、緊張した身体が固くなった。痛みが来るのを予期していたが、ちょっと刺激されただけで、すぐに指は離れていった。ブラがずれて、両方の乳房が剝き出しになっている。妙な失望感に襲われて、わたしはため息を呑み込んだ。痛いのは嫌でしょ、と心の中で言ってみるものの、その言葉は自分の心にさえ説得力なく響いた。

　またロープが引き上げられ、床を爪先がこするだけになった。引き伸ばされた腕と手首の筋肉が焼けるような痛みを発したが、口をぎゅっと結んで声はあげなかった。背後でかすかな足音が聞こえたと思ったら、手で尻を撫でられた。「アナルから入るべきかな？　昨日は楽しんだようだが、なんの準備もなしにいきなり入るのは非常に痛いぞ。自分の命をいいかげんに扱ったのだから、それぐらいの罰は当然かな？」

　片方の尻の丸みを手でぴしゃりとはたかれ、わたしはひるんだ。はたかれた勢いでロープにつながれた身体が揺れて回転する。止めようと、何かつかむものをさがそうとするが、パンティが足首から床に落ちただけだった。ジェレマイアはまたわたしから離れたようだが、ロープにつながれた身体は依然としてゆっくり回転している。また同じ側の尻をぶたれて回転が速くなった。尻に火がついたように熱い。

「ぼくのベルトを使おうか？」張り詰めた声で訊く。すぐ近くでベルトのバックルをはずす音がした。「これでぶたれれば、もう二度とばかな真似はしなくなるだろうか？　さあ、答えろ！」

「ごめんなさい」脅されているからではなく、本心からすまないと思って謝った。わたしが危険にさらされていると知った時の彼の顔に浮かんだ絶望と、なりふりかまわぬ言動を思い出して、喉が締めつけられた。「ごめんなさい」

「何に対して、ごめんなさい、だ？」

「ほんとうに、ごめんなさい」

「だから、何に対して？」

あなたを傷つけたこと。あなたの顔に浮かんだ痛みと、兄に向けた怒りと、感情の高ぶりと。そういったもののすべてに、心の底から謝りたかった。しかしそれは彼の望んでいる答えではないのもわかっていた。「あなたの言いつけにそむいて、自分の命を危険にさらしたことに対してです」最後の瞬間に思い出して、「ご主人様」とつけ足した。

両手で尻の丸みをつかまれて、急に彼の固い身体に押しつけられた。膝の間に彼の片膝が割り込んでいる。驚きながらも、無意識のうちに脚を開くと、高く持ち上げられて、彼の腰にまたがる格好になった。一瞬、剝き出しになった芯をさぐられる感じがした後、彼のものがずぶりと入ってきて、喘ぎ声が漏れた。

「いいか、またばかな気を起こしそうになったら、このお仕置きの、一瞬一瞬を、ありありと思い出すように、してやるからな」腰を突き出すリズムに合わせて、一言一言を区切って強調する。

両脚で彼の腰をぎゅっと挟むと、大きな手が背中にまわってきて支えられた。それから激しいピストン運動が始まった。一回一回の突きに力がこもり、わたしを宙にはずませる――痛みはほとんどなかったが、もっと厳しいお仕置きを覚悟して過敏になっていた神経の末端がことごとく反応して、火がついたようだった。彼の両手が尻に落ちてきて、ふたつの丸みをつかんで分け、さらに深く貫かれて、わたしは爆発した。オーガズムが前ぶれもなくやってきて、身体をガクガクとふるわせるわたしを尻目に、彼はひたすらピストン運動を続けている。

激しい動きに目隠しの布が上にずれた。息をはずませながら下に目をやると、ジェレマイアがわたしをじっと見ているのがわかり、張り詰めた顔から、クライマックスが近づいているのがわかる。飢えた目はセクシーなだけでなく、せつなさに心臓を突き刺される。キスをして、その美しい顔を愛撫したいのに、上から吊られているために、彼を慰めることができない。おそらくこれこそが、わたしに与えられた罰なのだろうと思い、つらさに胸が締めつけられた。奇妙ではあるが、これ以上にふさわしい罰はない。やがて彼がわたしの下でふるえて果て、ふたりそろって気絶しそうになる恍惚感を味わう。

彼がわたしの身体を抱いて支えながら、手を伸ばしてロープの結び目を難なくほどいた。床に下ろされた時、わたしの四肢は骨を抜かれたようになっていた。足もとがふらついて、裸足が木の床にこすれる。わたしを支える彼の手は優しかった。ついさっきまで、あれほどぞんざいで荒々しかったのに。けれども、ふらつかなくなったと見て取ると、すぐ彼はわたしから手を離し、さっと離れた。「服を着て。これから家に連れて帰る」

満足に顔も見せてもらわないうちに、ジェレマイアはくるっと背を向けた——ちょっと拒絶された感じがして、失望感が胸に広がったが、それを脇に押しやって素早く服を着てから、彼の後についていく。ジェレマイアはつきあたりの壁に移動していて、わたしが近づいていくと、薄い敷物を床からずらしていた。敷物の下には跳ね上げ戸があって、一対のリングがついている。ジェレマイアはそれをつかんでひっぱり上げた。蝶番が音を立てることもなく戸が跳ね上がった。「この下を通って家へ帰れる」

わたしは目を大きく見ひらいて闇の奥を覗いた。コンクリートの階段が地下通路へ下りていて、ひんやり湿った風がどこか別の入り口から吹いてきた。「安全なんですか?」

「人目につかないよう、ここを通ってやってきた。外を通るより安全だ。少なくとも、この事件の犯人がわかるまでは」

それでもわたしは尻ごみした。「どうして船小屋に、こういうものがあるんですか?」

ジェレマイアは一瞬口を結んだが、答えてくれた。「ぼくが子供の頃、こういう仕掛けが必要だった……万が一のために。うちの父は被害妄想の気があって、まあ実際恐れて当然という場合もあったんだが。家には緊急避難用の密室もあって、この出入り口も緊急の際に使った。しかしどちらも父が死んでからは使用していない」ジェレマイアが手を差し出した。「さあ、ルーシー、行くぞ」以前より優しい声で言う。「きみを家へ連れていく」

わたしはおずおずと彼の手を取った。そこを通っていくのが安全だと、まだ百パーセント納得してはいなかったが、とりあえず、闇の通路へ向かって一歩を踏み出した。

19

入ってすぐ、秘密の通路なんてものは、二度と使わないで済ませたいと思った。狭い地下道に外からの光はまったく入ってこない。白熱電球が数メートル置きに設置されていたが、ちゃんとついているのは、全体を通してふたつだけだった。それで結局、携帯電話についた懐中電灯アプリの光に頼ることになった。ぬるぬるした木の床が薄暗い光の中に浮かび上がる。わたしはジェレマイアのシャツの背中をつかんで、腐った厚板で足をすべらせないよう気をつけた。

海に近いせいで、何もかもが湿っている——ぼうっと浮かび上がる濡れた壁には手を触れる気になれない。地上よりも空気は温かく湿っていて、息苦しくなるような闇に、今すぐ逃げ出したくなる。地下道はどこまでも永遠に続くように思われ、先へ進むにつれて周囲の壁がどんどん狭まってくる。ジェレマイアを押しのけて、残る道のりを走って逃げようと思ったちょうどその時、行き止まりに来て、携帯電話のライトが天井に設置された跳ね上げ戸を照らした。ジェレマイアが金属のリングをひねって押したが、戸はびくともしない。二度力を込めて押すと、木の割れるような音がしてようやく戸があいた。新たな部屋から漏れてくる光も薄暗かったが、闇のトンネルよりはもちろん明るく、ほっとした。

「そこを上がって」彼が言った。見ればつきあたりの壁に金属のはしご段がついていた。手に冷え冷えとする段をつかんで、短い距離を上っていくと、新たな部屋に出た。温度と湿度が地下道とは明らかに違い、家の中に戻ったのだとわかる。少し間を置いて、キッチンの食品棚だと気づいた。缶詰やパッケージに入った食品が棚にずらりと並んでいる。と、目の前の戸がいきなりあいて、まぶしい光に一瞬目がくらんだ。わたしはびっくりして悲鳴を漏らし、両手を上げて降参の意を示す。三丁の銃がわたしの顔に向けられていた。

「下がっていい」ジェレマイアの命令が下から響いた。わずかなためらいを見せた後、銃が下げられた。わたしはまだ穴に脚を下ろしたまま、床に腰をつけた。ボディガードたちがあとずさると、じめじめした穴からジェレマイアの身体が上がってきた。恐怖でゼリーのようになっている脚で立てるとは思えず、座ったまま腰をずらして場所をあける。ジェレマイアがわたしの手をひっぱって軽々と立ち上がらせ、ふたりして小さな部屋を出ていく。

　リビングとキッチンには人がぎっしりいて、そのほとんどがボディガードだったから、ルーカスの姿は嫌でも目についた。ふたりのボディガードに両脇を固められながら、ルーカスは視界に入ってきたわたしに、さっと目を走らせた。無事を確認してほっとしたような表情が顔に浮かんだが、それも一瞬で、すぐにやにや笑いの顔に戻った。

ジェレマイアは兄に視線を据えて、ずかずかと近づいていく。「知っていることをすぐに言わないなら――」

「大天使《アークエンジェル》」

ジェレマイアの足が止まった。「アークエンジェルってなんだ?」

「アークエンジェルは物じゃなく、人だ」ルーカスは居心地悪そうに身体をよじり、苛立った顔になる。「この手錠、取ってくれないか?」そう言って、細い鎖をチャリチャリと鳴らす。「かわいそうに肩が悲鳴を――」

「ルーカス」ジェレマイアは兄の頼みを無視して、恐ろしい顔でにらみつけた。「アークエンジェルというのは何者だ?」

「暗殺者。それも非常に腕のいい。その分料金も高いが」あきれたように目をぐるぐるさせる。「そちらの推測には反するだろうが、雇い主は俺じゃない――むしろこっちはそれを知ってすぐ、おまえに知らせようとしたんだ」

「いつ?」ジェレマイアが鋭い声で訊く。

「フランスであの催しがあった夜。おまえの携帯にかけたが出なかった」ルーカスはわたしの方をこそっと見た。その目に後悔がにじんでいる。「伝言を残しておこうかとも思ったが、それより直接会って話をした方がいいと判断した。ところがおまえの部屋に着いた時にはもう手遅れだった」

ジェレマイアが怪訝《けげん》そうな声で口を挟んだ。「発信者の番号は非通知になっていた」

「職業柄、仕方ない」ルーカスは唇に笑みを浮かべたが、目はまったく笑っていなかった。あのにやにや笑いは、職業柄、しょっちゅうああいう顔をしているうちに自然に身についたものかもしれない。その証拠に、今は目に後悔がにじんでいて、笑っているとはとても思えなかった。「直接会って知らせようとしたんだが、おまえの部屋に着く少し前に医療班が到着していたようだった。おまえが激怒しているのを見て、何か事が起きたとわかったよ」

「兄さんは、あの現場にいたと？」ジェレマイアが注意を引かれて訊いた。

ルーカスは真剣な顔でうなずいた。「今近づいていっても、おまえは俺の言うことを信じないとわかっていたし、人前でみっともなく騒ぎ立てたくなかった——あの状況じゃ、おまえに絞め殺されていただろう——だからうしろに控えていた」ルーカスはわたしの方にちらっと目を向けた。「もっと早くにたどり着けず、すまなかった」

「わたしは生きているから」相手を許す言葉にしては、ずいぶん物足りなかったが、ルーカスの顔に一瞬だけ、またほっとした表情がよぎった。この男と、彼が自ら選んだ職業が、わたしの中ではしっかり結びつかなかった——武器商人にはとても見えない。きっと悪人にも心はあるということなのだろう。

「で、アークエンジェルは?」

ジェレマイアの質問が再びルーカスの注意をとらえた。「その業界では新人らしいが、またたく間に頭角を現して稼いでいるらしい。少なくとも二十人は殺していると言われているが、俺が思うに、それだけじゃ済まず、さらに十人以上を殺しているはずだ。仕事のために、あらゆるツールを使う。監視カメラを妨害するなどお手の物、ひとつとして証拠を残さないほど腕が立つ」そこでわたしの方へぐいと顎を向ける。「彼女が唯一、やつの顔を見ている生き証人だ」

わたしは凍りついた。「じゃあ、彼はほんとうにわたしも狙っていると?」囁くように言った。ふいに部屋がぐるぐる回転しだし、近くのカウンターにしがみついて身体を支える。

ルーカスが眉をひそめて、わたしの方へ一歩を踏み出したが、ジェレマイアがすでにそばにいて、わたしの肩に腕をまわして自分に引き寄せた。その仕草が何よりうれしく、わたしはジェレマイアに笑みを見せる。ルーカスはもうもとの場所に下がっているというのに、両脇にいるボディガードが彼の腕を押さえた。

「誰がやつを雇った?」ジェレマイアが訊く。兄ではなく、わたしを見据えたまま。

「それはどうでもいい。問題は暗殺者がおまえたちを狙っているということだ」

答えが得られなかったことで、ジェレマイアがルーカスの方に身を乗り出す。「知らないのか、それとも教えるつもりがないのか？」

ジェレマイアの声には相手を縮み上がらせる凄みがあったが、こういう場面は日常茶飯事というようにルーカスは単に肩をすくめただけだった。きっと自分も職業柄、同じ手をしょっちゅう使っているのかもしれない。「それは後で考えればいい」

「いや、今だ。何を隠しているんだ、ロキ？」

別の名前で呼ばれ、ルーカスの顔に狼狽《ろうばい》の色がちらついた。「その名で呼ぶのはやめてくれ」この一瞬だけ、彼の顔から陽気な表情が消えた。

「どうして？」ジェレマイアが言い返した。「そう呼ばれているじゃないか？」

「人が勝手にそう呼んでいるだけで、俺がつけたわけじゃない」詳しいことを話そうか話すまいか、ためらっているような顔だったが、よりによって大事な時にイーサンが部屋に入ってきた。この場に高まる緊張に気づいたとしても、坊主頭のボディガードはそれを表に出さなかった。「客が来た」

邪魔が入って、ジェレマイアの口は一文字に結ばれている。「誰だ？」

イーサンはルーカスにちらっと目をやる。「アーニャ・ペトロフスキ」

わたしはルーカスの顔をずっと見ていたので、イーサンの言葉を聞いたとたん、彼の顔が怒りに痙攣するのがわかった。わたしが見ていると気づいて、すぐに表情を消したが、目にはまだ怒りが燃えている。弟とまるでいっしょだ。全部目に出る。「彼女は関係ない」ルーカスがさらりと言った。ジェレマイアの無表情から感情を読み取るのに慣れていなかったら、その兄の言葉も額面どおりに受け止めていただろう。「きっと俺を弁護しに来たのだろうが、その必要はかけらもない」

ジェレマイアに目をやると、いぶかしげに細めた目で兄をじっと見ていた。「彼女はこの件について、何か知っているのか?」

ルーカスが鼻を鳴らした。「知りゃしない。俺がおまえに警告するために、ここへ向かったこと以外は」

軽い口調でどうでもよさそうに言ったが、ジェレマイアは騙されなかった。イーサンの方を向いて言う。「門を通す前に、彼女本人と乗ってきた車を徹底的に調べてくれ」

イーサンがうなずいて、近くにいたボディガードに小声で指示を出すと、ボディガードは部屋を出ていった。一瞬ルーカスは唇をすぼめ、目をきらっと光らせたが、すぐにいつもの陽気な表情に戻った。「ドラマティックな展開になりそうで、楽しみだ」ルーカスが口角を上げて、引きつった笑みを見せる。

「いったいどういうことなの?」玄関ホールから女の声が響いた。耳障りな音が木と石の壁に反響する。ルーカスが笑みを凍りつかせ、はじかれたように声のした方へ顔を向けた。

ジェレマイアは顎をこわばらせてイーサンに目をやった。「どうして帰さなかったんだ？」苛立った口調で訊く。

「家の封鎖を命じられた時、まだ門の内側に」イーサンが言うと、ちょうどジョージア・ハミルトンが、颯爽と部屋に入ってきた。両脇に付き添っていたふたりのボディガードは用が済んで玄関の方へ消える。ジョージアはジェレマイアにぴたりと目を据えて、ずかずかと近づいていく。「いったいなんの真似なの！」嚙みつくように言って、息子をにらんだ。「わたしを家から追い出し、警備の人間に送らせて敷地の外へ連れ出そうとした。そうしたら今度は、連れ戻された。わたしは用なしのはずじゃなかったの？」そこまで言うとふるえる息を吸い、こぶしを固めて口元にあてた。「わたしの気持ちなんて、どうでもいいってわけ？」

少々やりすぎの感はあるものの、なかなかりっぱな演技だった。しかし前にこの女と接した経験から、勝手に作り上げた苦境とやらに、わたしは少しも同情できなかった。ジェレマイアの方もそうらしく、冷ややかな声で母親に言う。「ご安心を。できるだけ早くこの家から出ていってもらいますから」

ジョージアは不快そうに、束の間鼻の根に皺を寄せ、それから涙腺を開いた。「なんだってあなたは、じつの母親を家から遠ざけるような……」

「やあ、母さん、久しぶり。さみしかったかい？」

ルーカスの皮肉たっぷりの言葉にジョージアの演技が打ち切られた。明らかに驚いた顔で、長男の方へ目を向ける。ルーカスは部屋の中央から母親をにらみつけていた。

「あなたいったい、ここで何をしているの？」さっきまでの悲しみは、一瞬のうちに消えたようだ。

「会えてうれしいよ」ルーカスが皮肉たらたらで言う。ジェレマイアと対していた時とはうってかわって感情が剝き出しになっている。部屋に入ってきた母親を直視する、その顔にはありありと冷笑が浮かび、抑えた怒りのせいで顔の皮膚が黒ずんで頰の傷がいっそう白く目立った。

ジョージアの方は、レモンを噛んだような顔をジェレマイアに向けて訴える。「この子の言うことに耳を貸す必要はないわ。嘘つきのペテン師でしかないんだから」

ルーカスが頭をのけぞらせて笑いくずれた。それからにこやかな顔を作って、母親に向かってお辞儀をする。「最良のお手本を見て育ちましたから。ともに両親からしっかり継承しました」

わけのわからないやりとりに、わたしはジェレマイアの顔を見上げたが、彼もまた混乱しているようだった。「いったいどういうことだ？」

「なんでもないわ」ジョージアは顎をついと持ち上げて胸を張った。「この家では家族であることなんて、ほとんど意味がないようだから、わたしはもう帰らせてもらう」

「母さん、待ってくださいよ。お願いだ、行かないで」一言一言に皮肉をたっぷり込めてルーカスが言うものの、ジョージアは彼の方を見もせず、胸の前で腕組みをするだけ。酷薄な笑みがルーカスの顔に浮かんだが、目には傷ついたような表情が浮かんでいて矛盾している。「俺が盗んだとされている三千万ドル。あの行方を知りたくないか？」ルーカスが訊く。「あれだけの金を何に使ったか、知りたくてたまらないだろう？」

　ジョージアの顔がかすかにひるんだが、一瞬唇をすぼめるだけにとどまった。「そんなこと聞く必要はないわ。わたしには関係ないことだもの」そう言うと、蔑むように鼻を鳴らし、玄関の方へくるりと身体を向けた。「話がそれだけなら、もう車に戻るわ」

「行かせるな」ジェレマイアの命令に、ドア口にいたふたりのボディガードが即座に応じてジョージアの前に立ちふさがった。ジョージアは怒って金切り声をあげたが、ジェレマイアは無視して、兄の方へ注意を向ける。「秘密は好きじゃない」低い声で言う。

「だが、おまえは八年近くも、秘密を守るのに手を貸した」ルーカスはそう言いながら、自分の顔を見ようとしない母親から片時も目を離さない。彼の目は様々な感情をごった煮にしている大釜のようで、次々と表情が変わる。何を考えているのか、そこから推し量るのは誰にとっても難しい。「さあ、母さん、俺からジェレマイアに話そうか？　それとも、そんな栄えある仕事は母さんに任せた方がいいかな？」

　ジョージアは子供が出すような苛ついた声を漏らし、長男に背中を向けた。ふいにみんなの目が自分の一挙手一投足に向けられていると意識したのか、表情を柔和にして、わどうでもよさそうに手を振ってみせた。「いったいなんのことを言っているんだか、わからないわ」そう言って、あきれたように目をぐるぐるさせる。「じゃあ、わたしはこれで……」

母の様子を胡散臭そうに見ていたルーカスが、その目をジェレマイアに向けた。「母さんがどうしてあんなにたくさんの金を持っているのかって、不思議に思ったことはなかったか?」

その質問はジェレマイアをぎょっとさせたようだ。兄の顔をつくづくと見てから、母親に目を向けた。その視線を追いながら、わたしは彼の頭の中を想像して首をひねる。ジョージア・ハミルトンは演技が下手だった——みんなの目を避けて、あっちの出口とこっちの出口、逃げるにはどっちが早いか、見比べている。そのうち、ついにジェレマイアと視線を合わせて、あきれたような表情を作ってみせた。「やめてよ。まさかあなた、ルーカスの言うことを信じるわけじゃないでしょ?」嚙みつくように言った。

「信じるって、何を?」ジェレマイアは母と兄の顔を、混乱と苛立ちの混じった表情で見つめる。兄も母も、互いをにらみつける以外、何もしようとしないので、ジェレマイアが声を張り上げてもう一度訊く。「ぼくが何を信じるって言うんだ?」

携帯電話の鋭い呼び出し音が、緊張した空気を引き裂くように響いた。イーサンが部屋からそっと出ていった瞬間、ジェレマイアの質問に対する答えが、一トン分のブロックのように、わたしの頭に落ちてきた。そんなばかな。「お金を盗んだのは、あなたのお母様」

声に出すつもりはなく、あくまでそれは推測に過ぎなかったが、みんなは一様にぎょっとした。ジョージアはわたしに食ってかかってきた。「ばかなことを言わないで！」噛みつくように言った。顔が怒りにゆがんでいる。見ていてそれは不思議な眺めだった。それ以外の顔の部分はボトックス注射で死んだように静止している中、目だけにぎらぎら怒りが燃えている。「あなたに何がわかるって言うの？ジェレマイアが家にひっぱり込んだ売春婦のくせに」

「あなたのスタートラインも、そこだったんじゃありませんか？」わたしが両手でこぶしを固める一方、ルーカスが甘ったるい声で言った。「ラスヴェガスのダンスホールで、父さんに見いだされた。そうでしょ？　いいですか、母さん、自分の問題を彼女に投影しようとしたって、罪は消えませんよ」

まるでどこか痛むかのように、ジョージアの顔がぴくぴくと痙攣している。昔のことが蘇ってきたのだろう。隠そうとして失敗している。「そんなこと、聞く必要はないわ」また言ったものの、その口調には先ほどの勢いがほとんど感じられなかった。

ジョージアは方向転換したが、ルーカスに道をふさがれ、腕を押さえられた。手錠をはめられているにもかかわらず、ルーカスはしっかりと母親を押さえて逃がさない。

「母さんは自分のしたことをわかってるんだろうか?」ルーカスが呟くように言うと、ジョージアが振り向いて彼をにらみつけた。ルーカスが身を乗り出し、ふたりの視線がからみ合った。どちらも目を逸らすまいとしている。「母さんの嘘が俺をどんなふうに追い詰めたか?」

なんとなく状況が見えてきて、わたしは目をまんまるにしてふたりを見つめ、それからジェレマイアの顔を見上げた。彼は依然として無表情で、何を考えているかわからない。わたしの中には、ジョージアについてもっと知りたい気持ちがあった——ほんとうにラスヴェガスのショーガールだったのか——しかし明らかに今はその時ではなかった。この家族には、わたしの知らないことが多すぎる。

「自分が好きで選んだのに、わたしのせいにしないでちょうだい」ジョージアが吐き出すように言って、ルーカスをにらみつけた。

「自分が好きで選んだ、だって? よくもそんなことが言える」一メートル近くも離れていながら、彼の身体がふるえているのがわかった。母親の腕を放し、両手をこぶしに固めた。「うちの事業のために人生を捧げ、あらゆる力を注入してきた。それが目の前から消えて、手をつけられなくなったら、今度は三千万ドルを盗んだと非難される。俺は刑務所に入らずに済む唯一の道を選んだだけだ」

「最高値で買おうとする人間に武器を売る?」ジェレマイアがこわばった声で口を挟んだ。「兄さんの頼みの綱はそれしかなかったのかい?」

口を挟まれて、ルーカスが目をしばたたき、ジョージアから一歩離れた。まだ動揺しているようで、うつろな目で弟を見返す。「始まりはそうじゃなかった。国外へ出なければと思っている時に、かつて友人だと思っていた人間から声をかけられた。ある積み荷の商取引の仲介をするのに、優秀な人間をさがしていると。引き受けて飛行機に乗るまで、積み荷の中身は知らなかった。知っていたら、自分から刑務所に入っていただろう」

ジョージアが鼻を鳴らした。「それをわたしのせいにしたいの?」

「なんでもかんでも自分は関係ないって思うのは、おかしいんじゃありませんか?」こらえきれなくなって、思わず言ってしまった。程度こそ違え、部屋にいるどの顔を見ても、ジョージアの態度と言葉に嫌悪と驚きを感じているのがわかるが、誰ひとり、それを口に出そうとはしなかった。

ジョージアはあきれて目をぐるぐるさせ、しらっとした顔で指の爪を確かめる。「きっかけなんて関係ないわ。結局あなたの自業自得でしょ。わたしは世間様に顔向けできないようなことは何もしていませんから」

わたしはかっとなって爆発した。「自分の息子でしょ」声を張り上げた。「ふたりともあなたが産んだ息子でしょ！　それなのに、愛情のかけらも感じないの？」

「もちろん、ふたりとも愛しているわ」ジョージアが言って、偉そうにわたしをにらみつける。「自分に関係のない問題には口をつぐんでいなさい」

独りよがりのばか女の首を絞めてやりたかったが、ルーカスの方は、母親に言われた言葉にあきれたようで、訴えかけるような表情は消えていた。「わかったよ、母さん」顎を持ち上げて言う。まるでスイッチを切り替えるように、いつものにやけた表情が戻ってきた。相手に無視されているのもかまわずに、ルーカスは引きつった笑みを母親に向ける。「俺たちは自分たちのしでかした過ちを引きずって生きていかなきゃいけない、そうだろう？」

ジェレマイアがとうとう前に進み出た。彼の腕に手を乗せると、ふるえているのがわかった。心の奥深くに閉じ込めた感情が嵐を起こしているのだろう。ルーカスに注意を向けるものの、相手はもう会話から身を引いていて、見慣れた無表情の仮面の陰に隠れてしまっていた。「兄さん……」

「母さんが、ハミルトン家の家長に関するゴシップを売ろうと、あちこちの出版社をまわっているのを知っていたか？」ルーカスが言って、弟の言葉をさえぎった。ジョージアの頬がふいに赤くなって、怒りが爆発しそうだったが、気にせず先を続ける。「内部の目から見たハミルトン家の力関係について、亡くなった父親から、一家のビジネスを背負って立つ現在の家長まで、伝記をしたためているらしい。もちろん彼女は悲劇のヒロイン。富の奪い合いと企業スパイの陰謀渦巻く中で、悩みに悩むってわけだ。伝え聞いたところによると、版権取得のオークションで最後まで残った出版社は、七桁の契約金を提示したらしい」ジョージアの驚いた顔の前でルーカスが指を振る。「人を食い物にしようと考える母さんには、喜んで手を貸す人間がいくらでもいる」

「いったいなんの話？　こんなばかげた……」

「それに」不気味な笑みを顔いっぱいに浮かべて、ルーカスが続ける。「億万長者の息子と話をする権利も売っているらしい。ある実業家がうちのCEOと話をしたいと思っていながら、それがなかなか実現しない。そうなると母さんの出番だ。そいつを〝うちの客〟に仕立て上げ、一家の新たな家長が帰ってくる頃合いにうちに連れてきて、偶然はち合わせしたように見せかける。もちろん、それに見合った報酬と引き替えに」

「独裁者や地球のカスのような人間を相手に武器を売り、罪もない人々の命を奪うのに手を貸す、そんなあなたの口から、よくそんな言葉が出てくるものね」息子を見くだしながら言い、頬の赤味がますます濃くなっている。「そんな嘘八百を並べに、よくもまあ偉そうにここまでやってきたものだわ。自分が何をしているか、わかっているの？」

「少なくとも、俺は自分のしていることを隠さない」ルーカスが呟くように言って、高慢な母の態度をそっくりそのまま真似する。

ジョージアがジェレマイアの方を向いた。「こんなたわごと、あなたは信じないわよね？」腰に両手をあてがって訊く。

しかしジェレマイアの目は兄に注がれていて、母のことは完全に無視している。ルーカスは探るような目で見られても動じなかった。「今言ったこと、兄さんは証明できるかい？」ジェレマイアがとうとう訊いた。

「できる」ルーカスが言うのを聞いて、ジョージアがむかっ腹を立てた。

「わたしの言葉より、この子の言葉を信じるってわけね」がっかりした口調だったが、それまでの感情の激発を思うと、それもむなしく響いた。

彼女は、まわりからどう見られているか、気づかないのだろうか？ ボディガードをはじめ、部屋にいるほかの人間を無視している様子からすると、大いに疑わしい。自分の小さな世界に閉じこもって鍵をかけている。他人の意見になど耳を貸さない。なんとつまらない人生だろう。

ジェレマイアは前に進み出て、母親の正面に立った。身を乗り出した彼の顔は見えないけれど、ジョージアがひるんで目を逸らすのがわかった。「母さん、もしルーカスの言うことがほんとうなら、ぼくは間違いなく――」

「間違いなく、どうするの？」ジョージアが挑んでいった。「家から追い出す？ 親子の縁を切る？ そういう脅しをわたしにかけてきたハミルトン家の男は、あなたが初めてじゃないって知ってた？」ジョージアは鼻を鳴らした。「あんなに長いこと、あなたのお父さんといっしょに暮らしてこられたのは、どうしてだと思う？　美人で、魅力的だから？　いいえ、わたしがいつでも彼より一枚うわてだったから——それがわたしの唯一の保険だった」彼女は彼女でジェレマイアをにらみ返したが、その顔からはすっかり血の気が引いていて、頬紅の色がかろうじてとどまっているだけだった。「あのろくでなしのことだから、くたばる時にはわたしには一ドルも残さないってわかっていた。だけどまさかあんなに早く死ぬとは思わないでしょ？　あなたたちふたりとも、お父さんとわたしはまったく変わらないと思っていた。今もそうでしょうよ。でも、わたしはお父さんと違って、自分しか頼れないということをはっきり自覚してた」

「それで、俺を犠牲にしたというわけか」質問口調ではないが、ルーカスの言葉には、母の口からはっきり答えが聞きたいという気持ちがにじんでいた。

ジョージアの顔が真っ青になった。まるで自分のしたことに今やっと気づいたかのように衝撃を受けている。しばらくの間、声も出ずに口をぱくぱくさせていた。「そんなことになるなんて、思いもしなかったのよ」ようやく小さな声で言った。バッグの中身を苛々と突っつき、口紅と小さな鏡を取り出したが、手がふるえて、うまく塗れない。

「あのろくでなしの父親は、わたしに一ドルもお金を残さなかった。それどころか、わたしのへそくりまで嗅ぎ出して、すべてジェレマイアへの遺産に含めていた。息子たちがわたしの面倒を見てくれるなんて、わたしは最初から期待していない。あなたがわたしの前でどうふるまっているか、気づいていないと思ったら大間違いよ」最後の言葉はつけ加えるようにジェレマイアに向かって投げつけられた。「まるで子供のように扱って、わたしを家から追い出した。あなたも父親と同じぐらいひどい男よ。わたしが自分で自分の面倒を見られないものだと思っている」

この非難にジェレマイアは動揺したが、ジョージアはかまわず続ける。「何もかもがあっという間に起きた。わたしには何も残されていないと弁護士が知る前に、急いで遺書を見つけて内容を読んだわ。三十年以上、あのろくでなしといっしょに暮らして、子供を産み、浮気にも目をつぶって、『ステップフォード・ワイフ』に出てくるような夫に従順な理想の妻の役を演じつづけた。その挙げ句の果てが一文なし。要りもしない委員会の運営をいくつか手伝いもした。なんの取り柄もない女にはうってつけの仕事だと、ルーファスが思い込んでね。どの委員会にも、一定の額の基金が割り当てられていて、その総額がちょうど三千万ドル」そこでつんと顎を持ち上げる。「だから、もらったの」

「俺を罪人にして？」ルーカスが言う。

「そこまで考えてはいなかった」ジョージアがぴしゃりと言う。「残り少ない余生だとわかっていたから、使えるうちにジャンジャン使った。蓋をあけてみれば、人の注意を引かずに大きな散財をするのは思った以上に難しかったけど。そのうち、あなたがお金を使い込んだ一番の容疑者になっていると知った——当然のことながら、わたしがわざわざその捜査に参加することはなかったわ——その時にはもうあなたは国外に逃げていて、わたしにはかなりの額のお金が残った。それを今も持っているってだけの話よ」

ルーカスが両手を胸に当てた。「母さん、あなたには心から同情するよ。心の底から」

「ルーカス、たわごとはよしなさい。わたしがすべてをめちゃくちゃにした。明白で簡単な話よ」それからジェレマイアの方を向いた。「で、どうするつもり？」

「そうだ、ジェレマイア。この新しい展開について、おまえはどうしたい？」ルーカスが補足した。

ジェレマイアはまだ事の次第に衝撃を受けていて、話ができる状態ではなかった。わたしの方もかける言葉が見つからず、彼の腕に置いた手に力を込めて、支えるしかなかった。なんと残酷な選択を迫るのだろう。苛々と足を踏み鳴らしている母親から、兄に目を移すジェレマイアに、同情がわいてきた。ルーカスは静かにその場に立って両眉を吊り上げている。手っ取り早く答えが欲しいという顔だ。

とそこで、玄関のドアが勢いよくあいて、聞いたことのある女の声が響き渡った。

「ルーカス！」みんなの顔がいっせいに声のした方へ向き、一瞬ののち、乱れた姿のアーニャがドアから倒れ込むようにして入ってきた。両脇を身体の大きなボディガードふたりに支えられている。ダンスフロアにいた非の打ち所がない美女の面影はどこにもない。顔は化粧っけがほとんどなく、エレガントな服はしわくちゃで、なんでもいいから手に取ったものを急いで着てきたという感じだった。髪はゆるいポニーテールに結んでいて、生まれながらの美しさは健在だが、表情から厳しさが消えており、実際より若く、ずいぶん頼りなく見える。室内に素早く目を走らせ、ルーカスを認めた瞬間、ほかの一切は目に入らなくなったようだった。

しかしルーカスの方は、冷たい目で彼女を見ていた。「もうぼくに近寄るなと言ったはずだ」微塵も感情のこもっていない声で言う。

彼の反応にアーニャは驚いたようだったが、ひどい言葉を甘んじて受けている。そうかと思うと顔から表情を消し、背中をこわばらせて、ロシア語で何やらまくしたてた。それでもルーカスに拒絶されたのが、よほどつらかったのか、目に涙がたまってきている。アーニャは彼の方へ近づいていったが、ルーカスが片手を上げて止めた。「ごめんなさい」アーニャが英語でうめくように言い、許しを請うような目になっている。

「二度と会いたくないと言ったはずだ」ルーカスが怒った声で言った。見ている者を脅かす、恐ろしい目で彼女をにらむ――その瞬間、弟とそっくりに見え、アーニャが怖じ気づいた。これは以前に会った、偉そうでしゃくに障る女とは別人だ――まるで血を流しているように、声から絶望と痛みがにじみ出している。何と言っているのかは、依然としてわからないのだが。わたしはジェレマイアと目を見交わす。彼もまたうろたえているようだった。いったいどうなっているの？

ルーカスがジェレマイアを指差す。「きみが許しを請い願うべき相手は彼だ」険しい声で言われながら、アーニャは相変わらずルーカスにロシア語で話しかけている。パリの催事場で首から下げていたのと同じ、正教会の十字架を握りしめながら、石のように表情を変えないルーカスに虚しく訴えている。

「なぜ彼女がここに？」とうとうジェレマイアが訊いた。その言葉にアーニャはふいに黙って、自分の殻に閉じこもったようだった。床に目を落として、両手を揉み合わせている。

ルーカスはブロンドのロシア人美女に侮蔑の視線を送った。「さっき、誰が暗殺者を雇ったのか不思議に思っていただろう？」ルーカスはそう言うと、すくみ上がっている美女に向かって親指をぐいと突き出し、引きつった笑みを浮かべた。

「事実は小説よりも奇なり」

20

最初、彼が何を言っているのかわからなかった。一瞬、部屋全体がしんと静まり返ったが、やがてジェレマイアが指をぱちんとはじいて、アーニャを指差した。彼女に付き添ってきたボディガードふたりがたちまち動いて左右の腕をつかみ、彼女をその場に釘付けにした。その時になってようやく、ルーカスの言葉の意味が胸に落ちてきて、わたしは息を呑んだ。

「アーニャが暗殺者を雇った」頭の中で混乱する考えを簡潔にまとめてくれたのは、ジェレマイアだった。彼の声には信じられないという響きがあって、質問として同じ言葉をくり返す。「アーニャが暗殺者を雇った?」

「ロシア人には逆らうな」ルーカスが言い、目をぐるぐるさせてため息をついた。「この格言は、俺の当座の仕事以外にも適用できるようだな」

「あなたのためにやったのよ」アーニャはルーカスに言い、ボディガードから逃れようともがいた。「あなたの望みを叶えようと思ったの!」

「俺の望み?」ルーカスはアーニャに向かってせせら笑う。「自分でやったことを、人のせいにしないでくれ」

アーニャはボディガードに目をやりながら、ルーカスに向かって話を続ける。「いつも言っていたじゃない、彼のことが大嫌いだから――」

「死んで欲しいなんて思ったことは一度もない」ルーカスが怒鳴り、アーニャがひるんだ。

「いつも彼のことを話していて」アーニャは食い下がる。一瞬ロシア語になってしまって、気がついて英語に戻す。「酔っ払うと、いつも家に帰りたいって言って……」

「だからジェレマイアを殺せば、俺が家に帰れると思ったのか？」ルーカスが大きな声で笑った。「アーニャ、きみは頭がいいはずだ。この状況はさておき、あらゆる証拠が、そんなことはあり得ないと示しているじゃないか。見ろ！」ルーカスは腕を大きく広げた。「何千という人間が、俺の手にかかって死んでいる。直接銃の引き金を引いてはいないが、銃弾と銃を供給してきた。俺の手は血まみれだ――そんなことをしてきた人間が、そんなことを自分に許した人間が、どうして家に帰れる？」

アーニャは顎をふるわせた。ルーカスの痛みを感じて、わたしの心臓が収縮する。アーニャは母国語で何やら甘く囁いて、ルーカスに手を伸ばした。ルーカスはその手をはたいて振りはらった。「うぬぼれるんじゃないよ、アーニャ」冷たい怒りが空気を切り裂いて飛んでいき、彼女の胸を切りつける。「きみなんか、これっぽっちも愛しちゃいなかった。便利な道具に愛情を寄せるばかがどこにいる？」

アーニャの顔から血の気が引き、目を大きく見ひらいてルーカスの顔をまじまじと見ている。「だけど言ったじゃない……」

ルーカスはあきれ顔で、宙で手を振った。「言葉なんてほとんど当てにならない。これは覚えておいた方がいいぞ。きみはもう便利ではなくなって、俺の忍耐も切れたと、そういうことだ。もうきみの茶番は要らない」ルーカスは冷たい目で彼女をじっと見た後で、手で拳銃の形を作ってみせる。「今なら逃げられる」

とんでもないことになってきた。いったいどうなるのか、先の予測がまったくつかない。フランスで彼女に会った時には、しゃくに障るとしか思えなかったのが、今は彼女の気持ちに寄り添おうとしている……わたしと友人をあれだけ傷つけたことを思えば、ばかげているとしか言いようがないのだが。それでもこの瞬間、目の前にいる女が、あんなひどい仕打ちをしたとはとても思えなかった。

アーニャは以前のように背筋を伸ばしたが、その目に浮かぶ絶望は見ていられないほどだった――彼女を支えていた意地が、彼の言葉で粉々に砕けてしまったようだった。象牙色の肌に涙がひとすじ流れ落ちた。「わたしは、すべてを捧げた」訛りの強い口調で、途切れ途切れに言う。首から下げた精緻な十字架を握りしめる指は血の気がなく、ふるえている。「あなたに言われれば、何にでも扮した。自分や自分の家族を辱《はずかし》めることだろうと、臆せずにやった。それもこれも、あなたに愛されていると思ったから。それなのに、嘘だったと言うの？」

ロシア語の通訳としてジェレマイアに雇われた時、アーニャは〝ぽっと出の娘〟だったとイーサンが言っていたのを、今さらながら思い出す。今目の前にいる彼女は、慈善パーティで偉そうにしていた独りよがりの美女にはとても見えず、自分を守る術を何も持たずに都会へ放り出された若い娘だった。十字架は、彼女がいまだにその力を信じてすがっている宗教の象徴であり、それを握りしめている手を見ていると、せつなさに胸が詰まってくる。わたしも同じ道をたどるのだろうか？

「われわれハミルトン家の男たちが手を触れたものは、なんでも壊れてしまう」ルーカスがアーニャに同情するような目を向けた。それからわたしの方をちらっと見て先を続ける。「きみたちは、たまたまぼくらに照準を定められてしまって運が悪かった」

「こんなことになるはずじゃなかった」アーニャが囁く。「彼が言ったのよ、こうすればあなたが喜ぶ、だから……」

アーニャは言葉尻を濁したが、その言葉はしんとした部屋全体にくまなく伝わった。

「誰が言ったって？」ルーカスとジェレマイアの声が反響した。

その瞬間、いくつものことが同時に起こった。大きな部屋の照明がすべて消え、窓から薄明るい光が漏れてきて、床に妙な影ができた。ここ数日ずっと曇りガラスになっていた、つきあたりの壁一面を覆うガラスが透明になっていると気づくまでにしばらく間があった。家の裏手に広がる海の風景がここからはっきり見え、それではっとした。小さな音がパンと響いて、アーニャが前のめりになって床に倒れた。顔にぼうぜんとした表情が浮かんでいる。それからわたしはふいに身体をつかまれ、横ざまにキッチンの方へ突き飛ばされた。間髪をいれずに重たい身体がかぶさってきて、背の高い大理石のシンクの陰に押しつけられた。頭の脇を何かがビュンと飛んでいき、空気が鳴ったことから、すぐ近くをかすめたのがわかった。うしろのカウンターで小麦粉の入った瓶が爆発し、わたしは悲鳴をあげた。

それぞれが隠れ場所をさがして飛び込み、室内が騒然となった。ボディガードはキッチンや玄関ホールへ飛び込み、狭い通路に折り重なるようにして身を隠した。またパンという音がして、若いボディガードが倒れ、床の上で動かなくなった。仲間が彼を引きずっていき、わたしたちの視界から消えた。

「何が起きたの？」ジェレマイアに訊きながら、今にも心臓が胸の外に飛び出していきそうだった。

「スナイパーだ」

そんなばかな。ふるえだしたわたしの身体をジェレマイアが引き寄せ、ぎゅっと抱きしめる。盾にしているシンクの中で大きな破裂音がしたが、わたしたちのいる側に銃弾は飛び出してこなかった。見ると、隣のドア口に隠れていたボディガードがその場所を離れ、わたしたちの方へ向かってくるのがわかった。もう一度パンという音がして、彼がぐるっと一回転し、仰向けに無様に倒れた。わたしたちの隠れている場所に倒れた彼の半身がかかっていて、その目に驚きと恐怖がぱっと光ったのがわかったが、次の瞬間には顔の筋肉がだらっと弛緩《しかん》した。人が死ぬところを目の当たりにする、その経験に打ちのめされそうになる。

「息を吐いて」ジェレマイアに言われ、知らないうちに止めていた息を吐き出した。ジェレマイアはじりじりと横に移動して、ボディガードの脈を見ると、小さなイヤホンとマイクロホンを奪った。「イーサン、どうなってる？」

「誰かが電気系統を破壊し、補助発電機もやられた」イーサンの声は小さく、かすかにしか流れてこなかったが、ジェレマイアのすぐそばにいるので、わたしにも聞き取れた。

「現在回復を急いでいる。そっちはどうなってる？」

「スナイパーに狙われていて、キッチンから動けない」ジェレマイアが言った。「スマートガラスに電源を入れて不透明にしないと」

一瞬間があり、それからイーサンが言った。「了解。回復予定時刻は二分後だと、ランディが言っている」

ジェレマイアは毒づいて膝にイヤホンを落とした。「二分」とイーサンの言葉をくり返すジェレマイアにわたしはうなずく。「まるで永遠だ」

「おまえを訪ねると、いつもサプライズがあって退屈しない」

ルーカスが軽薄な口調で言った。ジェレマイアがはじかれたように振り向き、兄をにらみつけたが、ルーカスはわたしたちを見ておらず、全神経をアーニャに向けていた。

彼女は依然として床の真ん中にうつぶせになって、血の流れる腹を押さえながら、低くうめき声をあげていた。ルーカスは自分の前にがっちりしたコーヒーテーブルと椅子をひっくり返していたが、どちらも盾にするには心許《こころもと》ない。アーニャは傷を押さえながら、しくしく泣き、あいている方の腕をルーカスに向かって伸ばしている。

「すぐ行くよ、ベイビー」ここを出てそっちへ行くという意志を、頭をさっと動かして伝えた後、ルーカスは隠れ場所からわずかに顔を覗かせた。次の瞬間、彼が背にした壁に銃弾が穴をあけた。ルーカスは悪態をつき、まわりに目を走らせて、手近にあったクッションをつかんだ。「ジェレマイア、手錠が邪魔だ」

ジェレマイアはポケットの中をさぐり、鎖についた小さな鍵を部屋の向こうに飛ばし、コーヒーテーブルのうしろに落とした。「何をするつもりだ?」ジェレマイアが訊く。

「犠牲になって死ぬのかな」ルーカスが答えて、素早く手錠をはずした。一度深く息を吸ってから、ジェレマイアの方を見やる。「幸運を祈っていてくれ」そう言うなり、手にしたクッションを自分の横手の広々とした場所へ放り投げた。間髪をいれずクッションが破裂して、そこらじゅうに詰め物をまき散らしたが、すでにルーカスは動いており、アーニャをつかんで自分の隠れ場所の方へひっぱった。また新たな銃声が聞こえた。今度は窓を貫通した。ルーカスは歯の間から息を漏らしたが、その時にはもう隠れ場所に入って、長いテーブルの陰にアーニャをひっぱり込んでいた。ルーカスが身を隠している木のテーブルに銃弾が二発、音を立てて連続してめり込んだが、どちらも貫通はしなかった。

敵から見られないよう注意しながら、ルーカスはアーニャの方へ移動し、腹の傷を調べる。彼の暗い表情から、かなりの重傷であることがわかる。アーニャはしくしく泣いていて、片手を腹のあたりにさまよわせ、もう一方の腕でルーカスにしがみついている。通路にいるジョージアの悲鳴が、オペラのように響き渡る。「母さん、静かに！」ジェレマイアが怒鳴ると、悲鳴がぴたりとやんだ。ジョージアがあれほど取り乱しているのは、自分の命が危ないせいか、それとも子供たちの命が危ないせいか。でも今はそんなことを考えている場合ではなかった。

「気をしっかり持て、アーニャ」ルーカスが声をひそめて言い、自分のシャツを脱いで、アーニャの傷に慎重に押し当てる。

「ごめんなさい」血まみれの手を宙にさまよわせながら、アーニャが弱々しい声で言う。涙が筋になって頬を流れ、髪に入り込んでいく。希望を失った目は見ているだけで胸が痛む。「こうなるとわかっていたら、ぜったいに……」

「しーっ、喋るな。元気になるからだいじょうぶだ」

嘘は明白だった——そこからかなり離れている、わたしのいる場所からでも、傷口から大量の血が流れ出し、アーニャの顔からどんどん血の気が引いているのがわかった。

「彼の言うことなんか聞くべきじゃなかった、わたしはただあなたに幸せになって……」

「良くなると言っているだろう」ルーカスが言って歯を噛みしめるが、彼の無我夢中の目にも、だんだんに現実がはっきり見えてきた。彼女の腹にシャツを押し当てていた手をはずし、両手でアーニャの顔を包む。「誰にこうしろと言われたんだ？　名前を教えてくれ。アーニャ、しっかりしろ」

アーニャは答えず、呼吸をするのさえ苦しくなってきたようだ。身体がぐったりとなり、あいている方の手が胸の上にパタンと落ちた。「わたしはあなたにすべてを捧げた」囁くように言いながら、喘ぎ喘ぎ呼吸している。「わたしのことを忘れないで」

「アーニャ」ルーカスが言って、彼女の顔にかかった髪をうしろへ撫でつけてやる。「頼むから死ぬな。ほら、きみの生まれ育った小さな町にまだ連れていってもらってないじゃないか。なんていう名前の町だっけ？」

しかしアーニャには彼の質問は聞こえていないようで、青ざめた顔が次第にたるんでいく。「すべてを」ぼうっとした目で虚空を見やりながら、また言う。首から下げた正教会の十字架から手がすべり落ち、喉を鳴らして最期の息を吸った。「わたしは魂を売った……」

ルーカスの顔がゆがんだ。「アーニャ、逝くな、アーニャ……」

しかし彼女は逝ってしまった。

ルーカスがしゃっくりをするように呼吸したかと思うと、血まみれのこぶしを床に思いっきり叩きつけて、ひとしきり毒づいた。背にした木の壁に銃弾がめり込んだが、少しもひるまなかった。あらゆる仮面は消えてなくなり、傷のある顔にはただ敗北感だけが色濃く広がっていた。

死んでしまうと、アーニャの身体はずいぶんと小さく、幼く見えた。彼女の最悪の時を見ているわたしでも、その死を見届けたいと思ったことは断じてない。昔の彼女のことを聞き、床に横たわって泣いている彼女を見たことで、もう嫌悪の気持ちはすっかり消えていた。最期の言葉には、いきなり頭を殴られたような衝撃を受けたが、ルーカスはわたし以上に衝撃を受けたことだろう。残酷に聞こえるだろうが、それで当然という気もする。彼が自分の代わりにアーニャにどんなことをさせたか、考えないわけにはいかない。彼女の気持ちを知っていて、巧妙に利用した。それにちゃんと報いたのかどうか、わたしにはわからない。この家族においては、愛なんて取るに足りないものなのだろうか？

キッチンの照明が点滅した。電気が復活したのだろうが、つきあたりのガラス壁は相変わらず透明なままだった。「スマートガラスの電源を入れろ」ジェレマイアが怒鳴り、わたしの身体をぎゅっと抱きしめる。次の瞬間、誰かがスイッチを入れる音がして、再びガラス全体が曇って海の景色が消えた。ところがスナイパーの方はあきらめない——発砲は依然として続いており、曇りガラスを突き抜けた銃弾のほとんどは、ルーカスとアーニャのいるあたりに集中して着弾している。

どうやらスナイパーは一歩も退かないようだ。

「行くぞ」ジェレマイアが小声で言って、わたしを立たせ、三メートル先にある通路の方へ押し出した。自分の身体を盾にしてわたしを守りながら、短い距離を進んで、比較的安全だと思われる家の中央ロビーに入る。間もなくルーカスも後からやってきた。血まみれの手を両脇にぎこちなく落としている。

ジョージアはロビーの向こう側にいて、ボディガードのひとりに押さえられていた。息子ふたりがやってきたのを見て、恐慌をきたしそうだった顔が穏やかになった。が、ルーカスの手が血に濡れているのを見たとたん、真っ青になった。ボディガードの手を乱暴にはねのけ、口をぱくぱくさせながら長男の方へ向かったが、ルーカスが片手を上げて制止する。「俺の血じゃない」そう言った声にはなんの感情もこもっていなかった。アーニャの死で、あらゆる感情が燃え尽きてしまったようだった。少なくとも今のところは。

ジョージアの顔に戸惑いが表れ、さてどうしたものかと考えている。息子の身体をぎゅっと抱きしめて関係を修復するかとも思ったが、性格的にそれはできなかったようだ。ジョージアが顎をつんと持ち上げ、傲慢な仮面をぴしゃりと顔に下ろしたのを見て、わたしの頭にある考えが浮かんだ。この家の人間はみな、本心を顔に出せばそこにつけこまれると恐れて、いつも仮面を用意している。実際過去に、それで痛い目に遭っているのかもしれない。

イーサンが玄関から入ってきた。別のボディガードを脇に従え、携帯電話を耳に当てている。「補助電源の電力は戻ったが、メインの電源系統がめちゃめちゃになっていて、それを修復するのにまだしばらくかかる」イーサンが言った。「外に三人、怪我をした者がいて、救急車がこちらに向かっている」

「中にも犠牲者がいて、少なくとも死者が三人。怪我人をすべて二階に運んで、全員が手当てを受けられるよう手配してくれ」ジェレマイアはわたしの両肩に手を置いて、イーサンの方へ押し出した。「彼女と兄のことを頼む。一刻も時間を無駄にできない」

「どうするつもりだ？」

「また逃げられる前にスナイパーをつかまえる」そう言ってからジェレマイアがわたしの顔を見た。「イーサンのそばにいて、なんでも彼の指示に従ってくれ」

彼の腕を放すには、意志の力が必要だった。安全な家の中に引き戻したい気持ちでいっぱいだったが、止めることができないのもわかっていた。彼はやらねばならない。前線に戻って敵を狩らねばならないのだ。敵がほんとうに狙っているのはあなただと言いたかったが、そんなことを言われてもひるむはずがないのは、目を見ればわかる。わたしは恐怖を呑み込んで彼に言う。「無事に戻ってくると約束して」

わたしの言葉に、ジェレマイアの物腰が和らいだ。ほっとしたのかもしれないが、ほんとうのところはわからない。彼がわたしの頭のてっぺんにキスをしている間に、傷ついたボディガードが中に運ばれてきた。「必ずきみのもとに戻ってくると約束する」呟くように言うと、外へ飛び出していった。

「二階へ連れていけ」イーサンが命令を出し、残っていたボディガードたちが怪我人を運んで二階へ上がっていく。

「ありがたいねえ」ルーカスが気の抜けたような顔で床に目を落として言った。「キャプテン・アメリカ（米国の漫画家が生み出したナチスと戦うスーパー兵士）がベビーシッター役を引き受けてくれる。きっと世間は大騒ぎ――」

わたしの目の前でイーサンがさっと振り向き、ルーカスの顔にいきなりパンチを喰らわし、ルーカスは床にだらしなく倒れた。「ずっとこうしてやりたかった」イーサンが声をひそめて言った。

わたしはびっくりして、床に倒れたルーカスを見下ろした。「ここまでする必要があったの？」そう言って、ルーカスの無事を確かめようと、前に進み出た。「別に害を及ぼすわけじゃ……」

突然頭を押さえられ、口に布を押しつけられた。驚いてもがき、悲鳴をあげようと口をあけたものの声は出ず、かわりに妙に甘ったるい匂いを吸い込んでしまった。たちまち部屋がぐるぐる回転しだし、イーサンの呟く声が聞こえた。「こんなことをしてすまない」脚がよろけたと思ったら、床に横たえられた。

今日、何度も耳にしている言葉――そう思ったのを最後に、意識が遠のいた。

気味の悪い夢だった――半ば無意識の、ファンタジーと言ってもいい世界にいながら、自分が宙を飛んでいるのか、落ちていくのかわからない。まわりを雲がびゅんびゅん飛んでいき、まるで飛行機の窓から見ているように、地上は遥か下にある。腕に何か抱いていて、おそらくそれが落下していく原因なのだろうけど、恐怖は感じなかった。地面がどんどん近づいてきながらも、その状況全体に満足している。理由はわからない。

現実世界で、誰かがわたしのポケットをさぐっている感じがして、夢から覚めた。ふいにめまいがして、頭がふらふらした。まだ夢の余韻が残っているのだろう。しかしそれからすぐ、どこかへ運ばれているのだとわかった。横向きに寝ていて、膝の前で両手を拘束されている。脚も同じように拘束され、知らない車の後部座席に危なっかしい格好で寝かされている。身体を起こそうとすると、シートベルトで押さえつけられているとわかり、太いベルトがわたしの身体を温かい革の上に押し戻した。

運転席に男が座っていて、分厚い手のひらに携帯電話を握っている。相手はわたしが目を覚ましたのに気づいていないようだった。まばたきをして、まだ残っている眠気を追い払いながら、あたりに目を走らせる。どこを見ても黒い革で包まれていて、手触りからするとずいぶんと高価な革らしく、新品の匂いがした。それでも車自体にはまったく見覚えがなかった。後部座席は狭くて、足の置き場もほとんどない——身を丸めていないと車の側面にぶつかる——どうやらスポーツカーのような車らしい。スピードの速い車特有のうなるようなエンジン音がそれを裏付けてくれるが、それ以外、詳しいことは何もわからない。身体の向きを変えて窓の外を覗くと、どんよりした空が広がっていた。身体の下で革がきしみ、その音が運転手の注意を引いた。見慣れた顔がふり返り、心臓が強く打った。「イーサン?」

彼はまた視線を前方に戻し、道路をじっと見つめている。携帯電話を助手席にぽんと放り投げた。わたしの携帯。パリで壊した後、ジェレマイアが新たにくれたものだった。

「女の目が覚めたか?」

また別の声が聞こえて、わたしは目を大きく見ひらいた。自分の頭の前にある助手席を覗いたが、そこには誰も乗っていない。声はどこか一方向から聞こえてくるのではなかった。イーサンは驚く様子もなく、ただ顎をこわばらせている。

「鎮静剤が早くに切れた」イーサンが答えた。太くしゃがれた声で怒ったように言い、まるで答えたくないようだった。

　助手席のシートに転がったわたしの携帯電話が突然鳴りだして、イーサンが驚くのがはっきりわかった。「なんだ？」さっきと同じ声が言った。気どった口調に、今度は苛立ちがにじんでいる。

「女の電話だ」イーサンが拾い上げ、発信者の表示を見る。「ジェレマイアから」素っ気なく付け加えた。

　その名前を聞いて、心臓が激しく鼓動した。胸をぎゅっと締めつけられる気がして、泣きださないように唇を噛む。

「出ろ」声が命じた。「スピーカーホンにしろ」

　イーサンは受信ボタンを押してから、電話をシートに置いた。彼が何か言う前に、わたしはもう叫んでいた。「ジェレマイア！」

「ルーシー。どこにいる？」

　彼の声を聞いて、心の冷たくなった部分が溶けた。力強い声は頼もしく、喉から手が出るほど欲していた安心を、その声が与えてくれた。「車の後部座席」切羽詰まった自分の口調が嫌だったが、それでも一刻も早くここから出たかった。「スポーツカーみたいで、内装は全部黒い革。窓の外に見えるのは、どんよりした空だけ。イーサンがいっしょよ」彼に誘拐されたという事実をどのように話せばいいのかわからず、口をつぐんだ。

バックミラーを見ると、イーサンがじっとこっちを見ていた。ひと呼吸置いて、彼はため息をついた。「すまない、ジェレマイア」

「イーサン？」ジェレマイアがうめくように言った。驚き、怒り、裏切り、失望――その単純な一言に込められた感情はどれなのか、顔を見ればすぐわかるはずだったが、今はただ、相手に説明を求めているということしか、わからない。

「セレステを奪われた」口をへの字に曲げ、深い後悔のにじむ声でイーサンが言った。

ジェレマイアが悪態をついた。「いつ？」

「わからない。ただ、おまえが家族ともめている間に、電話がかかってきた。彼女を守るためなら俺はなんでもすると、わかっているはずだ」

「じゃあ、すべておまえが仕組んだのか？」電話口から怒りが吹きこぼれてきそうな声だった。「そのために三人も人を死なせて――」

「違う」イーサンが怒鳴った。「それは俺じゃない。その電話を受けるまでなんにも知らなかった。電話を切る前に照明が切れたんだ。どれだけ残っているか知らないが、俺の名誉にかけて、あの襲撃には関わっていないと誓う」

「信じろと言うのか、誘拐しておきながら。僕の――」ジェレマイアは一度口をつぐんだ。「いったいどこへ向かっている？」

「取り引きをしに行く」

「ばかなことを言うな！」

「おまえだって、彼女のためにそうするはずだ。わざわざ否定する必要はない」イーサンはわたしをちらっとふり返り、耳障りな笑いを漏らした。「まるでコソボの二の舞だ」

電話の向こうで一瞬間があき、それからジェレマイアがまた爆発した。「くそっ、おまえというやつは……」

「事が片づいても、セレステを責めないでくれ。これはすべて俺の一存でやっている」

イーサンは携帯電話を拾い上げた。「もう切るぞ、じゃあな、ジェレマイア」

「イーサン、待て――」

イーサンは終話ボタンを押し、手に持った電話をじっと見ている。

「電話を窓から捨てろ」あの気どった声が頭のすぐ横から聞こえてきて、わたしはぎょっとした。イーサンは言われたとおりに、窓をあけて電話を放り投げた。顔を上げて頭の横を見て気がついた。声は車のスピーカーから流れていた。車に乗っていないとわかって良かったと思う一方、その声の主に間もなく会うことを思ってぞっとした。

「コソボで何があったんだ？」お喋りをしようというように、スピーカーの声が言った。

「情報提供者が裏切った」イーサンは淡々と答えた。「われわれのターゲットが、その男の妻と家族を誘拐したと知って初めて気づいた。やつは家族を救うために、俺たちを売った」

「家族は全員助かったのか？」

「いや」短い答え。

「哀れだが、自業自得と言うべきだろう。あらゆる罪の中で、裏切りほど重い罪はない、違うか？」

イーサンのハンドルを握る指の関節が白くなっている。明らかにからかっているとわかる相手の言葉に、反応はしなかった。「女をどうするつもりだ？」しばらくしてイーサンが訊いた。

「まず女を殺し、それから女を助けにやってきた、きみの友人を殺す」

わたしの口からうめき声が漏れ、目をぎゅっとつぶった。まつげの間から涙がこぼれてきた。再び目をあけると、イーサンがバックミラーを通じてこちらをじっと見ていた。

「もし、女を連れていかなかったら？」

「きみの大事な妻を殺す。うーん、しかしもったいない。じつにいい女だ。赤毛好きにはたまらない」

ハンドルを握りつぶさんばかりに、イーサンの手に力がこもる。「このろくでなしが……」

スピーカーの向こうで暴れるような音がし、間もなく痛みに喘ぐ女の悲鳴が聞こえてきた。セレステだ。「やめろ！」イーサンが怒鳴り、車が進路をはずれた。

悲鳴はやんだが、入れ替わりにしくしく泣く声が聞こえてきて、胸をしめつけられる。

「大事な奥さんにこれ以上傷をつけられたくなかったら」スピーカーから流れてきた声には、もう面白がる調子はなかった。「せいぜい言葉に気をつけるんだな。わかったか？」

「わかった」うめくように言ったイーサンの横顔には苦い絶望がにじんでいた。

心臓が激しく鼓動し、今にも胸から飛び出していきそうだった。息がふるえ、呼吸が速くなる。「イーサン、お願い」これから起きることを思って喉が縮まり、囁くような声しか出てこない。死にたくない！

「女を黙らせろ」暗殺者が言った。

わたしが逃れようともがくと、イーサンが白い布を助手席からつかんで、そのまま後部座席に手を伸ばしてきた。長い腕はわたしの顔を容易に見つけた。それでもわたしは息を詰めて必死にあらがい、あらゆる方向に身体をねじってシートベルトから逃れようとする。しかしイーサンはヨブ（聖書に登場する義人のひとり。新約では忍耐の人として描かれている）のような忍耐強さを持っており、あっという間に酸素を使い果たしたわたしは、目の前に踊る点を見ることになった。泣き出しながら息を吸うと、鎮静剤の甘ったるい匂いが肺の中に少しずつ流れ込んできて、数秒もするとまた意識を失った。

今度は夢を見なかった。

21

どれくらいの間意識をなくしていたのかわからない。鎮静剤が引き起こした眠りから、わたしを最初に起こしてくれたのは、激しさを増した車の横揺れと上下動だった。しかし完全に意識が戻ったのは、車が停まってからで、ふいに動かなくなったのに驚いて、はっきり目が覚めた。車のドアがあく音と、シートのきしむ音がしたかと思うと、いきなり脚をつかまれて、拘束を解かれた。その間も抵抗して暴れたが、力が出ず、効果もなく、気がつくと誰かの肩に背負われていた。海から吹き上がる冷たい空気が一帯を循環していて、たちまちわたしはふるえだした。冷たく湿った冬の突風に、わたしの着ている薄っぺらい服はとても太刀打ちできない。

「立てるか？」イーサンが低い声で言った。

胃がむかむかして、今にも嘔吐しそうだったが、弱々しい声でなんとか「ええ」と言った。世界が再び回転し始めたが、イーサンは優しく、つかまって支えにできるよう、車のすぐ横に立たせてくれた。わたしはよろめきながら、つやつやしたスポーツカーに片手をつき、やっとの思いで、あたりに目を走らせる。頭上でカモメが甲高い声で鳴き叫び、哀れを誘う声が空気を切り裂いている。すぐ近くの海で、波が岸に規則正しく打ち寄せる音がしているが、海面は霧に覆われていて、向かいの海岸線は見分けられなかった。わたしたちを包囲するように、海岸道路に沿って工場が建ち並んでいる。海辺の道路は狭く、でこぼこしたアスファルトの上を巻きひげのような霧が覆っていて、ぼんやりかすんでいたが、数百メートル先に別の車が見えた。こちらの方角を向いて停まっているとわかってぞっとする。「あれが……？」

わたしの目の端に映ったものがあり、ふり返るとイーサンの手に銃が握られているのがわかって、とたんに呼吸が速くなった。イーサンがわたしの視線をとらえ、かすかに首を横に振り、銃口を下に向けて、わたしの身体の陰に銃を隠した。「妻はどこだ？」まだ車のスピーカーを通じてこちらの声を聞いているであろう相手に、イーサンが呼びかけた。

こちらを向いて停まっている車のドアがあき、わたしの推測を裏付けた。真っ赤な髪を下ろした細身の女が車から出てくると、すぐにドアが閉まった。「イーサン？」セレステが呼ぶ。距離が離れているので、声は小さくしか聞こえない。

「ここだよ、セレステ」イーサンが呼び返した。セレステの頭が勢いよくこちらへ向いたのを見て、イーサンの全身から緊張が抜けていくのがわかった。セレステはよろめきながらこちらへ歩いてくる。よく見ると目隠しをされていて、背中にまわした両手に手錠がかけられていた。

「彼女が自分でたどり着くのを待っているんだ」暗殺者の気どった声がスピーカーから流れてくるのを聞いて、わたしは両手でこぶしを固めた。うしろでカチッという固い音がした。イーサンが銃の撃鉄を起こしたのだとわかり、唇をぎゅっと噛んだ。顎のふるえを止めようと奥歯を噛みしめ、弱いところを見せてはならないと自分に言い聞かせる。それはとても難しいことだった。

「そうそう、きみの奥さんは爆弾を身につけているって、このあたりで教えておいた方がいいかな？」

ヒッと鋭く息を吸う音がして、わたしの上腕をつかむイーサンの手に力がこもった。スピーカーから流れるおもねるような声が、ますますはしゃいで先を続ける。「英雄的な行為に出ようと考えているなら、よく覚えておいた方がいい。真っ先に犠牲になるのはきみの奥さんだってね。だからミズ・デラコートの身体の陰に隠している銃には、どうぞお引き取り願いたい。でないと、わたしの指が……うずきだすかもしれない」

イーサンはすぐさま両手を上げ、手にした銃をしっかり相手に見せてから、車の中へ投げ入れた。「セレステ、あと少しだ」妻に声をかける。夫の声だけを頼りに、よろめきながらこちらへ向かってくるセレステを見て、胸が痛んだ。二度転びそうになったが、危ういところで二度とも体勢を立て直した。両手を背中で固定されていることを思えば、転倒は命取りになりかねない。

「さて、どうすれば一刻も早く妻の身の安全を確保できるだろう？」車のスピーカーから、気どった声が偉そうに流れてきた。「じゃあ、ゲームを始めよう——きみの奥さんに装着した爆弾を爆発させるのは、無線信号か、それとも携帯電話か？ 答えはどちらかひとつ。それから、その車を使って逃げるのはやめた方がいい、同じように爆弾が設置されているかもしれないからね」意地悪い笑いがスピーカーから流れてきた。「この取り引きがうまくいかなくなったり、わたしが正真正銘のろくでなしと化したりした場合、きみは奥さんの安全を確保するために、どのぐらい遠くまで逃げなければならないだろう？」

イーサンが身体をふるわさんばかりのうめき声を発したが、妻に呼びかける声は依然として力強く、安定していた。それに応えるセレステの声は泣き声に近く、恐怖に満ちていた。近くまでやってくると、イーサンがわたしから離れて、セレステを抱きしめた。片方の頰の、高い頰骨のあたりに赤い傷跡があり、片方の肩には小さな火傷の跡があったが、それらを除けば、無事のように見える。セレステはイーサンに強い力で抱きしめられて大声で泣き、その声があたりに漂っていた緊張を破った。イーサンはじっくり時間をかけてセレステの頭のてっぺんにキスをしていたが、そのうちに目隠しの布をはぎ取って、彼女を抱き上げた。

と、セレステがわたしに気づいてはっと息を吞んだ。「ルーシーがここで何をしているの？」ふいに力強い声で言った。わたしの手錠に目を落としたとたん、夫に突き刺すような視線を向け、恐怖に混乱がとってかわった。

「ボタンの上にある指がうずきだしてきたぞ」苛々した声がスピーカーから流れてくると、混乱の霧が晴れて、セレステの顔にまた恐怖が浮かんだ。

「だめよ」セレステが思わず言った。「彼女をここに置いていくなんてだめ」イーサンが何も答えず、近くの路地に目をやっていると、しまいにセレステが金切り声をあげて、イーサンの腕の中で暴れた。しかし小柄なセレステに勝ち目はなかった——両手を背中で固定されているのはもちろん、イーサンが妻を放すわけがない。イーサンの歩幅は広く、ふたりの姿があっという間に遠のいていくのを、わたしはじっと見守っていた。これで完全にひとりになったと気づくと、全身がしびれるような感覚に襲われた。あとは死を待つだけ。どこでどう人生を間違えて、こんなことになってしまったのか？

　前方に停まっている車の運転席側のドアがあき、男がひとり、降りてきた。カジュアルな格好で、海から吹きつけてくる冷たい風を薄い革ジャン一枚で防いでいる。スラックスをそよ風にはためかせながら、こちらへ向かい、ウィングチップの靴が響かせる足音がだんだんに大きくなっていく。どんより曇っているのに、薄い色のレンズが入った細いフレームのサングラスをかけており、それがまたよく似合っている。ハンサムと言っていい顔だが、あくまでも目立たない感じの〝いい男〟であって、ふつうの場面なら誰の記憶にも残らない。しかし今日の一連の出来事を考えると、わたしが生きている限り、この男の顔は忘れないだろう。

近づいてくる相手を見ながら、わたしは車を支えにして一歩も退かない。脚がゼリーのようで、今にも恐ろしさに屈してしゃがみ込んでしまいそうだったが、正面から相手を見据え、ジェレマイアの冷たい眼差しを真似しようとする。しかしそれは至難の業《わざ》で、とりわけ相手が自分に触れられる距離まで近づいている時には難しかった。黙ってわたしを観察している男と目を合わせると、とたんに呼吸が速くなったが、もう引き下がる気はなかった。

「ターゲットと正面から向き合う機会はめったにあるもんじゃない」ようやく男が口を開き、片方の眉をぴくりと動かした。「こちらの顔を見ておきながら生き残った人間はもっと珍しい。ほんとうを言うと、こういうのは嫌いじゃない。最期の瞬間を迎える相手の顔を正面から観察するっていうのはね」そう言うと相手は笑ったが、笑い声には陽気さのかけらもなく、うつろに響くばかりだった。「もちろん、きみはもともとターゲットじゃなかった。わたしの毒を呑んで生き残るまでは。油断ならない女だ」

作り笑いは目まで届かず、見ているだけで全身にふるえが走る。暗い淵のような目は、なんの感情もたたえていなかった。落ち着こうと必死になり、声を漏らさないように口をぎゅっと結ぶ。命乞いはするまいと思うものの、自分が死ぬと考えると頭がくらくらするばかりで、倒れないよう車のミラーにつかまった。

「そんなに急がないでゆっくり楽しんでもいいんだが」――そこで時計にちらっと目をやる――「十分もしないうちに白馬の騎士がやってくる。わたしの知らないところで、きみらの居場所を知らせるシステムが作動しているとしたら、六分かな。このあたりに建ち並ぶ工場群は迷路のようで、地図を持っていても通り抜けるのは難しい」そう言うと、尻に手をまわして黒い銃をひっぱり出し、わたしの顔に目を据えたまま、あいている方の手で銃身を撫でる。わたしにまじまじと見られているとわかって、相手は肩をすくめる。「毒殺しようとしたのに、ふたりとも生き残った。プロとしては相当な屈辱だ。その手はもう二度と使うつもりはないが、自分のミスの後始末は、自分でつけないといけない」

わたしは彼としっかり目を合わせながら、呼吸をととのえるのに必死だった。逃げる方法について、一ダースものシナリオが脳裏をかすめる――取っくみ合いで相手を倒す、走って逃げる、海に飛び込む。しかし、どのシナリオもわたしの負けで終わる。それも完敗だ。相手の自信に満ちた顔を見れば、この男の獲物を仕留める技術は、わたしの逃げる技術を遥かに上まわっていることがはっきりわかる。こういう開けた場所ではなおさらだ。相手が武器を構えるのを見て、わたしの全身に麻痺が広がっていき、身体が自分のものではないような気がしてくる。結局わたしは、ジェレマイアを死に至らしめるための餌として一生を終えるのか？

男の片手に細い筒が現れた。それをさりげない仕草で銃口に当てて回転させ、ぴたりと装着する。それから首をかしげて、わたしの顔をつくづくと見た。「きみはじつに勇敢だ。ここまで来ると、ターゲットのほとんどは命乞いをするものなんだが」

やってみて効果があるものなら、やっていた。海から風が吹き上げ、橋桁に波が砕けて道路が振動する。わたし自身のふるえは、死を覚悟した段階でぴたりと止まっていた。

「こんなふうに正面からやれるのはうれしいね。たいていは走って逃げるから、こちらは背中を撃つことになる。そうすると、なんだか自分が卑怯な人間に思えて愉しさも半減する。つくづく因果な商売だよ」そう言うと、銃をわたしの顔の前に構えた。「心配しなくていいよ、間もなくきみの愛する億万長者と再び会え――」

何かがわたしの耳元をひゅんと飛んでいき、暗殺者がくるっと回転して地面に倒れた。足もとで手足をばたつかせ、明らかな痛みにうめき声をあげながら、肩を押さえている。それをわたしはばかみたいに、ただ見下ろしている。そうしているうちに、一気に判断力が戻ってきた。あわてて逃げようとするものの、一歩も進まないうちに足首をつかまれ、地面に向かってつんのめる。危ういところで姿勢を立て直したものの、子供の時以来初めて膝をすりむいた。イーサンが手錠を前で掛けてくれていたのが幸いした。それも束の間、すぐに髪をつかまれて悲鳴をあげる。うしろへひっぱられ、仰向けに相手の身体にかぶさる格好になった。

「あのろくでなしが」いったい誰のことを言っているのかと思っていると、相手の手に小さな装置が現れた。青と赤、小さなボタンが二個ついていて、リモコン式の車のキーに似ている。セレステに装着した爆弾を爆発させる装置だと気づいて、ぎょっとする。

「やめて！」装置をもぎとろうと彼の手をつかんだ。計画に狂いが出たのだろう――イーサンが彼を裏切ったか、白馬の騎士が予想以上に早く到着したか――どちらでもいい、とにかく、この男にボタンを押させるわけにはいかない。わたしがいるのに気づいた時のセレステのパニックになりそうな表情が忘れられない。イーサンに連れ去られながら、わたしを置いていってはだめだと金切り声をあげていた。戦いもせずに彼女を死なすなんて冗談じゃない。

相手はわたしが向かってくるとは思っておらず、不意をついて装置をさっとつかんだ。が、すぐに反撃が来た。彼の片方の腕は使いものにならず――肩の大きな傷から血がどくどくと流れ出している――わたしの手には手錠がはまっている。条件はほぼ同じ。さらに相手がわたしの身体を盾にしていることにも早い段階で気づいていた。逃がすまいとして、片脚をわたしの腰に巻きつけて下へぐいとひっぱり、手から装置をもぎ取ろうとする。

相手の手を完全に払いのけた瞬間、勝利の予感に心がわき立った。しかしそれを近くの海に投げる前に、横から顔に肘鉄が飛んできた。頭蓋で痛みが爆発し、一瞬気を失ったような状態になり、そのすきに彼の手がわたしの手をとらえ、装置を奪い返そうと指をこじあける。耳がじんじん鳴るのもかまわずにわたしは装置を死守しようとするが、またもや肘鉄を喰らわされた。今度は胸で、肺から空気が一気に抜けた。痛みにぼうぜんとなり、呼吸をするのも苦しい。相手はあっさりとわたしの手から装置を奪った。あとはもうどうすることもできず、彼が怒りと勝利に顔をゆがませて、赤いボタンを押すのを見ているしかなかった。

何も起きない。

男は目をしばたたき、手にした装置を見下ろす。赤いボタンの上に指をすべらせて、もう一度押したが、彼が期待していた結果はもたらされなかった。「くそったれが」敗北感に、男はがっくり肩を落とした。

わたしは頭を勢いよくうしろに倒し、相手の鼻と口に後頭部を激突させる。痛みにまた気を失いそうになったが、相手の手がゆるむのがわかり、ごろんと横転して彼から離れた。互いの目が合うと、相手は無事な方の腕を上げて、銃口をまっすぐわたしに向けた。

と、次の瞬間、彼の後頭部が爆発し、アスファルトの上に仰向けに倒れた。

わたしの全身がわなわなとふるえ、呼吸が苦しくなった。それでも身の毛のよだつ光景から片時も目が離せない。ヒステリーを起こしそうになり、唇から勝手にすすり泣きが漏れてくる。上体を無理やり起こしたら、肘鉄を喰らわされた胸がきりきりと痛んだ。それでも涙は流れてこない――全身くまなく麻痺状態に陥って、暗殺者の弛緩した死に顔をまじまじと見ている状態から抜け出ることができなかった。男の頭蓋には穴があき、後頭部がぐずぐずにくずれ……。だめ、吐きそうだ。

血まみれの死体を見ながら、どのくらいの間そこに座っていたのかわからないが、間もなくタイヤの音が聞こえてきて、車がこちらに近づいてくるのがわかった。麻痺がひどく、頭を動かすこともできなかったが、黒っぽいセダンとＳＵＶ車が何台もやってきて、海を渡る狭い道路の上にいるわたしたちを取り囲んだ。わたしがほぼ一週間、ずっと目にしてきた黒い服を着た男たちが、車から降りてきて、現場をぐるぐると歩き出した。ジェレマイアのボディガードは誰ひとりわたしに近づいてこないが、そのひとりが道路に落ちている起爆装置を拾い上げた。暗殺者が撃たれた時に、手から飛んでいったらしい。それがなんであるか、説明してやりたかったが、わたしはどうしても暗殺者の顔から目が離せなかった。男の顔には永遠に消えることのない、驚愕の表情が貼り付いていた。

風を切る大きな音がすると、ようやくわたしは顔を上げた。海にかかった霧を抜けて、ヘリコプターが一機姿を現した。着陸用スキッドのひとつに背の高い男が立っていて、陸地に近づくと、そこから飛び下りて楽々と着地し、まっすぐわたしの方へ駆けてくる。背中に掛けた長いライフルが、大股で駆けてくる足どりに合わせてはずんでいる。わたしとほぼ並ぶ位置まで来ると、その場で膝をつき、わたしを抱きしめた。

身体のふるえは止まらず、激しくなるばかりで、とうとう泣き出した。ずっと心の奥に押しとどめていた感情が一気にあふれ出したようだった。ジェレマイアはしがみつくわたしをそっと抱き上げ、自分の身体にしっかり押しつけると道路を進んで運んでいき、SUVに乗せた。

家へ帰る車の中はずっと静かで、なんともありがたかった。ジェレマイアがわたしを膝の上に乗せて背中と髪を規則正しく撫でてくれるので、気持ちがだんだんに落ち着いていく。優しいばかりの手つきだったが、自分の女を守っているといった気味も多少あり、それが今のわたしに一番必要な安心感を与えてくれた。全身麻痺の状態は脱したが、とにかくすっかり消耗して、泣いたり叫んだりという元気も残っていなかった。外界から完全に遮断された暗い部屋にひとりこもって身を丸め、ここ数時間の出来事を完全に忘れてしまいたい。今一番の願いはそれだった。

それなのにわたしの脳内では、相変わらず恐ろしい場面が再現されていた――屋敷の中、自分の目の前で死んでいったボディガード。死ぬ直前のアーニャ。安全な場所へ連れていかれるセレステの泣き叫ぶ声と、暗殺者の前に投げ出された自分。そして、暗殺者のはじけた頭。ＳＵＶの中、ジェレマイアの膝の上に乗りながら、片方の袖に血のようなしみがついているのを見つけたとたん、わたしは逆上してそれを脱ごうと躍起になった。するとジェレマイアの深みのある声が聞こえ、汚れたシャツは器用に脱がされた。それでかろうじてヒステリー状態に陥るのを免れた。しかしほんとうは心ゆくまで、暴れて泣き叫びたかった。

結局ひとりになりたいという願いは叶わなかった。屋敷の前に車がずらりと並んでいて、制服を着た見慣れない顔の男たちが玄関前に陣取っている。ジェレマイアが車のドアをあけた時、わたしの喉から哀れっぽい声が漏れた。また新たな大騒ぎのさなかに放り込まれるのは勘弁して欲しい。ジェレマイアはわたしを首にしがみつかせたまま抱き上げて、車から降ろした。彼の唇が耳元をかすめ、温かい息が皮膚にかかった。「自分で歩けるかい？」

歩けないと言って、できる限り彼にくっついていたいという欲求は強かったが、心にぱっと目覚めた独立心にしゃんとしなさいと言われ、結局わたしはうなずいた。けれどジェレマイアはすぐにはわたしを下ろさず、抱いたまま見慣れない顔の人々の間を通り抜けていき、玄関ホールに入ったところで、そっとわたしを床に下ろした。一瞬よろめき、彼の腕をぎゅっとつかんだままでいる。ジェレマイアは嫌がらなかった。「あの人たちは誰？」ようやく声を出したが、自分の耳にもかすれて聞こえた。ずっと泣いていたせいだろう。

「政府の役人だ。兄を拘留するためにやってきた」

ジェレマイアはぎゅっと口を結んでいるばかりで、それをよしとするのかどうか、わからなかったが、ルーカスが刑務所に入ると思うと心が沈んだ。ルーカスはロビーにいて、近くに置いてある遺体袋を疲れた顔でじっと見ていた。検視官の制服を着た男ふたりが、遺体袋を持ち上げて外へ運んでいくのを目で追っていたが、わたしに気づいて顔を向けたとたん、その目に安堵がよぎった。「無事で良かった」言って小さくうなずいた。「今回の事件では、すでに大勢の犠牲者が出ている」

「力になってくれてありがとう」わたしは言ってため息をついた。「あなたの方は、残念な結果になってしまったけど」

「ここに来る時点で、リスクは承知していた」ルーカスは片方の肩をくいっと持ち上げ、一方の口角を上げてニヤリとする。「とはいえ、心配はありがたく受け取るよ。なんとも……お優しいことで」

わたしは眉をひそめた。褒められているのか、ばかにされているのか、はかりかねた。そんなわたしの心中を見すかして、彼が面白がっているのがわかる。「さようなら、美しい人」そう言うと、スーツを着た役人たちにひっぱられるままに玄関へと向かう。

「またすぐ会えることを願っているよ」

ジェレマイアが横に飛び出して、玄関へ向かう道に立ちふさがった。「兄さん」呼びかけたがルーカスは首を横に振った。

「やめてくれ。俺に謝る気か、非難する気か知らないが、聞きたくない。真実がはっきりしたんだから、あとはその結果を引き受けて、それぞれ生きていくしかない」

兄弟は一瞬見つめ合った。外の薄れてゆく日差しを背景に、よく似た二つの横顔が浮かび上がる。とうとうジェレマイアが道をあけ、ルーカスは外で待っている車に、大人しく連れていかれた。彼を乗せた車と、様々な役人が正門の方へそろって向かうのを、わたしはがっかりした気分で見守っている。

と、ジェレマイアがロビーに目を走らせた。「母はどこだ？」手近にいるボディガードに訊く。

「役人が簡単な供述調書を作成した後で、自由にしていいと言ったようです」

ジェレマイアは一瞬口をぎゅっと結び、それからため息をついた。わたしは眉をひそめる――あの女がたったそれだけで済んでしまうのは、納得がいかない気がする。けれども身についた性格はどうしようもないのだろうと思い、ジェレマイアを慰めるように腕に手を置いた。と、また別の見慣れた顔がこちらに向かって歩いてくるのがわかって緊張する。

イーサンの顔には警戒する表情が浮かんでいたが、驚いたことに手錠はしていない。セレステの姿はどこにもなく、彼女はだいじょうぶなのか知りたくてたまらなかったが、わたしはずっと口を閉ざしている。「無事で良かった」イーサンがわたしに言う。

わたしはジェレマイアにすっと身を寄せた。頭の中で、疑念と不信がこだましている。彼がわたしを誘拐した理由も、そうせざるを得ない状況に置かれたことも知っていながら、やはりまだ許せなかった。イーサンを見ていると、口を布でふさがれ、鎮静剤の嫌な匂いが喉に少しずつ入り込んできた記憶がどうしても蘇ってくる。

「ありがとう」ジェレマイアが隣で言い、わたしの身体を自分の身体にぎゅっと押しつける。ジェレマイアは身体をこわばらせたまま、イーサンに言う。「きみの助けがなかったら、まったく違う結果になっていただろう」

イーサンがうなずいた。「あそこに並んでいる建物のひとつに入って、大型のフリーザーを見つけた。それが信号を遮断してくれている間に、セレステから爆弾をはずした」そう言ってわたしに視線を向ける。「時間を稼げたのはきみのおかげでもあると聞いている」

わけがわからず、ジェレマイアに目を向ける。彼が助けた？　どうやって？

「コソボの時と同じだよ」わたしの無言の問いかけにジェレマイアが答えてくれる。

「ある任務で、情報提供者が間違った情報を寄越して、われわれを罠に誘い込み、仲間が数人殺された。しかし彼はそれと同時に、こちらの協力者に電話をして、いずれにしても任務が成功するよう仕組んだんだ」ジェレマイアの強い眼差しはイーサンの顔から片時も離れない。「今回はあの時よりずっといい結果になって良かった」

イーサンは肩をすくめ、しかめっ面になって目元に皺を寄せた。「セレステが怒ってる。ああいうやり方はないって」そう言ってわたしの顔をちらっと見る。「きみを暗殺者のもとに残した。そんな男とは結婚生活を続けられないらしい」

かわいそうにと、慰めたい気持ちもあった――なにしろわたしは、彼がどれだけ妻を愛しているか、直に見て知っている――けれども、陳腐な慰めの言葉は口からひとつも出てこなかった。事件の傷跡はまだ生々しく、山ほどのむごたらしい記憶が消えて、彼のそばにいてもほっとできるようになるには、まだまだ時間がかかりそうだった。わたしの心中を察したイーサンの顔には、隅々まで深い後悔が刻まれている。「別のやり方がわかっていればどんなに良かったか」イーサンが言って、わたしの顔をじっと見る。

わたしが何か反応する前に、ジェレマイアが前へ飛び出した。すでに腕が持ち上がっていて、嫌な音を立ててイーサンの顎にパンチが命中した。イーサンはふらふらとあとずさってそのまま地面に倒れ、うつぶせになった彼をジェレマイアが上から見下ろしている。「きみはクビだ」

わたしは喉に反論の言葉をからみつかせたまま、ふたりの間で目をみはる。両者の間で無言の会話が行われたようで、間もなくイーサンがうなずいた。「その程度で済むとは思っていなかった」

ジェレマイアは前に進み出て、イーサンが立ち上がるのに手を貸した。「きみのことは今でも尊敬している。だが二度と信用はできない」そう言って、下がって距離を置く。「宿泊所に置いてある荷物をまとめて、三十分以内にこの地所から出ていってくれ。仕事の引き継ぎについては、また日をあらためて相談しよう」

イーサンはまじめな顔でうなずき、それからわたしの方を向いた。「今さら何を言っても仕方がないが、あんなことをしてすまなかった」

「奥さんが誘拐されたんだから」わたしは自分の答えに驚いた。「自分がしなければならないと思ったことをして、わたしを救出できるようジェレマイアに連絡をした」そこまで言ったものの、その先が続かない。まだ今日起きた出来事に翻弄されている。わたしはこの男を本気で許すつもりなの？「セレステとの関係を修復できるよう祈っているわ」やはりまだ許す気になれず、それだけ言うのが精いっぱいだった。イーサンが目の前にいると依然として心が緊張してきて、思わずジェレマイアに身体を寄せた。

そんなわたしの動きを見たイーサンの目に悲しみがちらちらとよぎる。「彼を大事にしてやってくれ」そんなことを言ってわたしを驚かせたのを最後に、彼はくるりと背中を向けて、ドアの外へ出ていった。

　ジェレマイアの顔を見ると、昔の友が今さっき出ていった玄関をじっと見ていた。わたしの視線を感じたのか、顔をこちらに向けた。なんてハンサムなんだろう。ここでもまた彼の美しさに胸を打たれ、唇が半開きになった。片手を上げて彼の顔を愛撫すると、大きな手がすっと上がってきて、わたしの手を包んだ。手のひらにそっとキスをされ、全身に火花が散った。何も考えずに、彼の腕の中に飛び込んでいって胸に顔を押し当て、今にも口からこぼれてしまいそうな泣き声を止める。わたしは安全だ。

　その瞬間、まさかそんなことはあるまいと、これまで見ないようにしてきた事実から、もう目をそむけられなくなった――わたしは目の前のこの人をどうしようもなく愛している。強い感情が胸の奥底から突き上げてきて目がくらみそうになる。まだ会って間もない、この厳しくも優しい男に、わたしは完全にのぼせ上がっている。わたしの頭の冷静な部分は、そういう考えを、ばかげているの一言で常に否定してきたが、今は黙って、そのとおりだとうなずいていた。

　ジェレマイアがわたしの肩に腕をまわし、頭のてっぺんにキスをしたちょうどその時、また別のボディガードが玄関から入ってきた。わたしが横目で覗くと、ずいぶん若い男で、顔に緊張が浮かんでいるのがわかった。「すみません、あの……」

「なんだい、アンドリュース？」ジェレマイアはわたしの身体を抱きしめたまま答える。

アンドリュースはごくりと唾を呑み、話しにくそうだった。「政府の役人がちょうど今、門の前に到着しました」そう言うと両手を腰のうしろで組み、背筋をぴんと伸ばした。軍隊式の立ち姿勢を取ることで、怖じ気を払おうという感じだ。「お兄様を迎えに」わけがわからず、目をぱちくりさせてジェレマイアの顔を見上げる。彼はしばらくぽかんとした顔をしていたが、間もなく悪態をつきだした。

わたしはジェレマイアの胴体の陰に顔を隠す。ルーカスにまんまと騙されたことを思って笑いがこみ上げると同時に、驚きの連続だった一日に心から感嘆していた。

22

ひんやりした革の手錠は、わたしの手首を締めつけてしっかり固定している。しなやかな革なので炎症を起こす心配はなかったが、昨夜から今朝方まで、ずっとつけっ放しにするのは、さすがに無理があった。確かにいくらか痛みは感じていたが、興奮の方が大きくて、実際ほとんど気にならない。ずっしりしたカーテンのわずかなすき間から光が漏れてくるのを除けば、部屋の中は暗く、外界から完全に遮断されている。こういうことをして楽しむにはもってこいの隠れ家だった。

ジェレマイアの唇がわたしの背筋を伝い、歯が剝き出しの肌をかすめていく。彼はわたしの背中にかぶさる形になり、指が尻をかすめ、マットレスに押しつけたわたしの乳房の側面をたどる。彼の膝が両脚の間に割り込んでくると、長く硬いペニスが腿に当たるのを感じて、喉に息が詰まった。彼はわたしの髪を片側にまとめておいてから、首筋に沿ってキスの雨を降らしていく。そのまま耳元へ向かい、耳の軟骨を歯で優しく嚙む。わたしが哀願するように腰を持ち上げると、耳たぶを齧られたが、彼はすぐに願いを聞き入れて、わたしの中にするりと入ってきた。

わたしは吐息を漏らし、まばたきをしてから目を閉じた。わたしたちのメイクラブは始まりこそ無我夢中で熱狂的だったが、それから何時間も経った今では、荒々しさは影をひそめて、もっとくつろいで楽しんでいた。ベッドのヘッドボードにわたしをずっとつなぎとめておいて、思うままにしたいとジェレマイアが言い、それに反対する理由はわたしには何もなかった。彼の強い支配下で言いなりになっていると、嫌な記憶も楽に追い払うことができ、彼に守られているという安心感のもとに、快楽に思う存分浸ることができた。

ジェレマイアはピストン運動を続けて、わたしの奥深くまで貫きながら、手を伸ばして何かさぐっている。間もなくわたしが装着している小さなバイブレーターのスイッチがまた入れられた。喘ぎ声をあげると、彼の腕が腰の下にすべり込んできて、膝立ちの姿勢を取らされた。わたしの背筋に爪をすべらせながら、よりいっそう激しくペニスを突き立てるので、もっと支えが必要になって、ヘッドボードをつかんだ。

「たまらなく美しい」呟くように言って、手を背中から腰にすべらせて、尻の丸みを撫でる。「きみのすべてにぼくは興奮する」

わたしは唇を噛んだ。彼の言葉は魂を癒やす薬のようで、もっと欲しくて腰を突き出した。その瞬間、ペニスが勢いよく入ってきて、唇から苦しげな声が漏れる。彼の指が片方の尻の丸みに錨のように食い込み、そこを支えにして、何度も激しく突き上げて、もはやくつろいだメイクラブではなくなった。木のヘッドボードを押さえて身体をつっぱり、あられもないよがり声を喉の奥から絞り出す。小さなバイブレーターの装着位置は完璧で、彼のペニスの挿入を少しも邪魔することなく、突き上げられる度に、さざ波のように快感が広がっていく。快楽の螺旋階段をどこまでも高く上っていき、また新たなオーガズムに達しそうになる。ベッド脇のテーブルには、色々と性具が並んでいる——ばら鞭、羽根、張り形、それに名前さえ知らないものがいくつもある。しかしジェレマイアはそういうものに興味を示さず、手錠とバイブレーターを除いて、あとは用無しだった。わたしにしてもまったく同感で、そのふたつだけでも快感を十二分に味わえた。すっかり消耗し、身体のあちこちが痛んでいるというのに、中に入っている男と同じように、わたしも飽くことを知らない。

ピストン運動のリズムに乱れが出てきて、彼がクライマックスに近づいていることを教える。わたしの疲れた身体も同じように緊張して、次のオーガズムに備えている。彼の吐息が首に感じられ、ざらっとした顎が肩をこすった。彼の手が両脚の間にそっとすべり込み、小さなバイブレーターを押して襞の奥にめり込ませ、うずきにうずいている快楽の中心にまっすぐ押しつけた。その瞬間、喉から大きな声を絞り出して、またいってしまった。身体に残っていた緊張の最後の一滴までが外へ流れ出し、自分の両腕の上に倒れ込むようにして額を乗せる。全身が細かくふるえ、一晩中浴びるように甘受した過剰なエクスタシーに肌がじんじんしている。

ジェレマイアがわたしの上に倒れてきた。心地良い重みを受けて身体がさらにマットレスに沈み込む。それが少しも嫌ではなく、その密着感がうれしかった。やがて彼が身じろぎをし、手を伸ばしてわたしの手錠をはずし、自由にしてくれる。わたしは身体をくねらせて仰向けになり、筋肉質な身体をじっと見上げる。手首が痛んだけれど気にはならず、両手を彼の固い腹部にすべらせてから、両腕を上から撫で下ろした。

ジェレマイアはわたしを目で味わっており、その視線が肌に絹のように感じられる。その目の奥には切々たる思いが覗き、わたしの胸に愛がわき起こった。胸と胸を合わせたくて彼の肩をひっぱると、抵抗せず、そのままわたしにかぶさってきて、わたしは彼の身体に腕をまわして抱きしめた。彼の体温と固い筋肉を感じて陶然とし、目を閉じて彼の背中を愛撫する。手錠を解かれたことで、わたしの精神まで自由にさまよいだし、そうすると考えたくないことまでが頭に浮かんでくる。結局、恐ろしい記憶は完全に去ったのではなく、まだわたしの心の最前線に居座っているのだった。

この二日間に、たくさんのことが起きたが、何よりも心配なのはジェレマイアに捜査の手が及んだことだった。ルーカスを迎えに来た政府の役人は、彼が逃げたと弟から聞いて面白くなかったようだ。おまけに同じ日に誘拐劇まで起きたと知って、ますます不信の念を強めた。弟が兄を逃がしたのではないかという容疑は、死体がもたらした嵐に比べれば取るに足りないものだった。けれど皮肉にも、ジェレマイアが自家用ヘリを公共の空に飛ばしたことが一番大きな問題となり、この処理に弁護士が奔走することになった。それでもハミルトン家の地所と海岸道路で起きた殺人事件については、ジェレマイアもわたしも、ともに無罪を言い渡された。少なくとも当座のところは。しかし制限された空域に入ったことで、ジェレマイアには依然として刑務所へ入る可能性が残っている。

ハミルトン・インダストリーもまた、誘拐事件の余波でセレステがCOOを辞任し、打撃を受けた。ジェレマイアが話さないので、わたしもあえて訊かなかったが、彼の電話の受け答えから、彼女が不満を持っているのが十分推測できた。ずっと真実を知らされないままに、間接的であれ、ジェレマイアやイーサンに危険へと追い込まれたことを快く思っていないようだった。夫との関係がどうなっているかは、いまだによくわからず、セレステがどうか許してあげるようにと祈るような気持ちだった。時間が経ち、状況を客観的に見られるようになると、わたしにもわかってきた——イーサンは板挟みの状態に陥った挙げ句に、自分が一番大切だと思うものを救うことにしたのだ。自分が同じ立場だったらどうするか、考えたくはなかった。

運命のいたずらかもしれないが、とうとうわたしはジェレマイアの個人秘書として、名実ともにたくさんの仕事をこなすようになった。電話を取り、彼の日々の業務をアシストする。ジェレマイアは自分にかかってきた電話をすべてわたしに転送し、こちらはそれを処理しながら、彼のスケジュールを管理し、誰が何を必要としているのか、常に把握しておく。目がまわりそうに忙しい仕事を嬉々としてこなしている自分にわれながら驚いている。正直に言うと、困難な仕事の海に投げ込まれて、沈むも泳ぐも勝手にしろと言われている感じもしたが、今のわたしには何か夢中になることが必要で、それを彼も知っているのだろう。仕事が楽になったり、一段落したりすると、仕事以外のことを考える時間ができ、そうなると恐ろしい場面が必ずフラッシュバックしてくる——暗殺者のぱっくりあいた傷口や、袋に入れられたアーニャの遺体や、暗殺者がサイレンサーのついた銃の向こうからこちらを見下ろしている場面などなど。一度だけ人前で泣いてしまって恥ずかしい思いをしたが、日が経つごとに嫌な記憶への耐性ができていった。少なくとも仕事に熱中している時は、嫌なことを思い出さずに済んだ。

ジェレマイアがわたしの頭の下に手を差し入れ、自分の胸の方へ持ち上げる。わたしをじっと見下ろす目が、こちらの目の中をさぐっている。わたしの眉から始まって、顔の各部をたどる指が、顎へすべって喉に落ちた。彼の愛撫はそれまで考えていたことを忘れさせてくれる。わたしは目を閉じて、その素朴な快感に浸った。

「きみは考えすぎるきらいがある」ジェレマイアが言い、声で胸が振動する。「今は、ただ感じていて欲しい」

わたしはそっと吐息を漏らし、目をあけた。すると考えが戻ってきた。「わたしたちは安全なの？」そう言って、顔を彼の手に押しつけて、指の関節にキスをする。「彼女に暗殺者を雇うよう勧めた人間がいるってアーニャが言っていた。それが誰か知っているの？」

これに関してはもう話をしてあって、まだどこかに危険が待ち受けているのをジェレマイアが十分承知しているのもわかっていた。銃撃を受ける直前、アーニャが口にしながら、最後まで名前を言わなかった男。その存在が地平線の上に浮かぶ黒い雲のように、わたしたちの上に影を落としていた。自分も安心してはいられないが、それより、ジェレマイアの方が心配だった。今わたしをベッドに縛りつけておくほどの情熱を持って、謎の人物をさがそうという気が彼にはないらしい。そういえば病院でイーサンが言っていた。どんな危険が迫ろうと、すべてあっさり受け流していたと。すでにジェレマイアは母親を容疑者の中からはずしていた。新たな事実が判明し、何も言わず姿を消したというのに。危険が待ち受けているかもしれないのに無頓着でいる、それは自信のせいなのか、わたしの手前そういうふりをしているのか――できれば後者であって欲しかった。

「その件は、後でなんとかする」ジェレマイアが言って、わたしの額にキスをした。「ぼくがきみの安全を守ると約束するよ」

おなじみの議論に、おなじみの結末。今すぐ答えが欲しいわたしにとっては、彼の忍耐強さは、苛立たしいものだった。まだ事件から数日しか経っていないのだから、とわたしは自分をたしなめる。手がかりがまったくないのに、そんなに早く解決を見るわけがない。それでも蚊帳の外に置かれるのは嫌だった。自分がなんの力にもなれないのはつらい。

わたしは強情になって、ジェレマイアの片方の肩を押した。彼はごろんと横転して仰向けになり、わたしの身体をひっぱり上げた。自然とわたしは彼の身体にかぶさり、腰にまたがる格好になった。疲れてはいるものの、上体を起こして美しい顔を見下ろす。彼もまたわたしの顔をまじまじと見ているが、身体の中に燃えていた炎はもう冷えていて、ずいぶんと無防備な顔をしている。両手でわたしの乳房を撫で上げ、撫で下ろし、それから腰の方へ下ろし、わたしの反応を待っている。

眼下に広がる光景はどこを見ても胸が高鳴った。女なら、一生見ていても飽きないだろう。筋肉のラインをたどってから、身を乗り出して彼と胸を密着させる。彼の唇に羽根のように軽いキスをしてから、ほんのりと笑みを浮かべて囁いた。「愛してる」

「やめてくれ」

わたしの世界が静止した。一瞬、下へ落ちていくような感覚があったが、何も状況は変わっていない。混乱が全身に広がっていき、わたしは上体を起こして目を落とした。わたしの身体の下にいる男が、ふいに表情を石のように固くしていた。わたしは口をぱくぱくしながら、言うべき言葉をさがすものの、脳が機能を停止してしまったように、何も思い浮かばない。ジェレマイアはわたしの腰に両手を持っていき、まるで重量のまったくないものを移動させるように、すっと持ち上げて自分の横に置いた。それから上体を起こし、両脚を振り上げてベッドの脇に下りた。目をしばたたいていると、今何が起きたのかがだんだんにわかってきた。彼は立ち上がって、服を拾い上げた。

ベッドに目を戻し、まずは息をととのえようと必死になる。ばかだった。ほんとうにばかなことをした。枕のそばで両手をこぶしに固めて感情を抑え、いつも彼の顔で見ている無表情を真似しようとする。「なぜ？」ほかに質問のしようがなかった。語尾が少しふるえ、無理やり顔を上に向ける。涙が流れてこないのがありがたかった。

ジェレマイアはしばらくわたしを無視して、手早くシャツのボタンを留め、スラックスを穿く。わたしの顔をちらりとも見ようとしない。ようやくこちらに向けた顔はよそよそしく、ついさっきまでそこにあった感情がすっかり消えていた。たった一分の間に起きた凄まじい変化は、わたしの心の中に弔いの鐘のように響いた。

打ちひしがれた顔に気づいたのだろう。ベッドにいるわたしの隣に彼が腰を下ろした。「だっておかしいじゃないか……」彼は切り出したものの、一瞬考え込むように口を閉ざした。「当分の間、ぼくらの関係に、愛なんて言葉を持ち込みたくない」

「なぜ？」同じ言葉を、今度はさらに力を込めてくり返した。内側から少しずつ壊れていく感じがあって、時を経るごとに気をしっかり保っているのが難しくなったが、それでも答えは欲しかった。

ジェレマイアはじっとわたしの顔を見ている。その冷静な眼差しには、出会ってからこれまで、その手がいつもくれた優しさのかけらも見当たらなかった。「論理的に考えようじゃないか」とうとう彼が言った。「ぼくらが出会ってから、まだ二週間ほどしか経っていない。そんな短い期間で、その手の感情が生まれると思うかい？」

彼の言うことには筋が通っており、わたしも〝愛〟という言葉が頭に浮かぶ度に、彼と同じ論理でそれをつぶしてきたのだった。実際、自分の中にはまだ、彼の意見に賛成している部分もあった。それでも、彼の呟く言葉の一言一言が、わたしの胸のひびを大きく広げ、そこらじゅうに裂け目を増やし、骨の髄まで傷つける。「わたしにも同じことを言って欲しいというわけじゃありません」ようやく言えたが、その言葉はわたしの魂を引き裂いた。

「そうかもしれない。だが……」彼の手に顔を包まれて、わたしはびくっとする。「なんだって、そんな陳腐な言葉でぼくらの関係を台なしにしなくちゃいけない？」

痛みが胸いっぱいに広がったが、わたしは表情を動かさない。第一級のお手本から学んだことがちゃんと身についていた。彼に触れようとして手を伸ばすと、彼がさっとベッドから立ち上がって離れた。立ち上がったタイミングがわずかに早すぎた気がする。

電話をつかんで彼が言う。「初動捜査は終わったわけだから、これからは自由に外に出て何をしてもいい。警察が一枚嚙んだからには、再度攻撃を受ける心配もなく、ぼくらは安全だ。ボディガードに言えば、誰かがきみに付き添って、行きたいところへ連れていってくれる――ぼくの方には、居場所だけをいつも教えておいてくれればいい」

わたしの全身に鈍い痛みが広がっていく中、彼は部屋を突っ切っていってドアに向かった。ドアの前で足を止めて、真鍮の取っ手をじっと見ている。一瞬ふり返って、また声をかけ、自分の気持ちをもっと詳しく説明するかと思った。しかしそうではなく、ドアノブをまわして、そのまま出ていった。錠の下りる音が最後通告のように響くと、わたしの心はとうとう粉々になって、もう麻痺することもなかった。

ぼうっとした頭でベッドから下り、部屋にまだ散らばっている服を集めて、一枚一枚身に着けていく。バスルームで身体を洗うべきだったと気づいたのは全部着終わった後で、もし早くに気づいていれば、世間に姿をさらす時間を少しだけ先に延ばすことができたのにと後悔する。とうとう観念して寝室から外へ足を踏み出したが、そこに待っていたものは静けさだけだった。初めて到着して以来、この屋敷はボディガードや屋敷を管理するスタッフをはじめ、いつも人であふれていた。それがふいに誰もいなくなっているとわかって、がらんどうになった胸の中で、わびしさがこだました。

階段を下りていき、キッチンは完全に迂回する。こういう時に食事をする気は起きない――それどころか、ほとんど何をする気も起きなかった。それで、玄関まで出ていって外を覗いた。空気は冷たく、肌に突き刺さるような寒さだった。ここ数日続いていた穏やかな天気とはうってかわって、本格的な冬に突入したようだった。地面には、にわか雪が点々と積もっていて、外に出るなり冷たい風に鼻がじんじん痛みだしても、少しも気にならなかった。黒いリムジンが大きなドアの正面に停まっていて、凍るような大気の中に、蒸気をもくもくと吐き出していた。ジェレマイアを待っているのではないだろう。彼はもうとっくに出かけているはずだ――あの部屋を出ていってから、もう十分近く経っていた。そういえば、安全が確認できたらもう屋敷から出ていってもいいと言っていたことがあった。わたしを家に帰すために、彼が呼んだのだろうか?

あの誘拐騒ぎが終わった後でも、わたしは公共の場に出るのを避け、できるだけ家の中にいるようにしていた。どこかで誰かが銃を構えて狙っているかもしれず、そういう人間は汚れ仕事を喜んで人にやらせるから、依然として気が抜けなかった。けれども、今こうして、目の前のリムジンをまじまじと見ていると、もう何があろうとどうでもよかった――心臓を撃ち抜かれたとしても、今以上に苦しいはずがない。玄関から出て、リムジンの方へ近づいていき、ドアをあけて中にすべり込んだ。車内は暖かく、外の空気とは明らかに違った。すぐ前方に運転手の黒い頭が見える。「ミズ・デラコート、どちらまで?」運転手が訊いた。

「ここから遠く離れたところへ」上の空で言った。運転席が離れているから聞こえなかったかもしれないと思い、もっと大きな声でくり返そうと思ったら、車が急発進して門を目指して走り出した。窓の外をわざわざ眺めるようなこともせず、自分の両手に目を落として、深い物思いに沈む。

ジェレマイアの言うことが正しいとしたら？　そんな言葉を口にするのは時期尚早で、信じられたものじゃない？　早まったことをして、せっかくのいい関係を壊したくないというジェレマイアの考えは確かに理に適ってもいる――現時点においては、お互い未知の部分が多かった。少なくとも、わたしの脳の理性的な部分は、こう見ている――ジェレマイアのような男は、きっと過去に早まったことをして失敗した経験があるに違いない。

リムジンが門の手前で束の間停まると、門番が素早く手を振って通してくれた。後部座席の窓から覗くと、巨大な門が再び閉まるのが見え、胸がきゅっと締まるのを無視しようとする。冷静になって考えてみれば、彼が気に入らないのは、わたしが口にした、たった一言だ。軽はずみと言えば軽はずみな言葉。愛。彼がどんな目でわたしを見て、触れて、抱いたか。それを思えば、そんな言葉がなくても、彼の気持ちは十分にわかるはずだった。それでもまだわたしは陳腐な言葉で彼を縛りたいのか？〝愛〟なんて、単なる言葉に過ぎない。

そうでしょ?

心の奥底で突然すすり泣きが始まったのがわかって、激しい感情の根深さに驚く。手で口を覆いながら、説明のつかない悲しみに溺れるのはやめようと心を決める。けれども呼吸のふるえと、いきなり目からあふれて頬に流れ出した涙は止まらなかった。単なる言葉に過ぎないと、また自分に言い聞かせるのだが、心の痛みは治まらない。愛がどういうものだか、愛情豊かな家庭で育ったわたしには十分わかっていた。ジェレマイアは、その言葉の意味するところを、わたしほどにはわかっていないのでは?

「ご気分でも悪いのですか?」運転手が訊いてくる。

「いいえ、だいじょうぶ」かすれた声で言ったものの、次の瞬間、もう虚勢も張っていられなくなった。「つらいことがあったの」わたしは認めた。「でも、なんとか切り抜けるつもり」

「おや」運転手が答えた。「弟のやつ、またばかなことをしでかしたか」

ティッシュペーパーをさがそうとしていた手が止まった。はじかれたように頭を上げ、悲しみも傷心も一瞬忘れて、小さな仕切りを通して運転手の後頭部をまじまじと見た。帽子をかぶっているし、車内のミラーの角度では顔を見るのは不可能だった。「ルーカス?」

「生身のね」帽子を脱いで、黒い髪が露になった。ふり返ると、顔に化粧のようなものを施しているのがわかった。おそらく、門番の目をごまかすためだろう。肌の色がいつもより白くなっていて、鼻も記憶にあるものより少し大きかったが、頬の目立つ傷は隠しようもなく、ほかの何よりも本人の身元を語っていた。ルーカスはわたしの顔にさっと視線を走らせた。「見ちゃいられない」

その言葉は、わたしの中にまだ残っていた女のプライドを刺激した。背筋をぴんと伸ばし、涙をためた目で彼をにらみつける。自分の中でローラーコースターのように駆け巡る激しい感情とつき合うより、手近な問題に意識を集中する方がよほど楽だった。

「いったい何をしてるの？」精いっぱい強がって言った。

ルーカスは片方の肩をすくめた。「きみを誘拐してるんだ。初心者でもあるまいし、すぐにわかっていいはずじゃないか？」

驚いて目をみはった。それから大きなうめき声をあげた。身体から力が抜けて、ひんやりした革のシートに頭を預ける。げんなりして戦う気力もなかった。ルーカスがバックミラーでわたしの様子を窺っているのがわかったが、気にもならない――とにかくもう何も考えたくなかった。ジェレマイアと最後に交わした会話を忘れたかった。

「当ててみようか――きみはうちの弟に向かって、愛なんていう、ぞっとする言葉を使った、そうだろ？」

わざわざ答える気にもなれず、リムジンの天井に目をやっている。一週間のうちに、二度も誘拐された――なんとも人気のある女だ。そう思っても、少しも面白くなかった。

今はただ、誰にも邪魔されずに、自分の負った傷をひとりで舐めたかった。

わたしが黙っているのにルーカスは少しもたじろいだ様子がない。「うちの弟はばかだ」言葉を続ける。「今頃はもう、自分が何をしたか、気づいているはずだろう」

ダッシュボードの上にある小さな電話がふいに鳴りだして、びっくりする。ルーカスはくすくす笑っている。「たぶん、やつだ」

電話を見つめながら、わたしの心は千々に乱れた。ほんの少し前に見たばかりの美しく冷たい顔を思い出すと、すでに血を流している心がさらに傷口を広げる。なぜ？　叫びたかった。これはもうプライドが傷つくといった次元を超えている――どうしても答えが必要だった。あの最後の二十分は、何度ふり返ってみても、まったく意味がわからない。

ルーカスがダッシュボードに手を伸ばして電話を切った。にべもない音を残して呼び出し音が止まり、わたしは驚きながら、疑いの視線を彼に向ける。「心配しなくていいよ、マシェリ。今頃弟は、一服盛られて倒れている運転手を見つけて、軍隊でも動員しようとしているさ」

わたしは言葉を失って、ルーカスが駐車場に車を入れ、長い白のリムジンの横に停めるのをじっと見ている。そのリムジンの正面に、身体の大きな、見るからに恐ろしげな運転手が立っていた。サングラスをかけ、指の関節の全部にタトゥーを入れている。ルーカスが車を降りて、後部座席の方へまわり込み、ドアをあけて顔を突き出した。「さあ、降りて」

わたしは口をぱくぱくさせながら、いったいどうなっているのか、依然として状況がわからずにいる。「なぜ?」とうとう訊いた。ジェレマイアに投げたのと同じ質問で、あの時と同じように、疑念と不安がこもっている。

「ちょっときみに力を貸して欲しいことがあるんだ。とうとう弟の弱点を見つけたんでね」わたしがシートに背を押しつけると、ルーカスの眼差しが柔らかくなった。「ぼくはきみを助けたい。きみの姿を見たとたん、何が起きたかはっきりわかった」声に同情がにじんでいる。「弟のやつは、感情を表に出さない。しかしきみは、誰が見ても一目瞭然、思っていることが素直に顔に出る。きみに愛していると言われて、ジェレマイアがはねつけた。その言葉でジェレマイアが真っ先に連想するのは、あの母と父だろう。それを考えれば、彼の反応は驚くに値しない。そうじゃないか?」

「アーニャにも同じことが起きたの?」わたしは言って彼の顔を見上げた。「わたしと同じように、彼女をあなたのもとへ走らせたの?」

ルーカスの顔から血の気が引いた。予期せぬ質問に衝撃を受けたらしい。「そうでもない」そう言って、気を鎮めようとする。「ふたりの関係は仕事上のことにとどまっていた。しかしアーニャの方は何かもっと深い結びつきを求めていたと思う。それでこちらの誘いにも簡単に……いや、俺の過去はどうでもいい。それより、きみはこれまで、弟にノーと言ったことがあるのか？」

わたしは赤面して彼をにらみつけたが、突然投げかけられた言葉から、トラックがぶつかってきたぐらいの衝撃を受けて、完全に目が覚めた。ルーカスはわたしが理解したと見て、先を続ける。「ジェレマイアはいつでも自分の思いどおりに事を進めてきた。自分の目的を達成するのに必要とあれば、他人を利用することも辞さない。ビジネスにおいては貴重なスキルだろう。だが、恋愛関係となると話は別だ。――狩りのスリルをとことん味わった後では、手に入れた獲物がますます魅力的に思える。弟はきみを手に入れるのに、どれだけ苦労したんだろう？」

その言葉の意味が胸にしみてきたちょうどその時、ルーカスがわたしの乗っているリムジンの内部に手を振ってみせた。「この車は追跡されている。このまま長くとどまっていれば、いずれやつに見つかる。やつがここに来たら、きみはまた言いなりだ。それでいいのか？」

わたしはごくりと唾を呑んだ。心はまだ血を流していて、冷え冷えとする痛みに満ちている。ルーカスが車の中に腕を伸ばして手を差し出した。顔にはいたずらっぽい表情が浮かんでいるが、その目には、哀れみと、わたしにはもうおなじみの渇望が覗いていた。

「さあ、やつに狩りをさせてやろう」

訳者あとがき

本作は、作者のサラ・フォークスが、二〇一二年に電子書籍の形で自費出版した作品を、大手出版社ST. MARTIN'S GRIFFINが版権を買い取って刊行した『Anything He Wants』の全訳です。発表からまたたく間に大きく売り上げを伸ばし、「ニューヨーク・タイムズ」や「USAトゥデイ」のベストセラー・リストに入ったというこの作品。その魅力はどこにあるのでしょうか。

大富豪のCEO、契約……という道具立てを見ると、おやまたか、と思われる読者もいらっしゃるでしょう。やはり自費出版から火がついて人気が爆発し、世界的ベストセラーとなった『フィフティ・シェイズ・オブ・グレイ』。本作もその流れを汲《く》む作品に変わりはありませんが、単なる亜流には終わらず、そこに極上のサスペンスを盛り込んで、新たな地平を切り拓いた感があります。

愛好者の間では「ロマサス」という略称があるように、ロマンスとサスペンスの融合は珍しいものではありませんが、本作は言うなればエロティカ・サスペンス。ハードかつストレートな言葉で鮮烈に描かれる性愛と、手に汗握るサスペンスが絶妙な形でドッキングして、読者に超弩級《ちょうどきゅう》の興奮を与えてくれます。

大富豪である若きＣＥＯジェレマイアが、生活が逼迫している派遣社員のルーシーを個人秘書として破格の待遇で雇う。そこから物語は始まります。ルーシーの仕事の内容はと言えば、「ぼく（ジェレマイア）の望むことすべて」――。

言ってみれば、これは奴隷になるのと同じ。実際ルーシーは性の奴隷のように扱われ、屈辱感に苛《さいな》まれるのですが、それと同時に、美しすぎる男のしたいようにされる状況に究極の官能を見いだして溺れていきます。もとは弁護士を目指していた、どちらかというと堅い女性で、男性経験も乏しいヒロインの生活が、運命の男との出会いでがらりと変わってしまう。何も考えずにこのまま溺れていたい、いやそれでは人間失格だと、ふたつの相反する気持ちの間で揺れに揺れる主人公の気持ちが胸にせつなく迫ります。

揺れに揺れると言えば、印象深いふたりの性愛シーンのひとつに、ルーシーが宙吊りで目隠しをされた状態で、陵辱まがいのことをされるシーンがあります。サスペンスというジャンル名がsuspend（吊るす）という言葉からきていることを考えると、エロティカとサスペンスは相性がいいと言ってしまうのは、少々強引なこじつけでしょうか。それでも、次に何が起こるかわからない――次に何をされるかわからない。そういう状況の中では心拍数も一気に跳ね上がり、ほんのわずかな刺激が、めくるめく興奮をもたらすとは言えるでしょう。そんなハラハラドキドキのシーンが満載なのも、この作品の魅力です。

中でもサスペンスフルなのは、とかく敵の多いジェレマイアが何者かに狙われ、ルーシー自身も毒や誘拐の危険に身をさらされるところです。敵が何者かわからない、どこから狙われているかわからないという恐怖。邦題からもわかるように、本作に登場するCEOは、もとは軍の特殊部隊で狙撃手《スナイパー》として活躍していた経験を持つ異色の男。この経歴がのちの展開でどう生きてくるかも、この作品の大きな見どころです。

さらに、スピーディーなストーリーの中に家族の歴史と愛憎、兄弟の確執を編み込んで、じつにていねいに描いているところは、重厚なミステリーの趣も感じさせます。エロティカとサスペンスに加えてミステリーまで。多彩なジャンルの味わいを見事に融合させてエンターテインメント性抜群の作品に仕上げた人物は、いったい何者でしょうか？

著者のサラ・フォークスはドイツ生まれのカリフォルニア育ち。まだ満足に読み書きもできない幼い頃から、読んでは書き、読んでは書きをくり返し、小学校に上がる前には物語も自作したというのですから、筋金入りの本の虫であり、作家になるために生まれてきた人なのかもしれません。以来フィクションを中心に様々な本を読みあさり、大学時代には既存の作品の登場人物を使った創作、ファン・フィクションに目覚めて同人誌に参加し、そこで書く力を磨いていったといいます。

濃厚な官能シーンもスリリングなアクションシーンも自在に描き分ける、新人とは思えない力量に今後がますます楽しみな作家と言えましょう。なお本作には続編があって、現在電子書籍やペーパーバックの形で分冊にして発表されている最中です。すべて出そろった暁には一冊にまとめて刊行される予定とのこと。こちらもまた楽しみです。

最後になりましたが、訳稿の細部までていねいに目を通し、的確なアドバイスを数多くくださった翻訳書編集部のみなさまに、心より感謝を捧げます。

二〇一三年十一月

杉田　七重

ベルベット文庫

ＣＥＯ《シーイーオー》はスナイパー

2013年12月20日　第1刷

著　者　サラ・フォークス
訳　者　杉田七重《すぎたななえ》
発行者　礒田憲治
発行所　株式会社　集英社クリエイティブ
東京都千代田区神田神保町2-23-1　〒101-0051
電話　03-3239-3811
発売所　株式会社　集英社
東京都千代田区一ツ橋2-5-10　〒101-8050
電話　03-3230-6393（販売）
03-3230-6080（読者係）
印　刷　大日本印刷株式会社
製　本　大日本印刷株式会社

ロゴマーク・フォーマットデザイン　大路浩実

ISBN978-4-420-32016-0 C0197